grafit

Chemnitzer Str. 31, D-44139 Dortmund
Internet: http://www.grafit.de
E-Mail: info@grafit.de

Umschlaggestaltung: Dorothea Posdiena,
www.posdiena-wrobel-kommunikationsdesign.de,
unter Verwendung der Abbildung: ›Nanna‹ (Anselm Feuerbach)
und eines Fotos von Kamrowski / photocase.com
Druck und Bindearbeiten: CPI Clausen & Bosse, Leck
ISBN 978-3-89425-616-6
1. 2. 3. / 2014 13 12

Gabriella Wollenhaupt
Friedemann Grenz

Blutiger Sommer

Historischer Kriminalroman

grafit

Gabriella Wollenhaupt, Jahrgang 1952, arbeitet als Fernsehredakteurin in Dortmund. Ihre freche Polizeireporterin Maria Grappa ermittelt seit 1993 regelmäßig in Bierstadt und hat Kultstatus. Zuletzt erschien *Grappa lässt die Puppen tanzen.* Der erste Fall für Rachel Grünblatt in *Leichentuch und Lumpengeld* steht den Grappa-Krimis in Sachen Witz und Ironie in nichts nach und entstand schon unter Mitarbeit von:

Friedemann Grenz, Jahrgang 1944, beschäftigt sich seit Jahrzehnten als Dozent für Literaturwissenschaft und Philosophie mit Texten. Er arbeitet als freier Lektor. Nun schreibt er auch.

www.gabriella-wollenhaupt.de

Justus von Kleist	königlich-preußischer Polizeidirektor
Rachel von Kleist, geb. *Grünblatt*	seine Frau
Kurt Gruber	Kutscher der von Kleists
Ada Hertel	Köchin in der Villa Kleist
Sophie	Zofe im Hause Kleist
*Adolph von Kleist**	Cousin Justus von Kleists
Frieda Freifrau von Gaudy	verarmte Adelige
*Ernst von Bodelschwingh**	Innenminister
*Eugen von Puttkamer**	Polizeipräsident
*Johann Ludwig Casper**	Rechtsmediziner
Schwarz und *Escher*	Kriminalkommissare
Matuschke und *Wimmer*	Gendarmen
Langhein und *Kleinschmidt*	Gendarmen
Jette Wehner	junge Hemdennäherin
Marie Wichmann	Jettes Zimmergenossin, Schankmädchen
Emma Delitz	Jettes Wirtin
Peter Delitz	ihr Sohn
Erna Krawuttke	Garderobiere in der Kroll-Oper
Ludwig Schwind	Gelegenheitsarbeiter
*Franz Steinmeyer**	Pfarrer in Nowawes

Henri Lapalus	Redakteur der *Vossischen Zeitung*
*Levin Schücking**	Journalist auf der Durchreise
Eremias Spitznas	Druckereileiter
Abraham Kohnen	Metzgermeister
Samuel Rebenstein	jüdischer Metzgergeselle
Salomon Feingold	Rabbi im Scheunenviertel
*Samuel Bleichröder**	jüdischer Bankier

** historische Personen, siehe Nachbemerkung*

Berlin ist zu groß geworden, als dass der Hof, die Bürokratie es noch vollkommen beherrschen könnten. Es dehnt sich unaufhaltsam aus, das Elend frisst sich immer tiefer in den Organismus hinein … Damit wenige glänzen und in Pracht und Überfluss leben und wohnen, ist die Mehrzahl entweder dem maßlosen Elende oder doch der traurigsten Erfahrung, der furchtbarsten Beschränkung, der unsichersten Lebensexistenz preisgegeben.

Friedrich Saß, Journalist, in *Berlin in seiner neuesten Zeit und Entwicklung*, erschienen 1846

Es ist keine Kunst, ein ehrlicher Mann zu sein, wenn man täglich Suppe, Gemüse und Fleisch zu essen hat.

Georg Büchner (1813 – 1837)

Eine blonde Braut im Unterkleid muss flüchten. Ein Pfau ist nicht böse und ruft nach Regen. Eine Kutsche nimmt einen neuen Passagier auf.

Eines nach dem anderen kommen die Mädchen an Land und kleiden sich an. Hübsch sind sie. Appetitlich sind sie. Er wird weiter schauen und warten. Wenn die Frauen gegangen sind, wird er auch gehen. Heute ist kein guter Tag.

Das Ufer liegt nun leer und einsam. Ferner Donner kündigt Regen an. Gerade will er sein Versteck verlassen, da sieht er eine Gestalt, die Richtung Fluss schlendert. Schnell verbirgt er sich wieder. Eine junge Frau – fast noch ein Kind. Groß und schmal mit dichtem blondem Haar, das hochgesteckt ist. Sie schaut zum Wasser, dann zum Himmel. Scheint zu überlegen, ob es Sinn macht, jetzt noch zu baden, obwohl bald Blitze aus den Wolken schlagen werden.

Es beginnt zu tröpfeln.

Er hält den Atem an. Ja, sie hat sich entschieden. Sie nestelt an den Bändern ihres Kleides und lässt es in den Sand gleiten. Sie befreit sich von den Pantalons. Ihre schmalen Finger lösen die Haken des Mieders. Sie trägt nur noch die kurze Chemise und nimmt die Nadeln aus dem Haar. Es reicht ihr bis an die Schulterblätter. Sie geht zum Fluss, prüft das Wasser mit dem Fuß und steigt hinein.

Endlich, denkt er. Der Tag wird doch noch gut. Eine wohlige Ruhe steigt in ihm auf. Nachdem sich das Mädchen einige Meter vom Ufer entfernt hat, verlässt er sein Versteck und setzt sich neben die abgelegten Kleider. Wind kommt auf.

Der Himmel öffnet seine Schleusen. Regen stürzt herab. Wasserdampf legt sich als Nebel auf den Fluss und nimmt der Uferlinie die Schärfe.

Der Mann im Sand streichelt die Kleider des badenden Mädchens und legt seine Jacke darüber, um den Stoff vor dem Regen zu schützen. Das Mieder nimmt er auf, steckt die Nase hinein und zieht Luft ein. Mit geschlossenen Augen denkt er an weißes Fleisch, lange Schenkel und die köstliche Mitte.

Das Mädchen verlässt das Wasser und entdeckt den Fremden. Das nasse Unterkleid klebt an ihren Formen.

»Was willst du hier?«, fragt es erschrocken und bedeckt die Brüste mit den Händen.

»Du brauchst keine Angst zu haben«, sagt der Mann. »Ich passe nur auf deine Sachen auf. Damit sie nicht nass werden.«

Zögerlich nähert sich die junge Frau. Der Mann sieht nicht aus, als würde er ihr etwas antun. Aber wem sieht man das schon an?

Er lächelt und reicht ihr die Kleider. Um sie greifen zu können, müsste sie die Hände von den Brüsten nehmen.

»Lass alles fallen und dreh dich um«, fordert sie. »Damit ich mich ankleiden kann.«

»Stell dich nicht so an«, sagt er. »Und tu nicht so, als wäre ich der Erste, der dich nackt sieht.«

Sie zuckt zusammen. Der Ton des Fremden ist gemein. Sie schaut sich um. Außer dem Mann ist niemand zu sehen.

»Geh weg«, fordert sie.

»Nein. Komm her und hol dir dein Zeug. Es ist doch nur ein Spiel, ganz harmlos.« Er lächelt wieder.

Der Regen will nicht aufhören. Nun zucken auch Blitze. Sie schaut zum Wasser. Die Regentropfen tanzen auf dem Fluss.

»Wenn du wieder ins Wasser gehst, erschlägt dich der Blitz«, sagt der Mann. »Überleg dir gut, was du tust.«

Doch sie überlegt nicht lange, läuft zum Wasser und stürzt sich hinein. Ich bin eine gute Schwimmerin, denkt sie und lässt sich von der Strömung mitziehen.

Ein Schrei – heiser und monoton. Rachel schaudert. Obwohl sie weiß, wer Urheber dieser merkwürdigen Töne ist, fühlt sie sich abgestoßen. So schöne große Vögel und so hässliche Stimmen!

Die Tiere kommen aus Indien. Rachel hat einen Reisebericht gelesen, in dem die Pfauen ausführlich beschrieben wurden. Neuerdings tragen Damen Pfauenfedern an Hüten, Taschen und am Dekolleté.

Hinter ihr raschelt es in den Büschen. Sie schnellt herum. Ein Hahn schlägt Rad und schreitet auf sie zu. Rachel kann sich nicht rühren. Das leuchtend schillernde Blau blendet sie. Das Federkleid schwingt in wellenartigen Bewegungen. Der Glanz der späten Sonne vergoldet es.

»Hab keine Angst.« Justus von Kleist nimmt die Hand seiner Frau. »Bleib einfach ruhig. Die Vögel sind an Menschen gewöhnt.«

Das Pfauenrad schwindet und bildet eine Schleppe.

»Er hat böse Augen«, flüstert Rachel.

Von dem Nasenloch des Vogels zieht sich ein schmales

Band bis zum Auge. Die breite, halb ovale Fläche unter dem Auge ist weiß und nackt.

»Kein Tier ist böse«, widerspricht Justus. »Das überlassen sie uns Menschen.«

Der Pfau wartet, legt den schmalen Kopf schief. Er scheint dem Gespräch zu lauschen.

»Bist du ein böser Vogel?« Rachel drückt sich an ihren Mann.

Der Pfau antwortet. Mit einem zischenden Geräusch bildet er ruckartig erneut das fächerförmige Rad aus langen, irisierenden Schwanzfedern.

Rachel stockt der Atem. Der Pfau reckt den Hals nach oben und setzt das Fächerrad in Bewegung. Eine zitternde Bewegung entsteht und ein hölzernes Geräusch ist zu hören.

»Er will, dass wir gehen«, erklärt Justus.

Wie um das zu bekräftigen, stößt der Pfau erneut einen heiseren Schrei aus.

»Jetzt verspricht er uns Regen«, behauptet Justus. »Endlich Regen! Die Inder glauben übrigens, dass der Pfau *minhao* ruft, was so viel heißt wie: *Regen kommt.*«

»Was du alles weißt!«, sagt Rachel zärtlich.

»Das wissen alle Berliner. Wir sind schließlich auf der Pfaueninsel.«

Der Pfauen-Hahn verschwindet im Gebüsch. In der Ferne ertönt ein Donnergrollen.

»Hörst du?«, fragt von Kleist.

»Der Regen«, nickt sie. »Er kommt wirklich.«

Das Boot bringt sie von der Insel zum Festland. Rachel und Justus fassen sich an den Händen und laufen zum Landauer. Der Regen prasselt auf sie nieder.

Kutscher Gruber öffnet die Tür. Er hat das Verdeck aufgeknüpft und sein Cape übergeworfen.

»Det kommt jetzt aba runter«, schnieft er mit Blick auf den graugrünen Himmel. »Und fällig war's ooch. Det war ja nich mehr feierlich. Nach Hause, die Herrschaften? Oder noch irjendwo einkehren?«

»Fahren Sie ein Stück am Ufer entlang«, bittet Rachel. »Ich finde die Havel jetzt besonders schön.«

»Aber jerne, Madame.«

Rachel legt den Kopf an die Schulter ihres Mannes.

Sie denkt zurück an die Stadt, in der sie fast dreißig Jahre gelebt hat. Jahrelang ertrug sie die Eintönigkeit ihres Lebens und hatte sich fast mit ihr abgefunden. Bis der Polizeidirektor Justus von Kleist aus Berlin vom preußischen König nach Morgenthal geschickt wurde, um einige unschöne Morde aufzuklären. Damals waren sie sich nähergekommen und nun ist die Eintönigkeit Morgenthals weit weg und vorbei.

»Schläfst du?«, fragt Justus leise.

»Aber nein«, murmelt sie. »Ich hab an zu Hause gedacht.«

»Unser Zuhause?«

»Nein«, gesteht sie. »An Morgenthal.«

»Heimweh?«

»Nein. Nur Erinnerungen daran, wie alles gekommen ist. Und dass es jetzt gut ist.«

Sie meint es genau, wie sie es sagt. Sie hat bei Justus gelegen schon in der ersten Nacht, im ersten Gasthof auf der Reise nach Berlin. Es war neu für sie. Ein Mann. Ihr Mann. Eine heilige Handlung. Ihr Körper sprach zu ihm. Und seiner zu ihr. Zugleich war es vertraut.

Der Regen lässt nach. Sonnenstrahlen schneiden golden durch den Nebel.

Die Bremse greift. Quietschend kommt die Kutsche zum Stehen. Die Pferde schnauben.

Justus steigt aus, dann Rachel. Auch Gruber ist vom Bock geklettert.

»Ach, du jrüne Neune«, stammelt er. »Det is 'ne junge Frau. Bloß im Hemde.«

Er deutet zum Ufer. Rachel und Justus folgen der Richtung seiner Hand. Tatsächlich. Ein blonder Kopf ist hinter einem Strauch zu sehen, die Haare strähnig und nass.

»Helfen Sie mir. Bitte!«, stammelt das Mädchen.

»Was ist geschehen?«, fragt Rachel.

»Am Ufer war ein Mann. Er hat meine Kleider genommen. Er wollte nicht weggehen und ich hatte Angst.«

»Gruber! Bringen Sie eine Decke«, ordnet Justus an.

»Sie kommen erst mal mit uns«, bestimmt Rachel.

Das Mädchen vor ihr hat ein ebenmäßiges Gesicht mit einer kleinen Nase, die etwas spitzbübisch unter aufmerksamen, klaren blauen Augen sitzt.

»Wo war das mit den Kleidern?«, fragt Justus von Kleist, als alle in der Kutsche sitzen.

»Am Ufer. Aber weiter weg. Hinter der Biegung«, antwortet die junge Frau schüchtern.

»So weit sind Sie geschwommen?«, staunt Rachel. »Das kann nicht jeder. Wie heißen Sie eigentlich?«

»Henriette Wehner, aber alle nennen mich Jette«, lautet die Antwort. »Mein Vater hat mir das Schwimmen beigebracht, da war ich acht Jahre alt. In der Elster.«

Von Kleist weist Gruber an, umzukehren und zu der Stelle zu fahren, an der Jette ins Wasser gestiegen ist.

»Bitte nicht«, wünscht Jette. »Ich möchte diesem Mann auf keinen Fall wieder begegnen. Er hatte so böse Augen.«

»Ihre Kleider. Wir müssen doch Ihre Kleider holen. Und Angst brauchen Sie nicht zu haben«, versichert Rachel. »Sie sind in der Gesellschaft eines ganz ordentlichen Polizeibeamten.« Ihr Blick geht zu dem Herrn der Kutsche.

»Dann soll es mir recht sein«, stimmt Jette zu.

»Also los, Gruber.«

Der Kutscher wendet und fährt zurück. Erneut hat Regen eingesetzt. Böse Augen hat der Mann, denkt Rachel. Genau wie der Pfau.

»Hier war es«, ruft Jette dem Kutscher schließlich zu.

Die beiden Männer klettern von dem Gefährt und nähern sich dem Platz, den Jette bezeichnet hat. Keine Spur von einem Mann und auch keine Kleider. Sie winken die Frauen hinzu. Jette hat sich fest in die Decke gewickelt.

»Er hat wohl alles mitgenommen«, sagt Rachel. »Warum nur?«

»Nicht alles«, antwortet Jette. »Hier, meine Haarnadeln und die Schleife.« Sie hebt sie auf.

»Ist das ein beliebter Badeplatz?«, fragt Kleist.

Jette bejaht. »Viele baden hier im Sommer. Nicht nur Mädchen, sondern auch Familien. Heute war ich allein. Die anderen sind wohl vor dem Wetter geflüchtet. Ich liebe es, im Regen zu schwimmen. Dann war der Mann plötzlich da und hielt meine Kleider in den Händen. Was soll ich jetzt bloß machen?«

»Keine Sorge, Fräulein Wehner«, meint Rachel. »Wir bringen Ihnen erst mal ein paar Kleider auf den Leib. Fahren wir heim zu uns. In meinen Schränken wird sich etwas Passendes für Sie finden.«

Während der Fahrt nimmt Kleist das Wort: »Sie sind nicht von hier?«

»Genau«, bestätigt das Mädchen. »Ich komme aus dem Vogtland. Aus der Gegend bei Plauen.«

»Wie unsere Köchin«, erinnert sich Rachel. »Es gibt viele Vogtländer in Berlin.«

»Das liegt an der Armut und am Elend bei uns«, entgegnet Jette Wehner traurig.

Der Mann vom Fluss hat Jettes Kleider zusammengepackt und in seinen Rucksack gesteckt. Wütend schlägt er sich durch die mannshohen Büsche, die das Ufer säumen. Er lässt das Wasser nicht aus den Augen. Doch das Mädchen bleibt verschwunden. Der Mann kann sich nicht vorstellen, dass sie die Havel so weit hinabgeschwommen ist.

Die meisten Frauen, die sommers hier baden, bleiben im seichten Wasser. Ob diese von heute ertrunken ist?

Besser wäre es. Immerhin hat sie ihn gesehen und kann ihn beschreiben, wenn jemand sie fragen sollte. Doch dafür gibt es bei Lichte betrachtet keinen Grund. Er hat ihr nur einen harmlosen Streich gespielt. Es ist allgemein bekannt, welche Art Frauen an diesem Platz baden: Dienstmädchen, Kellnerinnen, Wäscherinnen. Und die nehmen es mit der Moral nicht so genau.

Heftiger Regen prasselt aufs Wasser und lässt die Tropfen tanzen. Der Mann geht zur Straße zurück und muss einem eiligen Reiter in Uniform ausweichen.

Mürrisch entfernt der Mann die Dreckklumpen, die das Pferd aufgewirbelt hat, von seiner Hose. Rücksichtsloses Soldatenpack! Er zieht die Kappe tiefer ins Gesicht.

Eine tote Frau ist keine Dame. Berlin besteht aus zwei Städten. Ein kleines Mädchen verliert alles und wird weggebracht. Auf einem Brief steht eine Adresse. Man fertigt Schlüssel an.

Weinen. Das Kind ist nur Weinen. Rotz fließt frei aus der Nase. Eben hat sie noch ein Wort gehabt. Sie hat es geschluchzt: »Mutti.« Nun ist es nur noch Weinen. Mutti antwortet nicht. Warum regt sich Mutti nicht? Warum ist Muttis schönstes Kleid überall so rot? Warum ist das Rote so feucht?

Schaulustige glotzen die tote Frau an. Sie sehen die Beine. Frauenbeine. Nackt in der Nachmittagssonne. Wolken ziehen auf. Im Südwesten grummelt der Himmel.

»Nehmt doch das Kind da weg«, sagt eine Stimme. Eine markante Stimme. »Eine Decke«, fordert sie nun.

Ein Mantel fliegt durch die Luft. Jemand deckt die Tote zu.

»Danke«, sagt die Stimme. Sie gehört Kommissar Schwarz. »Bringt das Kind in Obhut«, befiehlt er.

Ein Gendarm nickt und trägt das Kind fort. Es wird zunächst in einem öffentlichen Waisenhaus unterkommen.

Der Arzt stellt bei der toten Frau schwere Verletzungen fest. Der Täter hat ihr mit einem scharfen Schneidwerkzeug den Unterleib aufgeschlitzt. Die Helfer des Arztes legen den Leichnam in einen Holzsarg, der in die Charité gebracht wird.

Wer ist die Tote? Die Gendarmen schwärmen aus und befragen die Gaffer. Die meisten behaupten, nichts zu wissen. Die Polizei ist nicht beliebt hier im Scheunenviertel. Doch eine junge Frau namens Judith gibt Auskunft.

»Das ist die Soldaten-Jule«, berichtet sie. »Sie arbeitet schon ewig hier. Annemarie ist ihre Tochter. Wer war das nur? Wer hat die Jule so schlimm getötet?«

»Wir werden es herausbekommen«, sagt Schwarz. »Wer waren Jules Freier? Hatte sie einen Mann? Wo hat sie gewohnt?«

»Irgendwo in den Wülcknitzschen. Doch ihr Revier war hier. Dass sie einen Mann hatte, glaub ich nicht.«

Schwarz schickt eine Dienstkutsche mit einer Notiz für Kleist nach Potsdam.

»Gleich sind wir zu Hause«, hört Jette.

Sie hat sich fest in die Decke gewickelt und während der Fahrt nachgedacht. Vielleicht ist der Mann am Ufer doch harmlos gewesen, nur ein junger Mensch, der Anschluss sucht. Er hat nicht Berlinerisch gesprochen, das ist ihr sofort aufgefallen. Möglicherweise ein Zugereister, der in der Hauptstadt sein Glück sucht – wie sie selbst auch. Obwohl – so denkt Jette – bei mir muss es nicht gleich das Glück sein. Ein Auskommen und ein Leben unter freundlichen Menschen, das würde mir schon genügen. Und wenn ich dann noch einen Mann habe, der mich gut behandelt, bin ich zufrieden.

Der Landauer hält vor dem Portal.

»Spannen Sie noch nicht aus, Gruber«, weist von Kleist den Kutscher an.

Die weiße Villa Kleist liegt westlich der Glienicker Brücke, nicht weit vom Jungfernsee. Kein verspielter Bau, sondern eine römisch anmutende Villa mit klaren, fast strengen Linien, vielen Fenstern und einem florentinischen Turm. In einer Nische die Skulptur der Göttin Minerva, die für gerechte Kriege und Weisheit zuständig ist. Kleist hat die Villa vor gut zehn Jahren von Friedrich Ludwig Persius bauen lassen, dem Hofarchitekten des Königs Friedrich Wilhelm IV.

Rachel hat sich in dieses Haus verliebt, als sie es zum ersten Mal sah.

In der Küche findet Jette Wehner den Mut, von sich zu erzählen. Die Freundlichkeit der schönen, schwarzhaarigen Frau macht sie zutraulich. Jette trägt jetzt ein einfaches Kleid, auch trockene Unterwäsche hat sie erhalten. Die Köchin Ada Hertel hat einen heißen Tee gekocht. Die drei Frauen sitzen zusammen am großen Küchentisch.

»Gehen Sie oft an dieser Stelle schwimmen?«, fragt Rachel.

»Nur am Wochenende. Samstags oder sonntags, das ist im Scheunenviertel ziemlich egal. Samstags ist ja für viele Juden gewissermaßen Sonntag.«

»Und wie kommst du an die Havel?«, will Ada Hertel wissen.

»Mit der Mietdroschke«, verrät Jette und errötet. »Einer der Kutscher kommt auch aus dem Vogtland, da darf ich auf dem Bock mitfahren, wenn Platz ist.«

»Es gibt viele Vogtländer in Berlin«, stellt Rachel erneut fest.

»Die meisten von uns leben in der Rosenthaler Vorstadt«, erklärt die Köchin. »Manche sagen ja, dass Berlin aus zwei Städten besteht: Berlin und das Vogtland. – Wovon lebst du, Mädchen?«, wendet sie sich dann an Jette.

»Ich nähe Hemden. Für Geschäfte und privat. Meine

Hemden sind von guter Qualität, so sagen meine Kunden. Sie sind zufrieden und ich kann jeden Monat etwas Geld nach Hause schicken.«

Jette erzählt weiter: Sie sei schon ein gutes Jahr in Berlin. Im Scheunenviertel habe sie eine halbe Schlafstelle gemietet.

Die Gebäude dort wurden ohne großes Federlesen an unbefestigten, schmalen Gassen erbaut. Sie haben winzige Höfe, sind verschachtelt mit vielen Kellerräumen und Mansarden, miserabel beleuchtet und kaum durchlüftet. Die kleinen Häuser liegen an schlammigen Straßen, in den Gossen fließt eine üble Brühe aus Abwässern, Urin, Kot und Abfällen aus den Handwerksbetrieben und Fleischereien. Diese Gosse zieht Ungeziefer an – besonders im Sommer.

Oft hat Jette müde Augen, denn die Näherei ist anstrengend. Ihr Traum ist ein möbliertes Zimmer mit Tageslicht – nur für sich allein. Hingegen sind viele Arbeiter und Handwerksleute zufrieden mit den Schlafstellen, denn sie sind tagsüber beschäftigt und nutzen den Raum nur zum Übernachten.

Immerhin hat Jette eine nette Wirtin gefunden, die sie morgens früh zu einer Tasse Milch oder Tee einlädt. Und sie darf manchmal ihre Hemden in der guten Stube der Wirtin fertigen. Dort ist das Licht angenehmer. Für ein Hemd bekommt sie von den Geschäften vier bis fünf Silbergroschen. Ein Hemd pro Tag schafft sie leicht. Die privaten Kunden, die ihr die Vermieterin vermittelt, zahlen zehn Silbergroschen. Zwei davon kassiert allerdings die Wirtin.

Der Hausherr betritt die Küche. »Fühlen sich die Damen wohl?«, fragt er lächelnd.

»Wir haben Fräulein Wehner trocken und warm bekommen und plaudern nun«, berichtet Rachel.

»Dann will ich nicht stören«, sagt Justus von Kleist. »Ich nehme mir nur eben etwas Obst.«

Ada Hertel springt auf.

»Bleiben Sie doch sitzen!« Er öffnet die Tür der Kühlkammer.

»Hast du einen Verlobten?« Die Köchin hat sich zurück auf den Stuhl fallen lassen und befragt nun weiter das Mädchen.

»Ja, zu Hause. Hannes ist Bierbrauer. Wir wollen heiraten, wenn er mit der Lehre fertig ist. Wir schreiben uns ...« Jette stockt und wird bleich.

»Was ist?«, fragt Rachel.

»In meinen Kleidern ... da ...«, stammelt das Mädchen. »Da war ein Brief von Hannes. Mit dem Heiratsversprechen.«

Justus von Kleist beißt in einen Apfel. »Stand Ihre Adresse auf dem Brief?«

Jetter Wehner nickt.

»Dann weiß der Kleiderdieb, wo Sie wohnen«, kombiniert von Kleist. »Das ist nicht gut.«

Jette zuckt zusammen.

»Kutscher Gruber fährt Sie gleich nach Hause«, entscheidet Kleist. »Und er wird sich genau umschauen. Können Sie Ihr Zimmer abschließen?«

Jette verneint. »Es ist ja nur eine Schlafstelle. In dem Raum wohnt noch eine Frau.«

Der Hausherr schickt die Köchin nach Gruber. Der erscheint ohne sein Cape und macht einen trockenen Eindruck.

»Gruber, Sie kennen doch bestimmt einen geschickten Schlosser«, beginnt Kleist.

Der Kutscher kratzt sich kurz am Kopf und nickt dann. »Fritze. Der arbeitet nich inne Werkstatt, sondern von zu Hause aus.«

Gruber bekommt den Auftrag, Jette nach Hause zu fahren und unterwegs den Schlosser aufzuladen. Dann soll er dafür sorgen, dass die Wirtin zustimmt, das Zimmer mit Jettes Schlafplatz abschließbar zu machen. Für die Auslagen bekommt der Kutscher Geld.

»Ich danke Ihnen sehr, gnädiger Herr. Was ist mit den schönen Kleidern?«, fragt Jette und fasst in den blauen Kattun.

»Die können Sie behalten«, antwortet Rachel. »Ich möchte gern mit Ihnen in Verbindung bleiben, Fräulein Wehner. Mich interessiert sehr, wie die Menschen in Berlin leben, die nicht mit Reichtümern gesegnet sind. Für schöne Hemden ist mein Mann immer zu begeistern. Und ich mag schöne Hemden an meinem Mann.«

Die dreistündige Fahrt ins Scheunenviertel führt zuletzt durch ganz Berlin. Jette denkt, dass sie Glück im Unglück gehabt hat. Was wäre geschehen, wenn die Kutsche nicht am Ufer angehalten und sie mitgenommen hätte?

Natürlich ist ihr der Reichtum der Kleists aufgefallen. Es ist jedoch ein anderes Zurschaustellen von weltlichen Gütern als bei ihrer Kundschaft. In der weißen Villa wird nicht geprotzt.

Jette genießt es, in der schönen Kutsche zu sitzen. In der Mitte der Stadt werden die Straßen breiter, die Häuser haben drei oder sogar vier Etagen. Heute, am Samstag, flaniert die bessere Gesellschaft in feinen Kleidern. Einige der Stamm-kunden Jettes wohnen hier. Ein eigener kleiner Laden in dieser guten Lage ist ihr Traum. Aber sie wird wohl zurückkehren ins Vogtland und die Frau eines Bierbrauers werden.

Da hält die Kutsche und Gruber verschwindet in einem kleinen Haus.

»Det is Fritze«, stellt er den jungen Mann vor, der einen hölzernen Kasten bei sich hat. »Und det is Frollein Jette.«

Artig reichen sich die beiden jungen Leute die Hand. Fritze steigt zu Gruber auf den Bock und die Fahrt geht weiter.

»Wir sind da«, ruft Jette dem Kutscher schließlich zu.

Gruber öffnet die Tür und hilft Jette hinaus. »Jnädiges Frolleinchen!«, verbeugt er sich. Es macht ihm Spaß, Jette wie eine Dame zu behandeln.

Jette schaut sich um. Nichts Ungewöhnliches. Der Mann vom Ufer ist nicht zu sehen.

»So schnelle kommt der hier ooch nich her«, meint Gruber. »Is ja nich sicha, ob der überhaupt die Adresse lesen kann.«

Jette bedankt sich. Die drei gehen schnell ins Haus und sprechen mit der Wirtin. Eine halbe Stunde später hat die Tür des Zimmers ein nagelneues Kastenschloss und die beiden Männer fahren wieder ab.

Jette freut sich über das Schloss an der Tür. Trotzdem hat sie kein gutes Gefühl. Sie erzählt ihrer Wirtin die Begebenheit vom Ufer und von der Rettung durch Herrn und Frau von Kleist.

»Der Herr ist ein hoher Polizist«, berichtet sie. »Und seine Frau interessiert sich für meine Hemden. Sie wohnen in einer weißen Villa am Jungfernsee.«

»Ja, det ist nach Potsdam zu. Da wohnen nur die janz feinen Pinkel«, bestätigt Frau Delitz. »Erwarte nicht zu viel, Kleene. Die feinen Leute verjessen unsereinen wieda janz schnelle.«

Spät am Abend sitzen Rachel und Justus von Kleist beim Essen. Köchin Ada hat ein kaltes Mahl bereitet. Ein wenig Sülze mit Kartoffelsalat und geraspelten Möhren.

»Hoffentlich passiert dieser Jette nichts«, sagt Rachel. »Dass ihre Adresse bei den Kleidern lag, beunruhigt mich.«

»Gruber hat nachgesehen«, entgegnet von Kleist. »Und das mit dem Schloss hat geklappt. Ich sorge außerdem dafür, dass unsere Gendarmen ab und zu bei Fräulein Wehner im Scheunenviertel vorbeischauen. Dass du dir solche Sorgen um sie machst ...«

»Ja. Sie ist ein so nettes Kind.«

Es klopft an der Tür. Justus ruft: »Ja, bitte?«

Der Hausdiener tritt herein – in der Hand ein Tablett, auf dem ein Umschlag liegt.

»Eine Polizeikutsche wartet, gnädiger Herr.«

Justus nimmt den Brief vom Tablett und öffnet ihn, runzelt leicht die Stirn.

Rachel sieht ihn erwartungsvoll an.

»Ein Mord im Scheunenviertel«, teilt Justus mit. »Eine Frau ist das Opfer.«

»Jette Wehner?«, fragte Rachel entsetzt.

»Nein, nein, das kann nicht sein. Als diese Frau getötet wurde, war Fräulein Wehner noch mit Gruber unterwegs. Aber ich muss mich kümmern. Mach dir keine Sorgen.«

Justus von Kleist steht auf und gibt seiner Frau einen Kuss.

Rachel kann nicht schlafen. Ihr Mann jagt einen Mörder und sie sitzt nutzlos zu Hause herum. Hoffentlich gerät er nicht in Gefahr. Nun, er hat ja seine Mannschaft bei sich, die sich in dunklen Gassen herumdrückt und mit gefährlichen Kerlen herumplagt. Das hat Justus als Polizeidirektor eigentlich hinter sich. Aber er genießt es, sich direkt an Tatorte zu begeben und die Ermittlungen zu leiten.

Trotz aller Liebe für ihren Mann macht sich Rachel Gedanken. Sie mag die schöne weiße Villa, fühlt sich aber zugleich abgeschnitten von der Welt und sogar von Berlin.

Justus ist nur am Wochenende in Potsdam, denn der Weg nach Berlin ist weit. Die Woche über lebt er in einer Dienstwohnung unweit des Polizeipräsidiums am Molkenmarkt.

Rachel hat die Bücher aus der kleistschen Bibliothek schon fast alle gelesen, sie hat den Flügel stimmen lassen und ihre Spieltechnik verfeinert, hat den Eltern unzählige Briefe geschrieben und jeden Tag die *Vossische Zeitung* studiert. Aus dieser Lektüre weiß sie, dass das Leben in Berlin ganz anders ist als das, was sie kennt. In Berlin brodelt es. Es gibt Skandale und soziale Unruhen. Nicht alle Armen sind mit ihrem Schicksal zufrieden. Studenten und politisch Interessierte begehren gegen die Obrigkeit auf. Es kommt sogar immer wieder zu kleinen Scharmützeln, die meist blutig niedergeschlagen werden.

Rachel hat das Gefühl, dass sich ein großes Ereignis zusammenbraut, das die Verhältnisse auf den Kopf stellen wird. Es gibt zu viele arme Menschen in Preußen und zu viele, denen das Leben der Armen gleichgültig ist. Und sie sitzt hier in der weißen Villa.

Morbide Volksbelustigung und eine Leiche ohne Unterleib. Es wird kein Eimer benötigt. Arme Menschen enden manchmal im Glas. Der gnädige Herr will keinen Salon.

Das Leichenhaus der Charité ist kein angenehmer Ort. Darin werden Menschen seziert, beurteilt und erforscht. Von den meisten sind die Namen bekannt, denn sie starben in Krankenhäusern oder zu Hause. Wenn eine Todesursache ermittelt werden muss, greifen die Physici zu ihren Messern und Sägen. Viele Leichen werden geöffnet, um Studenten das Innere eines Körpers zu zeigen. In der Regel sind es die Mittellosen, deren Körper auf den Seziertischen liegen.

Unbekannte Tote werden von hier in die Morgue in der Auguststraße geschafft, in das Leichenschauhaus. Das geschieht meistens nachts. Dann rumpelt der Karren über die Straßen und jeder, der das Geräusch hört, weiß: Da kommt wieder einer, den es dahingerafft hat.

Die Morgue dient zugleich der Volksbelustigung. Die Berliner nennen sie *Türmchen,* denn das Gebäude hat einen kleinen Turm. Die Lebenden bestaunen die Toten. Vorgeblich, um den Unbekannten Namen zu geben. Doch es kommen viele, die gar keinen Angehörigen oder Bekannten vermissen. Gruseln ist schön und das Wissen, dass es noch ärmere Hunde gibt als man selbst einer ist, ist beruhigend. Ist eine Leiche über die Zeit, wird sie auf dem Armenfriedhof nebenan verscharrt.

Der leitende Rechtsmediziner in der Charité heißt Johann Ludwig Casper. Er hat sich durch viele Veröffentlichungen einen Namen gemacht. Justus von Kleist hat sein Buch *Über die wahrscheinliche Lebensdauer des Menschen* gelesen und sich gefragt, wie viele Körper Casper hat aufschneiden müssen, um so etwas verfassen zu können.

»Herr Polizeidirektor«, grüßt Casper.

»Herr Medizinalpolizist«, gibt von Kleist zurück. »Tut mir leid, dass ich Sie am Sonntag behelligen muss.«

»Im Leichengeschäft gibt es keinen Sonntag«, bemerkt der Arzt. »Schon gar nicht im Sommer.«

»Ja, leider. Mörder kennen eben kein Pardon, noch nicht einmal mit Rechtsmedizinern. Was haben Sie festgestellt?«

»Haben Sie gut gefrühstückt?«, fragt der Medicus schelmisch.

»Ausreichend.«

Und dann kommt die Frage, die Casper ihm immer stellt. »Brauchen wir einen Eimer?«

Von Kleist winkt ab. »Ich habe den Weg vom Molkenmarkt zu Fuß zurückgelegt. Das Frühstück dürfte bereits verdaut sein.«

»Wie Sie meinen. Kommen Sie!«

Von Kleist folgt Casper. Im Gang stehen Regale mit unzähligen gläsernen Behältern, in denen menschliche Körperteile zu Anschauungszwecken präsentiert werden. Auch Föten sind dabei – viele missgebildet –, abgetrennte Köpfe mit schrecklichen Wunden, riesige Tumore und Knochen mit Anomalien – alles in Formalin eingelegt und etikettiert.

Als der Polizeidirektor die Kollektion zum ersten Mal zu Gesicht bekam, hat er sich kaum gegruselt, sondern über den Totenkult in Preußen nachgedacht. Die Armen enden im Glas, die Reichen in einer pompösen Grabstätte.

Soldaten-Jule ist bereits untersucht worden, liegt aber noch auf dem Tisch. Casper zieht das Tuch weg.

»Ich kann Ihnen leider nicht alles präsentieren, was eine Frau so beisammen hat«, warnt Casper. »Der Kerl hat einiges mitgenommen.«

Von Kleist betrachtet den Körper der Frau. Der Bauchnabel fehlt und von dem, was sich normalerweise darunter befindet, ist auch nichts mehr da. Die Bauchhöhle ist aufgeschnitten und teilweise ausgeräumt worden. Jetzt spürt Kleist doch ein Grummeln im Magen.

»Was genau hat er mitgenommen?«, fragt er.

»Bauchdecke und Gebärmutter. Die Därme sind nahezu komplett. Und hier …«, Casper deutet auf die Scham der Frau, »… hiervon ist auch nicht mehr sehr viel übrig.«

»Hat sie noch gelebt, als man ihr das angetan hat?«

»Nein.« Caspers Finger zeigt nun auf Strangulationsspuren am Hals. »*Post mortem.* Armes Wesen trotzdem.« Casper deckt das Gesicht der Toten zu. »Solche Fälle haben wir selten. Dass einer die blutige Chose auch noch wegträgt.«

Von Kleist nickt. »Gibt es sonst etwas Ungewöhnliches?«

»Sie hatte Verkehr kurz davor«, antwortet Casper. »Auf dem Oberschenkel haben wir Sperma gefunden. Das war noch recht frisch. Schade, dass man das Zeug nicht einer bestimmten Person zuordnen kann.«

»Irgendwann kommt das auch«, orakelt der Polizeidirektor.

»Ich schreibe alles in meinen Bericht«, kündigt Casper an. »Kann die Frau dann weg? Die Hitze – Sie verstehen?«

Der Gedanke an Rachels Sorge um Jette Wehner treibt den Polizeidirektor dazu, erneut den weiten Weg zur Villa auf sich zu nehmen. Diesmal nimmt er ein Pferd, damit ist er schneller als mit der Kutsche.

Als er eintrifft, ist es schon tiefe Nacht. Rachel ist für den Schlaf gekleidet und sitzt in ihrem Morgenmantel am Schreibtisch.

Sie bemerkt ihren Mann und springt strahlend auf.

»O wie schön«, freut sie sich. »Ich hatte schon befürchtet, dass du in der Stadtwohnung bleibst.«

»Nein, nein, ich muss dich doch erst noch beruhigen, dass es wirklich nicht Jette ist, deren Leiche gefunden wurde.«

»Gott sei Dank.«

»Nun ja, es ist trotzdem keine erfreuliche Sache.«

»War es schlimm?«

Justus schließt die Augen. »Ja, sehr schlimm. Eine junge Frau ist tot. Ein Straßenmädchen. Ich möchte dich nicht mit Einzelheiten quälen. Sie hinterlässt ein Kind, ein Mädchen. Etwa sieben Jahre alt.«

»Wie schrecklich.«

»In der Tat. Und solchen Schrecken möchte ich von meinem Heim und von dir fernhalten.«

Das gefällt Rachel nicht. »Justus?«

»Ja, mein Liebes?«

»Erinnerst du dich an Morgenthal und die Morde dort?«

»Natürlich. Worauf willst du hinaus?«

»Da habe ich doch auch die Einzelheiten der Verbrechen gekannt und sogar darüber in der Zeitung geschrieben. Hier komme ich mir so nutzlos vor. Du bist die Woche über nicht da und ich bin fast immer allein. Ich habe sogar schon daran gedacht, eine Art Salon zu führen – wie meine Mutter.«

Justus schluckt. Nur das nicht, denkt er, mittelmäßige Dichter, aufgeplusterte Militärs und alternde Soubretten sind mir ein Graus.

»Doch ich wüsste gar nicht, wen ich in einen Salon einladen könnte. Ich kenne ja niemanden in Berlin.«

Aufmerksam betrachtet Justus seine junge Frau. Er bemerkt eine sanfte Verschattung ihrer Züge, die Andeutung eines kleinen Kummers.

»Verzeih, Liebes. Ich bin so glücklich mit unserem Leben und habe nicht darüber nachgedacht. Du hast recht. Wir müssen etwas unternehmen. Aber einen Salon? An dem deiner Mutter hattest du doch wenig Freude.«

»Es muss ja nicht so einer sein wie in Morgenthal, mit schrecklichen Provinzdichtern und halbgarer Musik.«

»Wir werden darüber reden. Versprochen.«

»Und schneide mich bitte nicht so ab von den polizeilichen Dingen, Justus. Ich lese in der *Vossischen Zeitung* so viel über große und kleine Verbrechen und ich merke, dass mich das sehr fesselt. Wenn ich ein Mann wäre, würde ich Verbrechen aufklären – besonders die Taten, die an den armen Menschen begangen werden, die keine Fürsprecher haben.«

»Die Kriminalpolizei achtet nicht auf soziale Stände. Aber natürlich ist die Verbrecherquote unter den Armen höher als beim Adel«, stellt Justus richtig.

»Der Adel begeht Verbrechen in gleicher Zahl – nur andere«, kontert Rachel. »Und die Armen verstoßen gegen Gesetze, weil sie nichts besitzen.«

»Da hast du wohl recht«, seufzt Justus. »Viele Taten entstehen aus der Armut heraus. Besonders Delikte, die mit Raub und Diebstahl zu tun haben. Die ermordete Frau jedoch ist aus anderen Gründen getötet worden. Wir sollten jetzt zu Bett gehen. Ich muss früh raus.«

»Wieder eine Woche ohne dich.« Rachel erhebt sich und löscht einige Kerzen. »Wenigstens bist du heute Nacht hier.«

»Nutzen wir die gemeinsamen Stunden bis zum Morgenrot.« Justus nimmt Rachels Hand und zieht sie ins Schlafzimmer.

Madame macht einen Ausflug in die falsche Richtung. Junge Frauen zeigen, was und wen sie haben. Wer sich einmischt, wird festgenommen. Ein Kind hat nichts gesehen.

Am Morgen findet Rachel einen Zettel auf ihrem Kopfkissen: *Ich konnte es nicht übers Herz bringen, Dich zu wecken. Gruber steht zu Deiner Verfügung. Ich habe das Pferd genommen. Mach einen Ausflug zu den Seen. In Liebe, Justus.*

Nach dem Bad kleidet sie sich an. Sie wählt das schlichte rubinrote Kleid, eine gleichfarbige Stola und schwarze Handschuhe. Auf Reifrock und Korsett verzichtet sie. Die Zofe Sophie hat viel Freude an Rachels dichtem, tiefschwarzem Haar. Sie flicht zwei helle Seidenbänder in die beiden Zöpfe, legt sie um Rachels Kopf und steckt sie mit Nadeln fest. Madame mag Korkenzieherlocken an den Schläfen nicht, obwohl sie *à la mode* sind.

»Sehr schön, Sophie«, lobt Rachel. »Du bist eine echte Künstlerin. Sagst du Frau Hertel Bescheid, dass ich nur ein leichtes Frühstück möchte? Ich nehme es in der Küche ein, es muss schnell gehen. Und Gruber soll den Landauer bereithalten. Ich möchte ausfahren.«

Sophie knickst und verschwindet. Rachel ist voller Abenteuerlust. Bei den Ausfahrten war sie bisher immer in Justus'

Begleitung. Allerdings wird sie nicht zu den Seen fahren – die kennt sie ja schon. Ihr Ziel ist die Stadt.

Gruber ist ein wenig erstaunt, dass Rachel Berlin, Unter den Linden, als Ziel angibt. »Und wenn wir das gesehen haben, lieber Herr Gruber, fahren Sie mich zu Fräulein Wehner ins Scheunenviertel.«

»Sind Sie sicher, Jnädigste, dat det dem Herrn Jemahl jefallen täte?«, zweifelt Gruber.

Rachel lächelt, ohne zu antworten. Gruber knurrt und lässt die Pferde antraben. Der Fahrtwind kühlt. Die Straße nach Berlin führt durch viel Grünland, ist aber immerhin so breit, dass zwei Kutschen aneinander vorbeifahren können.

Je näher sie der Hauptstadt kommen, umso mehr Hütten und Häuser säumen die Straße. Am Wegesrand bieten Menschen Äpfel, Pflaumen oder Eingekochtes feil. Die Verkäufer winken, treten auf die Straße und schreien, in den Händen ihre Waren.

Im Zentrum der Stadt drosselt die Kutsche das Tempo. »Det sind die Linden«, ruft Gruber. »Unsere janze Pracht.«

Rachel weiß von der Straße durch ein Studium des Stadtplans. Sie führt vom Pariser Platz an der Ostseite des Brandenburger Tors über anderthalb Kilometer bis zur Schlossbrücke. Gutbürgerliche Häuser, Läden, Schankwirtschaften reihen sich aneinander. Die Straße ist breit. Fußgänger flanieren, an den Ecken lungern Straßenjungs. Gendarmen beaufsichtigen das Gewimmel.

In der Mitte der Linden befindet sich der Spazierweg. Dicht daneben, rechts und links, sind die Reitwege, an die sich außen die gepflasterten Straßen für die Kutschen anschließen. Vor den Häusern ziehen Bürgersteige entlang.

»Halten Sie an, Gruber!«, befiehlt Rachel. »Ich möchte zu Fuß gehen. Fahren Sie fünfhundert Meter geradeaus und warten Sie dort auf mich.«

Der Kutscher lässt seine Herrin aussteigen. Rachel wartet, bis sich das Gefährt entfernt hat, und schaut sich um. Die Häuser wirken gepflegt. Kleine und große Restaurationen preisen ihre Speisen auf Schiefertafeln an. Auf Holzkarren liegen Äpfel, Kartoffeln und Gemüse zum Verkauf. Kaffeehäuser und Gartenlokale sind gut besucht.

Rachel sieht Ehepaare mit Kindern, die brav hinter ihren Eltern traben, Rotzjungen, die schreiend hinter Hunden herlaufen, und Arbeiter, die, ohne aufzublicken, ihres Weges ziehen. Eine Gruppe junger Männer führt fröhliche, laut plappernde Mädchen am Arm.

Das müssen die berühmten Grisetten sein, denkt Rachel. Ihr Mann hat ihr von denen erzählt. Grisetten verkaufen ihren Körper, aber sie gelten in der Hierarchie der Prostituierten nicht als ganz verdorben. Grisetten sind Gelegenheitsgeliebte, die das lustige Leben in Berlin mögen, jedoch nicht genug Geld haben, es allein zu führen. Die Polizei duldet diese Verhältnisse, weil diese Frauen die öffentliche Ordnung nicht stören – so hat es Justus Rachel erklärt.

Die Grisetten tragen auffällige Kleider mit vielen Rüschen und Verzierungen, haben Wespentaillen und wirken wie eine Horde aufgescheuchter Weihnachtsbäumchen.

Rachel schaut an sich hinab. Ihre Kleidung ist schlicht, fein und teuer, ihre Taille nur leicht eingeschnürt. Sie erträgt keinen Zwang um ihren Körper.

Unter einer großen Linde haben sich junge Leute versammelt. Sie sehen aus wie Studenten. Sie sind weniger fröhlich als die Grisetten, diskutieren miteinander und halten

Flugblätter in den Händen. Und jeder von ihnen hat eine *Boutonnière,* eine rote Nelke im Revers. Einige tragen Studentenmützen und Pekeschen, die Uniformjacken der polnischen Kavallerie. Doch die jungen Männer sind keine Polen, sie haben nur die Tracht der Freiheitskämpfer übernommen.

Rachel lässt sich ein Pamphlet geben. Was sie liest, gefällt ihr. Die Herausgeber des Blattes nennen sich *Junges Deutschland* und fordern das Recht der Frauen auf Bildung und Selbstständigkeit. Sie sind gegen Zensur und für Pressefreiheit, gegen Willkür des Adels und für das Recht auf Freiheit und Gleichheit der Bürger – so steht es dort geschrieben.

Rachel überlegt. Sie gehört durch ihre Heirat mit Justus von Kleist auch zum Adel. Doch ihr Mann arbeitet für den König in sinnvoller Aufgabe. Er behandelt seine Untergebenen gerecht und nicht willkürlich.

Vor dem Garten einer Villa hat sich eine Menschenmenge gebildet. Neugierig tritt Rachel hinzu und arbeitet sich nach vorn, bis sie sehen kann, was so interessant ist. Es ist eine der neuen Rasenmähmaschinen. Ein Gärtner schiebt an einer Deichsel eine Maschine vor sich her, die auf zwei Rädern läuft. Zwischen den Rädern blitzt Metall, und Grasstückchen stieben in einem kleinen Bogen in die Luft. Hinter der Maschine ist der Rasen wunderbar glatt, so glatt, wie es mit einer Sense nur gelingt, wenn der Gärtner sehr geübt ist.

Neben Rachel erklärt ein Mann seiner Frau: »Das ist ein Spindelmäher, aus England. Der letzte Schrei!«

Rachel denkt an die Grasflächen der Villa Kleist und nimmt sich vor, mit Justus über diese neue Sache zu sprechen.

Sie geht weiter. Gruber wird schon ungeduldig sein, fällt ihr ein. Vor ihr hockt eine alte Frau auf dem Prellstein einer Einfahrt. Sie streckt den Passanten die offene Hand entgegen und in einem Singsang bittet sie um »eene milde Jabe für die hungrigen Kinder«. Dabei spricht sie die Leute direkt an und nennt sie »lieber Herr«, »jnädje Frau« oder »scheenes Frollein«.

Rachel sucht nach einer Münze.

Zwei Polizisten treten hinzu, ein kleiner und ein großer. Der Kleine spricht die Alte an. »Na, Oma, belästigst du wieder deine Mitbürger?«

»Lieber Herr Obrigkeit, ick belästije doch keenen nich. Ick sitz doch man bloß hier und bitte um eene milde Jabe.«

»Das geht nicht, Oma. Die Leute möchten das nicht, dass überall Bettler sitzen und ihnen auf die Nerven gehen.« Der große Polizist spricht laut und scharf.

»Meine Herren«, mischt Rachel sich ein. »Ist das denn nötig, dass Sie diese alte Frau so hart angehen? Ich zum Beispiel fühle mich überhaupt nicht belästigt.« Sie reicht der Bettlerin eine Münze.

»Der Himmel segne Sie«, murmelt die Bettlerin und lässt die Münze in ihrer Kleidung verschwinden.

»Junge Frau«, herrscht der kleine Beamte Rachel an. »Sie untergraben unsere Autorität und stören uns bei einer Amtshandlung.«

Der Größere der beiden wendet sich an die Alte: »Gib das Geld zurück und verschwinden Sie!«

»Nein, nein, ich will das Geld nicht zurückhaben«, protestiert Rachel.

Die Polizisten reißen die Alte hoch und tasten ihre Kleidung ab.

»Das geht zu weit!«, ruft Rachel.

»Frollein, Sie gehen am besten ganz schnell weiter«, befiehlt der eine Polizist.

»Ich denke ja gar nicht daran«, empört sich Rachel. »Sie behandeln diese Frau, als sei sie ein Unmensch.«

Da lassen die Polizisten von der alten Frau ab und wenden sich Rachel zu.

»Wir sind unmenschlich, ja? Und wer sind Sie, dass Sie das beurteilen wollen?« Der Kleinere wieder. Er scheint der Giftigere von beiden zu sein.

»Mein Name ist Rachel von Kleist«, stellt sie sich vor.

»So so, von Kleist. Am Ende sind Sie noch verwandt mit unserem Oberpolizisten. Da kann ja jede kommen.«

»Ganz recht, Justus von Kleist ist mein Mann«, lächelt Rachel.

»Jetzt reicht's!«, schreit der kleine Polizist und greift nach Rachels Arm. »Sie kommen erst mal mit auf die Wache!« Er steckt seine Trillerpfeife in den Mund und lässt sie laut erklingen. Dann tritt er in die Mitte der Straße und reißt Rachel mit.

»Sie tun mir weh!«, schreit Rachel auf, stolpert und wäre fast gestürzt.

Der Polizist winkt und eine Polizeikutsche nähert sich. Die Bettlerin hat sich verdrückt.

Rachel wird in die Kutsche gehoben und abtransportiert.

»Ab zum Molkenmarkt«, befiehlt der kleine Polizist.

Rachel reibt sich die schmerzenden Arme.

Justus von Kleist treibt sich seit dem Morgen in den Straßen zwischen Scheunenviertel und Rosenthaler Vorstadt herum. Im Scheunenviertel leben die armen Juden und in der Rosenthaler Vorstadt die Vogtländer, die elendste aller Klassen in Berlin.

Kleist mag kein großes Aufsehen bei polizeilichen Ermittlungen, deshalb hat er nur seinen Kollegen Escher bei sich. Der junge Polizist ist besonnen, freundlich und lässt sich nicht zu Unüberlegtheiten hinreißen – auch dann nicht, wenn er provoziert wird.

Von Kleist und Escher fallen auf. Die Vogtländer riechen Polizisten und gehen auf Distanz. Niemand will je von Soldaten-Jule gehört haben.

Eine Frau wundert sich, dass die »beeden Herrn Polizeilichen« so viel Aufhebens um eine Dirne machen. »Wo det doch jenuch von denen jibt.«

Nach drei Stunden steigen Kleist und Escher wieder in die Polizeidroschke. Ihre Ermittlungen sind ins Leere gelaufen. Nun müssen sie auf die Spitzel hoffen.

»Zum Waisenhaus«, befiehlt Escher dem Kutscher.

Die kleine Annemarie ist in einem Erziehungshaus für sittlich verwahrloste Kinder untergekommen. Das Haus wird von einem privaten barmherzigen Verein getragen und befindet sich an der Luisenstädter Husarenstraße. Darin werden Mädchen aufgenommen, deren Eltern Verbrecher sind oder die selbst schon Verbrechen begangen haben. Sittenlosigkeit von Eltern oder Kindern zählt als Verbrechen.

Annemarie ist sieben Jahre alt. Ihre Mutter war eine Dirne, ihren Vater kennt sie nicht. Also gehört die Kleine in dieses Heim.

Das Heim beherbergt dreißig Mädchen bis zu zwölf Jahren. Das Ziel des Vereins ist es, die Kinder zu Dienstboten und tüchtigen Hausfrauen der unteren Stände auszubilden. Das Haus wird von einer Inspektorin geführt, eine Lehrerin erteilt Unterricht in Lesen, Schreiben und Rechnen. Die Kinder werden außerdem zu Sauberkeit und Bescheidenheit angehalten. Um keine Eitelkeit aufkommen zu lassen, tragen sie Uniformen: Rock und Jäckchen aus grünem Kattun, ein buntes Halstuch und eine bunt gestreifte Schürze.

Annemarie hat Glück gehabt. Die Inspektorin hat sie gleich ins Herz geschlossen. Das blond gelockte Kind hat ein niedliches Gesichtchen mit wachen blauen Augen, die nicht erahnen lassen, was sie vielleicht alles gesehen haben.

»Guten Tag, meine Herren«, begrüßt die Inspektorin Kleist und Escher.

»Wie geht es der Kleinen?«, fragt Justus von Kleist.

»Sie weint nicht mehr. Die Neugier auf das alles hier überdeckt den Schmerz. Das Kind scheint von der Mutter gut aufgezogen worden zu sein. Der Ernährungszustand ist in Ordnung und es scheint sich ein liebes Wesen bewahrt zu haben.«

»Schön zu hören«, nickt von Kleist. »Hat Annemarie sich Ihnen anvertraut?«

»Nicht, was das schreckliche Verbrechen an ihrer Mutter angeht«, antwortet die Inspektorin. »Kommen Sie. Annemarie ist in meinem Kontor. Da können Sie ungestört mit ihr sprechen.«

Annemarie sitzt brav auf einer Bank, die Füße nebeneinandergestellt. Die Hände liegen auf der Schürze und die Augen sind zur Tür gerichtet. Justus von Kleist, Escher und die Inspektorin treten ein.

»Annemarie«, beginnt die Anstaltsleiterin. »Die beiden Herren möchten dir ein paar Fragen stellen.« Sie setzt sich neben das Kind. »Du musst keine Scheu haben und deine Antworten sollten der Wahrheit entsprechen.«

»Wo ist Mutti?«, fragt die Kleine.

»Deine Mutti ist im Himmel beim lieben Gott.«

»Da will ich auch hin«, sagt sie traurig. »Zu Mutti.«

»Ich hab ein Geschenk für dich.« Escher greift in die Tasche seines Gehrocks und zieht ein zartes silbernes Kettchen mit einem runden Bernsteinanhänger heraus.

Sofort leuchten die Augen des Kindes auf. Escher reicht Annemarie den Schmuck. Die Inspektorin schaut erstaunt, doch dann lächelt sie, entfernt das Tuch vom Hals des Kindes und legt ihm die Kette um.

»Wie hübsch du bist«, stellt Escher fest.

Kleist beobachtet das Geschehen mit Amüsement. Escher wird immer besser, denkt er. So will er seine Polizisten haben: einfühlsam und mitfühlend – und nicht befehlend und prügelnd.

Die Kleine strahlt und bedankt sich artig mit einem Knicks.

Von Kleist kommt zur Sache: »Annemarie. Du musst uns helfen. Du weißt doch noch, wie deine Mutti gestern Abend auf der Erde lag?«

Die Miene des Kindes verfinstert sich. Es setzt sich wieder auf die Bank.

»Annemarie!« Kleist kniet sich vor sie hin. »Da war ein böser Mann, der hat deiner Mutti wehgetan. Hast du ihn gesehen?«

Sie schüttelt den Kopf.

»Warst du denn nicht mit deiner Mutti zusammen?«

»Da war ein Kätzchen«, erzählt sie. »Ein ganz kleines. Ich bin zu ihm gerannt und es lief weg. Mutti wollte das nicht und rief mich. Ich hab nicht gehorcht und bin immer weiter hinterher. Dann bin ich zurückgekommen, aber Mutti hat gar nichts mehr gesagt.«

»Dann hat sie nichts gesehen«, murmelt Escher. »Sie muss sie gefunden haben, als alles schon passiert war.«

»Für uns ist das nicht gut«, nickt von Kleist, »für das Kind schon. Annemarie hat das Schlimmste nicht sehen und hören müssen.«

Die Polizeikutsche hält vor dem Palais Schwerin am Molkenmarkt. Hier sind das Polizeipräsidium und das Kriminalgericht untergebracht. Ganz in der Nähe liegt die Stadtvogtei, das gefürchtete Gefängnis.

Rachel wird grob aus der Kutsche herauskomplimentiert und zur Treppe eskortiert. Die Polizisten nehmen sie in die Mitte und halten sie an den Armen. Auf den Stufen werden sie aufgehalten.

»Liebe Frau von Kleist, ich bin entzückt!«, ruft Schwarz. »Wie schön, dass Sie uns besuchen. Wenngleich Ihr Herr Gemahl nicht anwesend ist.«

»Ich freue mich ebenfalls sehr, Sie zu sehen, Herr Schwarz«, flötet Rachel.

Der größere Polizist fragt nach: »Sie kennen diese Frau, Kommissar Schwarz?«

»O ja, ich kenne Frau von Kleist noch aus der Zeit, als sie Fräulein Grünblatt war.«

»Oh.« Die Polizisten lassen Rachels Arme los.

In der Straße hält Gruber die Pferde an. Er hat gesehen, wie Rachel abtransportiert wurde, und ist der Polizeikutsche gefolgt. Gruber dreht die Bremse fest und tritt zu der kleinen Gruppe auf der Treppe.

»Is denn ooch allet in Ordnung, jnädije Frau?«, wendet er sich an Rachel.

»Nicht ganz, Gruber«, erwidert sie, »ich denke, es wird

sich gleich alles klären.« Sie wendet sich an Schwarz. »Ich würde gern auf meinen Mann warten, wenn es Ihnen recht ist. Vielleicht darf ich mich in seinem Büro aufhalten?«

Schwarz stimmt zu und begleitet sie nach oben.

Rachel schaut sich um. Die Treppen im Palais sind ausgetreten, die Gänge zahlreich und verwirrend, der Geruch modrig. Die Menschen, die ihnen entgegenkommen, tragen Uniformen, anderen sieht man an, dass sie unfreiwillig Kunden der Polizei sind. Die kleinen Fenster geben den Blick auf die Mauer der Stadtvogtei frei. Rachel erinnert sich an Zeitungsartikel, in denen die Überbelegung des Gefängnisses beklagt wurde.

»Keine schöne Aussicht«, stellt Rachel fest. »Dafür kurze Wege. Vom Verhör direkt in Haft. Ist die Stadtvogtei noch immer so überfüllt?«

»Die Lage hat sich leicht entspannt. Wir haben ja jetzt ein neues großes Gefängnis in Berlin«, erklärt Schwarz. »In der Lehrter Straße in Moabit. Da gibt es sogar Einzelzellen für die politischen Delinquenten.«

»Wie komfortabel«, spottet sie. »Der König lässt sich nicht lumpen, wenn es um seine Feinde geht.«

»Warum haben die beiden Gendarmen Sie eigentlich aufgegriffen, gnädige Frau?«, fragt Schwarz.

»Ich habe mich eingemischt«, erzählt sie. »Das war Unter den Linden. Die Herren haben sich an einer alten Bettlerin vergriffen.«

»Das ist ihre Pflicht«, erklärt Schwarz. »Bettler passen nicht auf unsere schöne Prachtstraße.«

Er öffnet eine zweiflügelige Tür. »Das Arbeitszimmer des verehrten Herrn Gemahls. Darf ich Ihnen eine Tasse Tee oder eine Limonade bringen lassen?«

»Gern. Tee wird mir guttun. Wann erwarten Sie meinen Mann?«

»Es kann nicht mehr lange dauern. Er war heute Morgen im Scheunenviertel wegen des Mordes und wollte danach ins Waisenhaus zu dem Kind der getöteten Frau.«

Der Mann vom Fluss spannt nicht alleine. Wilde Gier und ewige Leere. Eine blonde Frau darf nicht warten und ein Ehemann freut sich.

Der Mann vom Ufer der Havel, dessen Passion das ausgiebige Betrachten halb nackter Frauen ist, hält sich von der Schlafstelle der Jette Wehner noch fern. Er wird vorsichtig sein und sein Äußeres durch Vollbart und Kleidung verändern, erst danach einen Beobachtungsposten beziehen. Den Brief mit der Adresse hat er in seiner Bleibe versteckt. Vielleicht ist Jette Wehner, die mit einem armen Tropf namens Hannes verlobt ist, ja auch ertrunken. Strudel der Havel haben sogar schon kräftige Männer in den Tod gezogen.

Er sucht inzwischen andere öffentliche Badeplätze auf, doch die werden jetzt oft von Gendarmen bewacht. In der *Vossischen Zeitung* haben sich weibliche Badende nämlich über männliche Gaffer beklagt. Der Mann lacht in sich hinein. Er scheint nicht allein zu sein mit seiner Vorliebe für badende Frauen. Das gibt ihm Sicherheit. Nur Jette Wehner macht ihm Sorgen. Das Mädchen hat ihn gesehen und kann ihn beschreiben.

Vier Frauen hat er sich am Ufer schon gegriffen. Die sind Wochen nach der Begegnung mit ihm irgendwo angespült worden. Ertrunken. Die Havel ist tückisch.

In der Morgue in der Auguststraße hat er die vier wiedergesehen. Die Toten liegen entkleidet auf hölzernen Pritschen und warten, dass ihnen ein Angehöriger wenigstens einen Namen gibt. Er hat gegafft und sich erinnert.

Rachel wartet noch immer im Dienstzimmer ihres Mannes, nippt an ihrem Tee und liest die *Vossische Zeitung* vom Tage. Es ist so viel los in Berlin. Im Gesellschaftsteil steht ein Artikel über eine Frau namens Luise Aston. Die Dame ist zweiunddreißig Jahre alt – drei Jahre älter als Rachel – und sorgt zurzeit für Furore. Sie trägt Männerkleider, raucht und huldigt der freien Liebe.

Die Zeitung zitiert aus ihren Pamphleten. Über die Berliner Gesellschaft schreibt die Aston:

Das nennen sie: Leben! Aus einem Boudoir in das andere, aus einem Salon in den andern, tanzend über das Parkett mit gefirnissten Stiefeln, oder den Estrich fegend mit den Schleppen ihrer Kleider! Eine Minute jagt atemlos der andern nach, und so hetzen sie sich selbst durch das Leben! Und mit wilder Gier häufen sie Amüsement auf Amüsement, nur die Stunden auszufüllen, und dennoch fühlen sie immer wieder, trostlos und geängstigt, die ewige, fürchterliche Leere.

Rachels Herz klopft. Das sind wunderbare und wahre Sätze, denkt sie. Ich werde davon das annehmen, was in mein Leben passt. Und Justus? Er hat Verstand und Liebe genug und wird mich nicht daran hindern, meine fürchterliche Leere zu füllen.

Rachel hört plötzlich Schwarz' Stimme. »Der Herr Polizeidirektor ist nicht anwesend und in Ermittlungen, gnädige Frau!«

Rachel spitzt die Ohren. Das Gespräch findet direkt vor der geschlossenen Tür des Arbeitszimmers statt.

»Dann warte ich auf ihn«, sagt eine helle Frauenstimme.

»Sie können nicht auf Herrn von Kleist warten.« Wieder Schwarz.

»Und warum nicht?«

»Weil schon jemand anders wartet«, erklärt Schwarz. »Würden Sie mir jetzt bitte nach draußen folgen?«

»Wer wartet denn noch?«

Rachel läuft zur Tür, öffnet sie und schaut in das Gesicht einer jungen, blond gelockten Dame.

»Kann ich behilflich sein?«, fragt Rachel.

Ihr Gegenüber trägt ein teures Seidenkleid in der Farbe Rosé, mit mächtigen Keulenärmeln und eng geschnürter Taille. Dazu Schirm, Handschuhe, Brosche, Perlenkette und Armband. Die Haare brechen unter dem Schutenhut hervor und die Schläfenlocken ringeln sich bis zum Kinn. Rachel muss an Ostereier denken.

Die beiden Frauen starren sich an.

»Gestatten die Damen, dass ich Sie einander vorstelle«, rettet Schwarz die Situation. »Frau von Kleist – Freifrau von Gaudy.«

Rachel deutet ein Nicken an.

»Sie sind seine Frau Gemahlin?«, fragt die andere. »Ich hörte schon, dass er sich überraschend verehelicht hat. Mit einer Jüdin aus der Provinz. Das sind dann wohl Sie.«

Rachel wird unverschämt gemustert.

Schwarz fällt auf, dass die beiden Damen das genaue Gegenteil voneinander sind. Rachel ist groß, schmal, mit

Rundungen an den richtigen Stellen, schwarzhaarig und mit einer edlen Nase ausgestattet. Die Freifrau hat eine kleine, üppige Statur, ein Stupsnäschen und aufgeworfene Lippen, die immer zu schmollen scheinen.

»Ganz recht, ich bin mit Justus von Kleist verheiratet«, sagt Rachel. »Schön, dass ich die Freunde meines Mannes kennenlerne. Ich werde ihm von Ihrem Besuch berichten. Und jetzt noch einen angenehmen Tag für Sie, Frau von Gaudy.«

Rachel schließt die Tür und geht zurück ins Zimmer. Ob es in Justus' Umgebung auch Menschen gibt, die mir gefallen?, fragt sie sich.

»Liebste!« Die Freude steht Justus ins Gesicht geschrieben. Er nimmt seine Frau in die Arme. »Du bist meinem Vorschlag, einen Ausflug zu machen, ja brav gefolgt. Auch wenn ich dich lieber in die geordnete Natur geschickt hätte.«

»Ich weiß«, lächelt sie. »Mir war aber nach städtischer Unordnung. Und ich habe auch schon einiges erlebt heute.«

»Schwarz hat mir kurz Bericht erstattet und der gute Gruber war ganz kleinlaut. Was hast du erlebt?«

Rachel berichtet vom Rasenmäher, den Studenten mit den Flugblättern, der Bettlerin und den beiden Polizisten. Sie zeigt Justus ihre Arme, an denen sich durch den groben Zugriff der Männer blaue Flecken gebildet haben. Am Ende erwähnt sie das zufällige Zusammentreffen mit der Freifrau von Gaudy.

»Die gute Frieda«, seufzt Justus. »Es wird Zeit, dass sie sich verheiratet, damit ihr Wesen etwas geglättet wird.«

»Seit wann führt eine Ehe zu einem glatten Wesen?«, empört sich Rachel.

»Bei manchen Frauen schon immer. Sie benötigen eine Aufgabe im Leben.«

»Und welche Aufgabe wäre das?«, fragt Rachel.

»Sich um ihren Gatten zu kümmern und später um die Kinder.«

»Erwartest du das etwa auch von mir?«, fragt Rachel erschrocken.

»Natürlich!«

An seinem Gesicht erkennt sie, dass er Spaß macht.

»Ich möchte so werden wie Luise Aston«, teilt sie mit. »Weißt du, wen ich meine?«

»Allerdings. Eine *femme scandaleuse.* Tu mir das bitte nicht an. Die Aston steht unter Polizeibeobachtung und kurz vor der Ausweisung aus Berlin.«

»Nur, weil sie ein anderes Leben gewählt hat, als es den Frauen üblicherweise gewährt wird?«

»Nein. Weil sie einer Gruppierung zugetan ist, die sich *Bund der Gerechten* nennt. Diese Menschen opponieren gegen die Obrigkeit und beleidigen unseren König. Sie hat einen *Club emanzipierter Frauen* begründet und wird immer wieder in Begleitung von Männern gesehen, die politisch radikal sind.«

Rachel denkt an das Flugblatt in ihrer Tasche. Würde es sie zu einer Opponentin abstempeln?

»Sie ist einfach eine Frau, die ihren Kopf zum Nachdenken gebraucht«, widerspricht sie. »Es muss doch noch ein anderes Leben für Frauen geben, als Kinder zu gebären und einen Haushalt zu führen.«

Es klopft.

Nach Aufforderung führt Schwarz die beiden Gendarmen herein, die Rachel festgenommen haben.

»Die beiden Herren möchten Sie kurz sprechen, Herr von Kleist. Ich glaube, sie wollen sich entschuldigen.«

Der Kleinere sieht aus, als möchte er etwas sagen, doch Justus von Kleist kommt ihm zuvor. »Ah, die Herren Langhein und Kleinschmidt, das hätte ich mir denken können. Rachel, du siehst hier die Blüte der Berliner Ordnungsmacht. Sie treten oft zusammen auf und haben sogar einen Spitznamen. Polizeiintern nennt man dieses Duo *Lang und Kurz.* Dabei muss man freilich bedenken, dass der Herr Kleinschmidt der Großgewachsene der beiden ist, sodass nie klar ist, wer jeweils gemeint ist.«

Die beiden Gendarmen blicken eisern geradeaus. Rachel verkneift sich ein Grinsen.

Von Kleist fährt fort: »Meine Herren, es liegt mir fern, Sie in der Ausübung Ihrer Pflichten im Übermaß zu kontrollieren oder für meine Familie eine Sonderbehandlung zu fordern. Aber schauen Sie sich mal die Arme meiner Frau an. Ich bemerke dort blaue Flecken, medizinisch Hämatome genannt. Denken Sie bitte immer daran, dass alle Menschen, denen Sie begegnen, genau dies sind: Menschen. Und behandeln Sie sie mit Respekt. Sie können wegtreten.«

Mit roten Köpfen verlassen die beiden Kleists Büro. In der Tür stoßen sie fast mit Escher zusammen.

Nachdem der drinnen und die beiden anderen draußen sind, verbeugt sich Escher.

»Gnädige Frau.« Auch er kennt Rachel von den Mordermittlungen in Morgenthal.»Unsere Leute sind nun unterwegs. Sie werden sich dezent umhören und nach Freiern des Opfers suchen. Und nach der Bleibe der Soldaten-Jule. Die soll sich irgendwo in den von Wülcknitzschen Familienhäusern befinden.«

»Hoffentlich stellen sich die Männer geschickt an«, entgegnet von Kleist. »Die Vogtländer erkennen Spitzel auf hundert Meter gegen den Wind.«

Eine Stunde später ist Rachel auf dem Rückweg. Gruber scheucht die Pferde, denn es wird bald dunkel.

In der Villa angekommen, genehmigt sie sich einen Likör und liest den Brief ihrer Mutter, der heute eingetroffen ist. Marlene Grünblatt bewältigt ihre neue Aufgabe mit Bravour. Die Weberei in Morgenthal wirft Gewinne ab und die Kunden sind begeistert von Marlenes Stoffmustern. Die Weber können mit den Bestellungen fast nicht nachkommen.

Sogar *Maman* hat jetzt eine sinnvolle Aufgabe, denkt Rachel. Und ich?

Marie hat ein unschönes Erlebnis. Wer ist der Gönner der Dame ohne Unterleib? Wohnungen werden gefunden und gesucht. Spitzel treffen sich an einer Rippe.

Jette Wehner hat sich entschlossen, das Baden in der Havel aufzugeben. Wenn sie abends Schritte hinter sich hört, beschleicht sie ein ungutes Gefühl. Ihre Stube ist abgeschlossen und auch die Vermieterin passt auf. Nur das Mädchen, mit dem sie sich das Zimmer teilt, nimmt die Sache zu leicht und vergisst oft, ihren Schlüssel zu gebrauchen.

Marie arbeitet nachts als Schankmädchen in einer Gastwirtschaft und kommt erst im Morgengrauen zurück. Jette schläft in der Nacht, näht tagsüber die Hemden und bringt sie in die Geschäfte und zu den privaten Abnehmern. Da Nähen eine leise Arbeit ist, kann Marie dann in Ruhe schlafen.

Die beiden sehen und sprechen sich kurz, wenn Jette das Bett verlässt und Marie kommt, um sich hineinzulegen.

An diesem Morgen kehrt Marie später als üblich zurück. Sie sieht anders aus als sonst: verdreckt, Wunden im Gesicht und eine aufgeplatzte blutige Lippe. Ihr Blick ist leer, die Kleider sind zerrissen.

»Marie! Was ist geschehen?«, fragt Jette entsetzt.

Marie schluchzt auf. »Er war plötzlich da«, stammelt sie.

»Packte mich, schlug auf mich ein. Dann warf er mich zu Boden und …«

Jette versteht: Marie ist vergewaltigt worden.

»Hast du ihn erkannt? War er Gast in der Schänke?«

Marie schüttelt den Kopf. »Ich kannte den nicht. Aber …« Sie stockt.

»Was aber?«

»Als er fertig war, flüsterte er mir etwas ins Ohr.«

Jette starrt Marie an. »Was denn?«

»Er sagte: Grüß die Jette Wehner von mir! Und sag ihr, dass sie gut schwimmen kann.«

Die berüchtigten von Wülcknitzschen Familienhäuser befinden sich in der Gartenstraße. Spekulanten haben sieben große Gebäude zwischen die sonst ärmlichen Hütten gesetzt. Die Familienhäuser haben ungefähr vierhundert Zimmer und es leben über zweitausend Menschen dort. Leben? Eher vegetieren. In manchen Stuben hausen zwei Familien. Ein Seil, mitten durch den Raum gespannt, trennt die Bereiche. Zwei Taler pro Monat kosten diese Bleiben. Jedes Familienhaus hat einen Inspektor, der die Miete eintreibt.

Die Abtritte stehen offen und verpesten die Luft. Die Fäkalien fließen in offenen Rinnsteinen durch das Viertel in eine Senkgrube. Die Polizisten ermitteln nicht gern bei den Vogtländern, denn es stinkt und ist schmutzig. Die Spitzel haben damit weniger Probleme. Viele von ihnen stammen von hier, sie sprechen den Dialekt der Vogtländer und sind mit den Vorurteilen gegen sie vertraut.

Berlins kritische Presse schreibt oft über die Familienhäuser. Das passt der Obrigkeit nicht. Entsprechende Schriften werden sofort verboten.

Von all dem wissen die Vogtländer nichts. Die wenigsten können lesen und schreiben. Bildung ist Luxus, auf den man verzichtet, wenn man nichts zu essen hat.

Die Spitzel sind sehr rührig. Sie hören zu, sagen wenig und ziehen ihre Schlüsse. Sie stellen nur wenige Fragen. Zum Beispiel, wo eine Frau namens Jule Brand gewohnt hat.

»Jule Brand?«, lacht eine Frau. »Nee, die kenn ick nicht. Aber 'ne Soldaten-Jule, ja, die kenn ick. Die soll ja tot sein.«

»Ach was«, sagt der Spitzel. »Ick wollt ihr Jeld bringen. Hat se mir jeliehen.«

»Jeld?«

»Jeld!«

»Det kannste mir denn ja jetze jeben«, bietet sich die Frau grinsend an.

»Wenn du mir sagst, wo sie jewohnt hat, Mutta, kriegst 'ne kleene Prämie.«

»Die wohnte Jartenstraße 92«, erfährt der Spitzel. Die Frau erhält zwei Kupferpfennige.

Der Spitzel informiert Polizeikommissar Escher.

Am nächsten Morgen beziehen dreißig Gendarmen Stellung vor dem Familienhaus in der Gartenstraße. Die Männer sollen möglichst alle Bewohner des Hauses auf die Jule ansprechen, um herauszubekommen, wie sie gelebt hat und ob sie Feinde hatte.

Auch der Inspektor ist angetreten. Ihn kennen die Vogtländer. Er wird gerufen, wenn es Streitereien gibt oder jemand die Miete nicht aufbringen kann. Und er informiert die Armenkommissionen, wenn kleine Kinder allein zurückgelassen werden, weil ihre Eltern sie nicht mehr ernähren können.

Escher bespricht sich mit dem Inspektor. Dieser schaut in eine Liste und nickt. »Jule Brand wohnt hier. Kommen Sie.«

Escher winkt zwei Gendarmen zu sich und sie folgen dem Mann. Die Gänge sind klamm und feucht, eine Tür neben der anderen. Kleine Kinder in zerlumpten Kleidern sitzen auf dem Boden. Säuglinge schlafen, manchmal bewacht von ihren Geschwistern. Auch alte Menschen lungern herum. Für sie gibt es keine Arbeit mehr, die Geld einbringt, und sie sind auf Almosen angewiesen.

»Die sitzen draußen, weil die Stuben so eng oder jrade belegt sind«, erklärt der Inspektor. »Und die anderen sind uffe Arbeit und kommen erst am Abend wieder heim.«

Heim?, denkt Escher. Er hält sich ein Taschentuch vor die Nase. Der Gestank nach Urin, altem Schweiß und Schimmel nimmt ihm den Atem.

»Jelüftet wird hier nüscht so dolle«, stellt der Inspektor fest. »So, wir sind da. Det ist die Stube von der Brand und ihrer Kleenen.«

Er öffnet die Tür. Der Raum ist halbdunkel. Vor dem kleinen Fenster hängt eine Decke. Der Inspektor nimmt sie ab und lässt Luft herein.

Jetzt sind die wenigen Möbel besser zu sehen. Ein Bett, ein Tisch, zwei Stühle, eine Kommode und ein Kohleofen. Eine Stoffpuppe und ein kleines Holzpferdchen auf Rädern.

»Hat die Jule Brand mit ihrer Tochter allein hier gewohnt?«, fragt Escher.

»Zuletzt schon«, antwortet der Hausinspektor. »Vorher war da noch eene Frau. Aber die ist jejangen.«

»Haben Sie den Namen?«

»Die müsste in der alten Liste sein, unten im Kontor.«

Escher zieht die oberste Kommodenschublade auf: Unterwäsche, Strümpfe und anderer Frauenkram. Sogar ein Stückchen Pelz. Und Annemaries Kinderkleidung. Alles einfach, aber sauber gewaschen.

»Was wissen Sie über Jule Brand?«

»So jut wie nüscht. Soll 'ne Professionelle gewesen sein. Ihre Freier hatte sie im Scheunenviertel. So hört man. Aber die Annemarie, die hat se jeliebt wie ne jute Mutter das tun soll.«

Escher packt die Kinderkleidung, die Puppe und das Holzpferd zusammen. Er will die Sachen im Waisenhaus abgeben lassen.

Im Kontor sucht der Inspektor nach dem Namen der Frau, die einige Monate zusammen mit Jule Brand in ein und derselben Stube verbracht hat.

»Det isse.« Doch er hat keine Ahnung, wohin die Frau verschwunden ist.

Jette Wehner hat Marie an die Hand genommen und steht mit ihr vor einer Polizeistation.

»Das hat doch keinen Sinn, Jette«, jammert Marie. »Ich kann den Kerl noch nicht mal ordentlich beschreiben. War doch ziemlich duster.«

»Aber ich«, behauptet Jette. »Das muss der Kerl sein, der mir an der Havel aufgelauert hat. Sonst hätte er keinen Gruß an mich bestellt. Nun komm!« Jette zieht Marie durch die Tür.

Der Gendarm schreckt auf, er ist eingenickt. Schnell zieht er sich die Stiefel an und zupft die Uniformjacke zurecht.

»Meine Damen«, brummelt er verlegen. »Was führt Sie zu mir?«

»Wir wollen ein Notzuchtverbrechen melden.«

Der Mann mustert erst Jette, dann Marie. »Und welche von den Damen ist genotzüchtigt worden?«

»Meine Freundin hier. Marie Wichmann«, sagt Jette.

»Und wer war der Herr?«

»Ich kenn den nicht, der hat mich heut Morgen überfallen«, erklärt Marie. »Als ich von der Arbeit kam. Ich bediene in einer Schankwirtschaft am Hamburger Tor.«

Der Gendarm nimmt ein Buch zur Hand, blättert ein paar Seiten vor und liest laut: »Notzucht ist die Nötigung einer Frauensperson zur Duldung des außerehelichen Beischlafs durch Gewalt oder durch Drohung mit gegenwärtiger Gefahr für Leib oder Leben, unter der die Notzucht ausgeübt und von der Frauenperson deshalb erduldet wurde – so steht das im Gesetz. Wie hat der Täter denn gedroht?«

»Er hat mich geschlagen«, erklärt Marie. »Und dann auf die Erde geworfen. Dann hat er es gemacht.«

»Sehen Sie denn die Wunden in ihrem Gesicht nicht, Herr Gendarm?« In Jette steigt Empörung hoch.

»Die können auch bei einer Balgerei in dem Etablissement entstanden sein, in dem die junge Dame arbeitet.«

»Dann unterstellen Sie uns, dass wir lügen?«

»Können Sie den Herrn beschreiben?«, fragt der Polizist.

»Er war breit. Und nicht mehr jung. Ich hab sein Gesicht nur kurz gesehen – aber ich würde ihn wiedererkennen.«

»Ich kann ihn auch beschreiben«, sagt Jette.

»Dann haben Sie zugeguckt, mein Fräulein?« Jetzt ist der Gendarm leicht verwirrt.

»Nein, aber er hat Jette grüßen lassen und gesagt, dass sie gut schwimmen kann«, antwortet Marie. »Es muss derselbe sein.«

Jette erzählt die Geschichte vom Fluss. Als sie ihre glückliche Rettung durch Polizeidirektor von Kleist und seine Gemahlin erwähnt, wird der Gendarm ganz emsig. Er nimmt die Anzeige bereitwillig auf und lässt sich den vermutlichen Täter von Jette beschreiben: ein Mann von kräftiger Statur, um die vierzig Jahre alt, blondes schütteres Haar, ohne Bart. Einfache Kleidung, wie sie Handwerker tragen. Kniebundhose, weites Hemd, grünes Halstuch.

»Er sprach kein Berlinerisch«, fällt Jette noch ein. »Und aus dem Vogtland kam der auch nicht.«

Die Rippe liegt mit ihrer Fassade zum Molkenmarkt. Ein riesiger Rippenbogen und ein weiterer Knochen zieren seit hundertfünfzig Jahren den Eingang. Um die Gastwirtschaft ranken sich Sagen. Manche glauben, dass die Rippe und der Knochen von einem stummen, erschlagenen Riesen aus den Müggelbergen stammen. Andere behaupten, die Knochen seien auf dem Molkenmarkt als Kuriosum verkauft worden.

Die Polizeikommissare Escher und Schwarz gehen in der *Rippe* ein und aus – dienstlich und auch privat. Ihre Zimmer befinden sich in der Nähe – im Ephraim-Palais, in dem der preußische Staat ledige Polizeibeamte unterbringt. So können sie schnell alarmiert werden, wenn ihre Dienste benötigt werden.

Das Essen in der *Rippe* ist ordentlich, das Bier schmackhaft und kühl. Escher und Schwarz haben das Stammessen bestellt: mit Nelken und Lorbeerblättern gekochter Wels. Dazu Meerrettich, Butter und Kartoffeln.

»Der Wels ist jestern noch inne Spree jeschwommen«, verspricht die Wirtin. »Juten Appetit, die Herren Polizeilichen.«

Die beiden hauen rein.

Sie haben nicht allzu viel Zeit, denn bald kommen die Spitzel, um zu berichten. Der Nebenraum ist schon hergerichtet: *Geschlossene Gesellschaft* steht auf einer Schiefertafel. Auf dem langen Holztisch sind zwei Wimpel mit dem preußischen Adler zu sehen.

Escher spült mit Bier nach, Schwarz sucht den Abtritt auf. Nach und nach füllt sich der Raum. Zigarren werden angezündet, Getränke und Buletten geordert. Die Polizeibehörde bezahlt die Zeche bis zu einer gewissen Grenze.

Schwarz fragt nach den Ergebnissen der Suche. Ein Spitzel namens Konrad hat die ehemalige Stuben-Genossin von Jule Brand ausfindig gemacht.

»Die Frau heißt Else Zille. Sie wohnt im Mühlenviertel in nicht geheiligter Ehe. Mit einem Korbmacher.«

»Was erzählt sie über Jule Brand?«

»Sie hatte viele Freier im Scheunenviertel.«

»Das wissen wir schon«, stellt Schwarz fest. »Dort ist sie ja auch tot gelegen.«

»Sie hat der Zille anvertraut, dass sie aufhören will mit dem Gewerbe. Wegen ihrer Kleinen. Und dass sie einen betuchten Freier hätte, der ihr hilft.«

»Wer ist dieser Mann?«

Konrad druckst ein wenig. »Ein Jude soll es sein – sagt die Zille.«

Die Aussagen von Jette Wehner und Marie Wichmann liegen auf Justus von Kleists Schreibtisch. Der Gendarm hat einen entsprechenden Vermerk auf dem Papier hinterlassen und der Hausbote hat die Akte weitergetragen. Der Polizeidirektor liest das Protokoll und nimmt die Sache ernst. Der Sittenstrolch vom Havelufer ist kein Gelegenheitstäter. Er hat ein schweres Verbrechen an einer jungen Frau begangen, das mit mehreren Jahren Zuchthaus bestraft wird, und sein nächstes Opfer schon ausgespäht.

Von Kleist beauftragt Schwarz, Jette Wehner zur Villa Kleist fahren zu lassen. Er schreibt seiner Frau einen kurzen Brief zum Verständnis.

Was sie jetzt wohl gerade macht, fragt er sich. Vielleicht sitzt sie in der Bibliothek und liest, vielleicht genießt sie den Sommerabend bei einem Glas Limonade oder Wein in dem runden offenen Pavillon mit der Bezeichnung Monopteros, stellt einen Rosenstrauß zusammen oder spielt Klavier. Alles Beschäftigungen, die einer verheirateten Frau der oberen Klasse gut zu Gesicht stehen. Die meisten Frauen sehnen sich nach einem solchen langsamen Leben ohne Geldsorgen und Druck.

Ich muss etwas ändern, denkt Justus von Kleist weiter, meine Frau mag den Müßiggang nicht und interessiert sich nur nebenbei für Kleider, Schmuck, Kochrezepte und Klatsch. Vielleicht sollten wir die Villa am Jungfernsee aufgeben und in die Stadt ziehen, grübelt er. Aber das Klima ist oft unerträglich. Wie jetzt. Die Luft im Arbeitszimmer flimmert. Die Sonne hat die schweren Steine des Palais Schwerin stark erhitzt und die Wärme ist auch mit Durchzug nicht zu vertreiben.

Justus von Kleist verlässt das Polizeipräsidium und steigt in die offene Droschke.

»Wo soll es hinjehen, Herr Polizeidirektor?«, fragt der Kutscher.

»Fahren Sie mich einfach durch die Stadt. Durch ein paar Bezirke, in denen es Wohnungen zu kaufen gibt. Ich möchte mich mal umsehen.«

»Soll et wat Besseres sein, Herr Direktor? Für janz viel Jeld oder nur Jeld?«

Von Kleist lächelt. »Das ist nicht wichtig. Zeigen Sie mir einfach ein paar schöne Straßen mit ordentlichen Häusern, in denen Familien gut leben können.«

»Dann wär die Friedrichstadt det Richtige für Sie«, nickt der Kutscher. »Unter den Linden und Wilhelmstraße. Fangen wir mit der Wilhelmstraße an.«

Jemand sucht eine Wohnung. Federhüte und Schwanenhälse. Ein junges Mädchen zieht um. Steckbriefe entstehen.

In der Wilhelmstraße sind die Gebäude prächtig und großzügig. Der Berliner Adel besitzt die schönsten Häuser – doch seit ein paar Jahren ist man nicht mehr ganz unter sich. Die Bourgeoisie – höhere Militärs, Fabrikbesitzer und Bankiers – hat sich in die frei werdenden Lücken gedrängt und selbst Villen errichten lassen. Sogar Juden sind hergezogen, reiche Salonjuden mit ihren Familien. Das preußische Judenedikt von 1812 hat den Juden mehr Freiheit bei der Wahl ihres Wohnortes beschert. Ganz gleichberechtigt sind sie allerdings immer noch nicht. Der Zugang zum Offizierskorps, zur Justiz und zur öffentlichen Verwaltung ist ihnen nach wie vor verwehrt.

Die Kutsche hat Unter den Linden erreicht und die Pferde gehen im Schritt. Der Boulevard führt vom Brandenburger Tor zur schinkelschen Schlossbrücke. Rund um das Tor flaniert das feinere Berlin. Frauen und Männer tragen die neueste Mode, in den Gartenlokalen klirren die Gläser und Lachen erklingt.

Heinrich Heine hat das so schön bedichtet – denkt Justus von Kleist. Wie gehen die Verse noch?

Ja, Freund, hier unter den Linden,
Kannst du dein Herz erbaun,
Hier kannst du beisammen finden
Die allerschönsten Fraun.
Sie blühn so hold und minnig
Im farbigen Seidengewand;
Ein Dichter hat sie sinnig
Wandelnde Blumen genannt.
Welch schöne Federhüte!
Welch schöne Türkenschals!
Welch schöne Wangenblüte!
Welch schöner Schwanenhals!

Der Kutscher fährt auf das Hallesche Tor zu und erreicht die Luisenstadt. Das Straßenbild ist weniger vornehm. Viele Handwerker und Gewerbetreibende, die in Arbeit und Brot sind, haben sich hier neuerdings niedergelassen. Händler bieten ihre Waren unter freiem Himmel an. Die Schankwirtschaften sind zahlreich und die Stimmung ist entsprechend locker.

Der Kutscher dreht sich zu von Kleist um. »Det ist nichts für Sie, Herr Polizeidirektor.«

»Und warum nicht?«, will der wissen.

»Die Jebäude stehen auf schlechtem Jrund. Der Boden ist sumpfig und die Wände senken sich ab. Det da …«, der Mann deutet auf ein sichtlich krummes Haus, »… det da hat ausjedient und wird nu abjerissen.«

»Ja, es ist nicht alles Gold, was zu glänzen scheint«, nickt von Kleist. »Brechen wir die Tour ab. Fahren Sie mich bitte zu meiner Wohnung am Molkenmarkt.«

Liebste, ich schicke Dir Fräulein Wehner. Sie ist in Gefahr. Was genau geschehen ist, berichtet sie Dir selbst. Am Wochenende werden wir eine Lösung finden.
In Liebe,
Dein Justus

Rachel lässt die Mitteilung sinken.

Jette Wehner steht schüchtern vor ihr, die Hände in den Stoff ihres Rockes vergraben.

»Willkommen, Fräulein Wehner«, lächelt Rachel. »Möchten Sie eine Tasse heiße Schokolade?«

Da sagt das Mädchen nicht Nein. Rachel klingelt nach der Zofe und erteilt den Auftrag.

»Und nun erzählen Sie.«

Jette berichtet von der Notzucht an ihrer Zimmergenossin und den Grüßen des Verbrechers.

»Gut, dass Sie jetzt bei uns sind«, sagt Rachel. »Hier kann Ihnen nichts geschehen. Dann ist dieser Mann vom Ufer ja viel gefährlicher, als wir dachten. Wie geht es Ihrer Freundin?«

»Marie ist zurück in ihr Dorf«, antwortet Jette und nippt an der Schokolade. »Sie mag Berlin nicht mehr.«

»Was sagt mein Mann? Kann er den Unbekannten finden?«

Jette ist überfragt. »Ich hab ihn beschrieben, aber der Polizeigendarm meinte, die Beschreibung trifft auf jeden zweiten Mann in Berlin zu. Wiedererkennen würde ich den Kerl schon, wenn er vor mir steht.«

»Das wollen wir nicht hoffen, dass Sie ihm noch mal begegnen müssen«, entgegnet Rachel. »Und jetzt zeigt Ihnen die Zofe Ihr Zimmer.«

»Kann ich mich nützlich machen, gnädige Frau? Haben

Sie Hemden im Haus, die eine Reparatur benötigen? Ich kann auch neue Hemden nähen oder eine Bluse für Sie!«

»Darüber reden wir morgen«, entscheidet Rachel.

Die Stadtwohnung des Königlich Preußischen Polizeidirektors Justus von Kleist wird vom Staat bezahlt und in Ordnung gehalten. Sie ist einfach und zweckmäßig eingerichtet. Von Kleist ist mit vielen Büchern eingezogen. Fachliteratur, aber auch Schöngeistiges. Ein kleines Porträt seiner Frau ziert den Schreibtisch.

Heute arbeitet er bis in die Nacht. Die Steckbriefe müssen formuliert werden. Gesucht werden der Mann vom Ufer und der Mörder der Jule Brand. Zu Letzterem gibt es so gut wie keine Hinweise.

Die *Mitteilungen zur Beförderung der Sicherheitspflege* erscheinen zwei Mal pro Woche. Die Ersten, die sich darauf stürzen, sind die zahlreichen Journalisten. Deshalb müssen die Personenbeschreibungen, Sachverhalte und Warnungen möglichst knapp und trotzdem genau formuliert werden.

Justus von Kleist schreibt:

Mitteilung des Königlich-Preußischen Polizeipräsidiums: Gesucht wird ein unbekannter Mann, der sich des Verbrechens der Notzucht an einem Mädchen schuldig gemacht hat. Der Mann hält sich an unbewachten Badeplätzen, letztens an der Havel nahe der Pfaueninsel auf. Es wird vor dem Mann gewarnt. Er ist ungefähr vierzig Jahre alt und von kräftiger Statur. Zur Zeit des Verbrechens hatte er blondes, schütteres Haar und keinen Bart. Er trägt die einfache Kleidung eines Handwerkers. Er spricht weder Berliner noch Vogtländer Dialekt. Betroffene Opfer, die sich den Behörden noch nicht offenbart haben, sollen sich bei den Polizeiwachen in der Stadt melden.

Die Warnung vor dem Mörder und die Zeugensuche liest sich so:

Die Polizeibehörden von Berlin warnen vor einem unbekannten Mörder. Der Mann hat am Samstag, 15. August, im Scheunenviertel die 27-jährige Prostituierte Jule Brand, genannt Soldaten-Jule, ermordet. Es werden Zeugen gesucht, die einen blutbeschmierten Mann gesehen haben. Um das Umfeld der Jule Brand zu erhellen und eine Spur zum Mörder zu finden, sollen sich die Bekannten der Frau ebenfalls erklären.

Von Kleist legt die Blätter zur Seite. Er ist müde und sollte eigentlich schlafen. Am nächsten Tag steht eine Polizeiaktion im Judenviertel an. Der Freier der Jule Brand, der sie angeblich aus dem Milieu holen wollte, muss gefunden werden. Ermittlungen der Polizei gegen Juden sind oft kompliziert und werden von vielen genau beobachtet. Die *Vaterländischen* jubeln, wenn es gegen die Juden geht, und die Liberalen des *Jungen Deutschland* warten darauf, dass die Polizei Fehler macht, um den Behörden Judenhass zu unterstellen.

Der Polizeidirektor weiß, dass viele Polizisten tatsächlich antisemitisch eingestellt sind und dass Übergriffe keine Seltenheit sind. Diese Vorfälle werden oft von der *Vossischen Zeitung* angeprangert und pauschalisiert – was wiederum die amtlichen Zensoren alarmiert.

Doch er hat noch so viel anderes auf dem Schreibtisch. Betrüger, entflohene Straftäter, Kinderschänder und Räuber.

Je mehr Menschen aufeinanderhocken, desto mehr schaden sie sich gegenseitig, denkt von Kleist. Und wenn die Reichtümer so ungerecht verteilt sind wie in dieser Zeit, ist eine soziale Feuersbrunst nicht mehr weit. Der König versteht das nicht oder er ist zu weit weg und schlecht beraten. Revolutionen haben ihren Ursprung immer im sozialen Ungleichgewicht. Warum nur weiß dieser König das nicht?

Mit fast aufrührerischen Gedanken im Kopf schläft Justus von Kleist schließlich ein. Das Bett ist schmal und er hat Sehnsucht nach seiner besonderen Frau. Jetzt beneidet Rachel auch noch diese Luise Aston! Jene schreckliche Person, deren Leben nur aus Provokation besteht! Er muss im Dunkeln grinsen.

Die erste Leiche kannte einen Metzger, die zweite kommt aus einem besonderen Dorf. Der Rechtsmediziner schockiert den Ermittler. Kampf zwischen hell und dunkel. Ein Judenhasser ist impertinent.

Das Scheunenviertel liegt nördlich des Alt-Berliner Stadtkerns, weit genug entfernt, um mit seiner Armut die Bourgeoisie nicht zu stören, und nah genug, um Arbeitskräfte für die Bessergestellten hervorzubringen. So findet jeden frühen Morgen eine kleine Völkerwanderung statt. Junge Mädchen begeben sich in die Häuser des Bürgertums, um dort als Wäscherinnen, Putzfrauen oder Näherinnen zu arbeiten. Andere ziehen Karren mit selbst gezogenem Gemüse und Obst und verkaufen diese Lebensmittel auf den Straßen.

Die Polizei kommt zu früher Stunde. Justus von Kleist hat die Kräfte ermahnt, sich keine Übergriffe zu leisten und auch bei Widerstandshandlungen ruhig zu bleiben.

Schwarz und Escher leiten die Aktion. Gendarmen besetzen die beiden nördlichen Stadttore und blockieren so den Weg der Juden zu ihrer Arbeit. Sie fragen nach Jule Brand, ihren Freiern und dem möglichen jüdischen Freund.

Die meisten kennen keine Jule Brand, aber der Name Soldaten-Jule sagt einigen Passanten etwas. Ja, eine Frau mit diesem Spitznamen hat in den Scheunengassen angeschafft.

Sie wird so genannt, weil sie Freier in Uniformen vorzieht. Eine ältere, auskunftsfreudige Frau führt einen Gendarmen zu der Stelle, an der Jule gewöhnlich auf Kundschaft wartete. Ein Schneidergeschäft, eine koschere Metzgerei und ein Hutgeschäft befinden sich in der Gasse. Und der Gendarm erfährt noch etwas: Jule Brand hatte eine freundliche Beziehung zu dem Besitzer der Metzgerei.

Der Gendarm macht Meldung bei Schwarz. Dieser horcht auf. Kann der Metzger der Freund sein? Denn noch etwas lässt den Ermittler stutzen: Metzger schlachten Tiere, schlitzen sie auf und entnehmen ihnen die Organe. Wenn jemand weiß, wie und wo Messer angesetzt werden, dann sind es Metzger.

Schwarz steht vor der Metzgerei. Sie ist geöffnet. Er geht einige Stufen nach unten und schiebt die Tür auf. Ein junger Mann mit Kippa, Pejes und zartem Bartwuchs schaut hinter einem Vorhang hervor.

Schwarz stellt sich vor und fragt nach dem Besitzer.

»Der Meister ist unterwegs ins Schächthaus.«

»Kennst du die Frau, die hier anschaffen ging? Jule Brand? Man nennt sie auch Soldaten-Jule.«

Der junge Jude zögert. Ja, er kennt sie. Und er hat erfahren, dass Soldaten-Jule ermordet worden ist. Sie hat sich manchmal bei schlechtem Wetter im Laden aufgewärmt, oft war ihre kleine Tochter dabei. Aber das soll die Polizei selbst herausfinden.

»Kennst du die Frau nun, oder nicht?«

Keine Antwort. »Wie heißt du, Bursche?«

»Samuel Rebenstein, Metzgergeselle«, traut sich der junge Mann zu sagen.

»Du weißt, dass die Dirne tot ist, oder?«

Rebenstein nickt.

»Ich komme wieder, wenn dein Meister da ist. Wie ist sein Name?«

»Abraham Kohnen.«

Schwarz notiert. Hinter ihm wird die Tür aufgestoßen. Escher stürzt herein.

»Noch eine tote Frau. Wieder ein junges Mädchen. Komm, Schwarz!«

Der Metzgergeselle wird kreidebleich. Doch das bemerken die Kommissare nicht.

Escher führt Schwarz um zwei Straßenecken. Dort sind vier Gendarmen dabei, Neugierige von dem Fundort der Leiche fernzuhalten.

Schwarz schüttelt bekümmert den Kopf: »Immer trifft es die armen Leute.«

Escher ruft ihn zur Ordnung: »Lass uns unsere Arbeit machen.«

Schwarz scheucht drei Hunde weg, die Blut auflecken, das auf den Pflastersteinen glänzt. »Ist es etwa wieder ...?«

»Ja, es scheint so. Auch diese ist schrecklich zerschnitten worden.« Escher hebt die Decke an, die über dem Leichnam liegt. Schwarz wendet sich ab und befiehlt einem der Umstehenden, aus dem nächsten Brunnen Wasser herbeizuschaffen.

»Und worin soll ich das Wasser transportieren?«, fragt der zurück.

»Stellen Sie sich nicht so an. Am Brunnen werden Sie schon Eimer finden. Die requirieren Sie einfach für eine Weile.«

Murrend setzt sich der Gendarm in Bewegung. Escher deckt die Frau wieder zu.

Als Justus von Kleist eintrifft, ist das meiste Blut vom Pflaster gespült. Der Polizeidirektor schaut nach der Leiche und bekommt einen grimmigen Zug um den Mund. Die Frau ist einfach, aber sauber gekleidet. Jedenfalls war ihre Bekleidung sauber, bevor sie mit Blut besudelt wurde. Ihr Gesicht ist ebenmäßig. Der gebrochene Blick ihrer braunen Augen starrt ins Leere. Von Kleist seufzt, kniet nieder und schließt ihre Augen.

»Sie ist ja noch warm«, murmelt er erstaunt und erhebt sich. »Es muss erst vor Kurzem geschehen sein.«

Laut ruft er in die kleine Menschenmenge, die alles beobachtet: »Kennt jemand diese Frau?«

Niemand antwortet. Da wird ihm klar, dass die Leute die Tote gar nicht richtig sehen können. Er weist Escher an, die Tote in eine sitzende Haltung zu bringen.

Die Unbekannte trägt ein Kopftuch, unter dem sich kurzes schwarzes Haar findet. Eine klare, hohe Stirn über schwarzen Augenbrauen. Der Mund ist breit und schief. Die Gestalt ist untersetzt und die weiblichen Formen sind ausgeprägt. Sie hat die Haare wohl erst kürzlich abgeschnitten. Entweder hat sie ihr Haar an einen Perückenmacher verkauft oder sie hatte Läuse und konnte sich anders nicht von den Plagegeistern befreien.

Von Kleist fordert die Umstehenden auf, einzeln heranzutreten und nachzusehen, ob sie das Opfer kennen. Widerstrebend gehorchen die Leute. Plötzlich ist zu hören: »Das ist doch die Adele!«

Die Menschen machen einer Frau mittleren Alters Platz, die nun vortritt. Ihre kleinen, gewitzten Augen sind weit aufgerissen. »Sie heißt Adele Kopatschek«, sagt sie. »O Gott, das arme Mädchen. Und so jung ist sie noch. Bloß achtzehn Jahre. Sie wohnt im Waschhaus da hinten. Da hat sie eine Schlafstelle. Eigentlich kommt sie aus Nowawes.«

Von Kleist folgt der Frau in das Waschhaus und schaut sich in dem Zimmer um, in dem die Tote ihre Schlafstelle hatte. Doch er findet nichts, was ihm helfen könnte, den Mord aufzuklären.

Am Nachmittag stellt Casper fest, dass die Schnitte und Verletzungen an Adele Kopatschek fast identisch sind mit denen Jules. Der Täter hat den Unterleib geöffnet, Nabel und Bauchdecke abgetrennt und sich an den Geschlechtsorganen vergriffen.

Justus von Kleist betrachtet die Leiche mit unbewegtem Gesicht. »Hat denn diese Frau noch gelebt, als sie so zugerichtet wurde?«

»Ich denke, ja«, antwortet Casper. »Aber die Wissenschaft geht davon aus, dass ein so tiefer Schnitt den Menschen in eine Schockstarre versetzt, die ihn den Schmerz nicht spüren lässt.«

»Dann will ich hoffen, dass es bei diesem jungen Mädchen auch so war«, sagt von Kleist heiser. »Können Sie den Körper so herrichten lassen, dass wir Adele transportieren können? Sie kommt aus Nowawes und sollte dort auch unter die Erde kommen.«

»Ich werde ein paar meiner Studenten abstellen«, verspricht Casper. »Am besten die, die glauben, schon alles gesehen zu haben und alles schon zu wissen.« Er lächelt schadenfroh.

»Was bringt einen Menschen dazu, einem Artgenossen so etwas anzutun?«, fragt der Polizeidirektor ernst.

»*Homo homini lupus est*«, antwortet der Mediziner schulterzuckend. »Und der Kerl muss noch einen besonderen Hass auf Frauen und ihre Geschlechtlichkeit haben. Oder auf sich selbst.«

»Wieso auf sich selbst?«, stellt von Kleist die nächste Frage.

»Ich hatte schon ein paarmal mit solchen Fällen menschlicher Bestialität zu tun«, erklärt Casper. »Der Schlüssel zu solchen Taten liegt oft in der Kindheit. Fehlende Liebe und Gewalt. Es kommt aus dem Menschen doch immer nur das heraus, was andere in ihn hineingetan haben.«

»Wenn das so wäre, gäbe es in Berlin nur Verbrecher«, gibt von Kleist zu bedenken. »Jedes Kind, das in einem elenden lieblosen Milieu aufwächst, würde zum Mörder.«

»Na ja, es gibt auch Dinge, die eine solche Entwicklung verhindern. Der Staat hat seine Gesetze, seine Besserungsanstalten und Zuchthäuser.«

»Zuchthäuser?« Von Kleist schaut Casper skeptisch an. »Kennen Sie jemanden, der durch den Aufenthalt dort ein besserer Menschen geworden ist?«

»Die Angst vor Strafe hat schon manchen abgeschreckt, Böses zu tun.«

»Das ändert nicht die innere Moral«, wendet Polizeidirektor von Kleist ein. »Der Mensch sollte freiwillig ein angenehmes Mitglied der Gesellschaft sein.«

»Jeder Mensch hat zwei Seiten«, philosophiert Casper. »Eine helle und eine dunkle. Ich wette, dass Ihr Mörder ein passables Mitglied der Gesellschaft ist. Nach außen hin. Und nächtens zieht er los zum blutigen Beutezug.«

»Interessante These«, sagt von Kleist mit Stirnrunzeln. »Aber Spekulation. Ich halte mich einfach an Fakten und Beweise. Um die dunklen Seiten können sich später die

Gerichte oder die Irrenärzte kümmern. Die Polizeiaktion im Scheunenviertel war erst der Anfang.«

»Sie machen einen Denkfehler, verehrter Herr Polizeidirektor. Mörder gehören nicht zwangsläufig den unteren Ständen an. Es gibt in der Historie genug Beispiele dafür, die Sie bestimmt kennen. Ritter Gilles de Rais, ein Baron. Oder die Blutgräfin Elisabeth Báthory. Sie haben Hunderte von Menschen gefoltert und abgeschlachtet. Dagegen ist unser Mörder ein harmloser Dilettant.«

»Mir reicht sein Dilettantismus«, erwidert von Kleist trocken. Er wirft einen Blick auf den Tisch, auf dem Adele Kopatschek liegt.

»Sie müssen davon ausgehen, dass es noch weitere Morde geben wird.«

»Das weiß ich.«

»Wer so tötet, fühlt Lust dabei«, stellt Casper fest. »Und denken Sie an die Souvenirs, die er mitnimmt. Vielleicht kocht er sich eine Suppe daraus? Oder trocknet das Fleisch und schaut es sich immer wieder an? Vielleicht erregt er sich sexuell dabei?«

»Hören Sie auf, Dr. Casper!«

Der Rechtsmediziner grinst. »So empfindlich?«

»Ich denke oft in Bildern und die, die ich eben im Hirn hatte, waren nicht angenehm«, erklärt Justus von Kleist. »Danke für das Gespräch. Ich hatte nicht vor, den Lustmörder nur in den unteren Klassen zu suchen. Nur – irgendwo muss ich ja beginnen.«

»Nichts für ungut, Herr von Kleist. In uns allen ruht ein monströses sadistisches Potenzial. Mord ist ein vulkanischer Ausbruch, der die Menschheit über ihre wahre Natur belehrt.«

Zurück im Palais Schwerin wird Justus von Kleist zum Polizeipräsidenten gebeten.

Eugen von Puttkamer entstammt einem alten hinterpommerschen Adelsgeschlecht. Im Volk und in der Presse gilt der Mittvierziger als human. Von Kleist sieht das anders: Puttkamers angebliche Humanität entspringt einem gewissen Phlegma.

»Was sind das für schreckliche Taten, Kleist?«, schnarrt Puttkamer. »Hat Er das Gefühl, dass da noch mehr kommt? In Nordamerika nennt man diese Subjekte *serial killer.* Serienmörder. Weil sie's bei einer Tat nicht belassen können oder wollen.«

»Das kann ich nicht beantworten«, gesteht von Kleist. »Die Ermittlungen sind schwierig. Das erste Opfer hatte viele Bekannte und trieb sich auf der Straße herum.«

»Da stecken wohl die Juden hinter, so hört man.«

»Das kann ich zum jetzigen Zeitpunkt nicht sagen«, entgegnet von Kleist. »Jedenfalls hat der Polizeieinsatz heute früh interessante Dinge zutage gefördert. Die überprüfen wir jetzt.«

»Ich will, dass Er mich über alles in Kenntnis setzt. Und zwar *stante pede.* Es gibt schon genug Unruheherde in dieser Stadt.«

»Selbstverständlich, Herr Polizeipräsident.« Von Kleist verbeugt sich. »Wir werden gute Arbeit leisten – wie immer.«

»Gut so, Kleist. Ich hätte da noch eine private Frage. Er ist verheiratet mit einer Jüdin?«

»Der Vater meiner Frau ist ein jüdischer Geschäftsmann und ihre Mutter ist eine Ur-Deutsche mit blonden Haaren«, antwortet Justus von Kleist reserviert.

»Nun sei Er nicht gleich so mucksch.« Puttkamer lacht

polternd. »Ich hoffe, dass ich Seine Frau mal kennenlerne. Er versteckt sie wohl an der Glienicker Brücke?«

»Meine Frau befindet sich in unserer Villa«, bestätigt von Kleist. »Und verstecken muss ich sie nicht. Sie ist eine schöne, gebildete und warmherzige Frau.«

»Hat mit der kleinen Gaudy wohl nicht klappen sollen?«

»Frieda von Gaudy ist ein verwöhntes Mädchen«, entgegnet Justus von Kleist. »Sie kam für mich als Gattin nicht infrage.«

»Verstehe. Aber Er hat ja recht – die Kleine plappert ununterbrochen, und leider nichts Gescheites.«

»Ich würde mich gern zurückziehen, Herr von Puttkamer!«

»Nichts dagegen, Herr von Kleist.«

Ein junger Mann flüchtet. Gerechte Schriften und ein besonderes Kartenspiel. Im Polizeipräsidium entsteht eine neue Akte. Es soll ein Mädchen sein.

Am späten Nachmittag nehmen sich Schwarz und Escher den jüdischen Metzger vor. Abraham Kohnen ist ein jovialer Mann um die fünfzig. Er bestreitet, Jule Brands Dienste in Anspruch genommen zu haben.

»Die Shiksa tat mir nur leid«, behauptet er. »Und auch die Kleine. Ich bin a guter Mann.«

»Was tat Ihnen leid?«

Kohnen holt weit aus: Letzten Sommer, da hatte Soldaten-Jule einen schlimmen Husten und stand trotzdem mit ihrer Kleinen auf der Scheunengasse in der Nähe der Metzgerei. Kohnen und Jule kamen ins Gespräch und der Metzger bot an, auf Annemarie aufzupassen, wenn Jule mit einem Freier in einem Hinterhof verschwand. Ab und zu habe er den beiden eine Schrippe und *bissel kielbasa* gegeben.

Während der Vernehmung schärft der Geselle Samuel Rebenstein die Messer. Er steht mit dem Rücken zu den drei Männern und spitzt die Ohren. Der Meister sagt nicht die Wahrheit. Natürlich hat er sich von der toten Frau bedienen lassen. Aber geht ihn das was an?

»Und jetzt zu dir, Geselle«, sagt Escher.

Rebenstein dreht sich um – in der Hand ein schmales, blitzendes Ausbeinmesser.

Die Polizisten starren zeitgleich auf die Klinge.

»Du kannst gut mit Schlachtermessern umgehen, Geselle?«, fragt Schwarz freundlich.

Rebenstein sagt nichts, er hat Angst und weiß nicht, wovor.

»Das kann jeder Katzuf«, mischt sich Kohnen ein.

»Wohnst du hier im Haus?«, hakt Escher nach.

Rebenstein nickt. Die Furcht ist ihm in den Hemdkragen gekrochen.

»Dann wollen wir deine Stube inspizieren.«

»Ich habe nichts getan«, schreit der junge Mann.

»Dann ist es ja gut. Du bleibst hier unten«, sagt Escher. Und mit Blick auf Schwarz: »Pass gut auf ihn auf. Zeigen Sie mir bitte seine Behausung, Herr Kohnen?«

Kohnen wirft einen verstörten Blick auf seinen Gesellen. Escher folgt dem Metzger über eine enge Treppe ins obere Geschoss des Gebäudes.

Die Decke in dem Zimmer Samuel Rebensteins ist so niedrig, dass ein erwachsener Mensch kaum stehen kann. Eine Pritsche, eine Kommode und ein Stuhl. Die Möbel haben schon bessere Zeiten gesehen, denkt Escher. Er zieht die drei Kommodenschubladen heraus und stellt eine nach der anderen auf die Pritsche.

Auf den ersten Blick nichts Besonderes. Kleidung, Zeitungen, Krimskrams. Doch dann ertastet Escher ein Päckchen, das in Kleidern verborgen ist: ein Kartenspiel.

»Aha«, meint Escher. »Das ist ja interessant.«

Kohnen schaut ihn verwirrt an.

Escher sucht weiter. Er findet zwischen den Zeitungen ein

Flugblatt des *Jungen Deutschland* und ein Pamphlet des *Bundes der Gerechten*.

»Gehört Ihr Geselle den Vaterlandsverrätern an? Geht er zu politischen Versammlungen?«, schnarrt Escher.

»Das ist nicht verboten«, sagt Kohnen störrisch. »Und Kartenspielen auch nicht. Das macht sogar unser über alles geliebter König.«

»Aber nicht solche Kartenspiele.«

Kohnen versteht nicht, er hat genau mit diesen Karten mit Rebenstein ab und zu Skat gespielt. Escher steckt das Kartenspiel ein.

Von unten dringt Lärm in die Stube. Schwarz schreit um Hilfe.

Escher findet seinen Kollegen Schwarz. Er sitzt auf dem Fußboden, mit dem Rücken an die Wand gelehnt, und hält sich den Kopf. Eine schmale Blutbahn zeigt sich auf seiner Wange.

»Was ist denn hier los?« Escher hilft dem Kollegen, sich aufzurichten.

»Ich hab es nicht erwartet«, antwortet Schwarz. »Der Kerl hat das Schneidbrett genommen und es mir auf den Schädel geschlagen. Schau.« Er zeigt Escher die Stelle. »Und dann ist er weg.«

»Was macht der Junge bloß?«, mischt sich der Metzger ein. Die Beamten achten nicht auf ihn.

Escher befühlt den Kopf seines Kollegen. Der zuckt zusammen. »Das wird eine prima Beule«, kommentiert Escher. »Wir lassen den Mann suchen.«

»Warum ist er weggelaufen?«, fragt Schwarz. »Habt ihr oben etwas gefunden?«

»Zeitungen und ein Flugblatt. Aufrührerzeugs. *Bund der Gerechten.* Ich geh gleich noch mal rauf und sammle das ein. Dann bring ich dich zurück. Deinen Kopf sollte sich der Medicus mal ansehen.«

»Wo kommen wir nur hin«, seufzt Schwarz. »Jetzt wohnen die Revolutionäre schon beim Metzger um die Ecke. Und sie können lesen und schreiben.«

»Ich hab nichts damit zu tun«, beeilt sich Metzger Kohnen zu versichern.

»Ihr Geselle hat einen Polizeibeamten angegriffen«, antwortet Escher. »Hat er Verwandtschaft in Berlin?«

»Davon weiß ich nichts. Samuel ist ein ordentlicher Mann und kennt seine Arbeit. Auch in der Synagoge hab ich ihn schon oft gesehen.«

»Na und?«, stöhnt Schwarz. »Ich kenne viele Spitzbuben, die jeden Sonntag brav in die Kirche gehen.«

Escher geht die Treppe hinauf und packt die Schriften zusammen. Dann greift er Schwarz, stützt ihn und lotst ihn in die Kutsche.

Im Palais Schwerin wickelt ein Sanitäter erst einmal einen Verband um Schwarz' Kopf.

Währenddessen nimmt Escher einen neuen Aktendeckel zur Hand und beschriftet ihn: *Rebenstein Samuel.* Er legt die gefundenen Papiere hinein und schreibt eine Notiz über den Fund. Dann fällt ihm das Kartenspiel ein, er zieht es aus der Rocktasche.

»Das gehört ja auch dazu«, bemerkt er grinsend.

»Was machst du so ein Aufhebens von dem Kartenspiel? Ist da was Besonderes dran?«, fragt Schwarz und greift nach den Karten, die in einer kleinen Pappschachtel stecken.

»Schau sie dir doch an.« Escher tut ein wenig geheimnisvoll.

Schwarz blättert die Karten durch. »Spielkarten eben«, brummt er.

»Fällt dir nichts auf?«, fragt Escher.

Schwarz inspiziert die Rückseiten der Karten. »Gezinkt scheinen sie nicht zu sein. Sie sind härter als andere, die Pappe ist dicker.« Mürrisch wirft Schwarz die Schachtel mit den Karten auf den Tisch.

»Darf ich dir einen Rat geben?«, sagt Escher.

»Ich bitte höflich darum«, resigniert Schwarz.

»Nimm eine Karte und halte sie gegen das Licht.«

Schwarz folgt dem Rat.

»Oh«, entfährt es ihm. Schnell greift er zur nächsten Karte und hält auch die gegen das Licht. Und die nächste und immer weiter. »Jesses«, murmelt er. »Wie machen die das?«

Das Karoass zeigt eine Edelfrau mit weißem Glockenrock. Im Gegenlicht freilich erscheint die edle Dame unten unbekleidet und die gegrätschte Beinstellung erlaubt ihr, sich in gelbem Strahl zu erleichtern. Die Karozehn zeigt eine Boudoir-Szene, in der ein üppiges Weibsbild auf einem sitzenden Herrn dergestalt hockt, dass eine innige Vereinigung der unteren Organe wahrscheinlich scheint. Genauer und mit allen organischen Einzelheiten bildet das Pikass dieselbe Szene ab. Pikacht bebildert eine Situation von hinten. Die Kreuzzwei sinnigerweise ein gegenseitiges orales Vergnügen. Auf der Herzvier weist eine nur oben bekleidete Dame auf den zweiten von vier Herren, die ihre Prachtstücke vor ihr paradieren. Das Organ des einen ist eher von der Art kurz und dick.

»Marke Frauenglück«, grinst Escher.

Schwarz kann die Sache wegen seiner Kopfschmerzen nicht wirklich genießen. »Das ist doch ganz und gar unsittlich und bestimmt verboten.«

»Natürlich ist so was verboten«, nickt Escher. »Diese Schweinereien kommen aus Frankreich und werden unter der Hand weitergereicht.«

»Kein Wunder, dass der Rebenstein geflüchtet ist!«, erkennt Schwarz.

»Peinlich, ja. Ich hab solche Karten schon mal beschlagnahmt – bei einem Pfarrer.«

Schwarz verzieht das Gesicht. »Und wie hat der Gottesmann begründet, dass er mit nackten Menschen Karten spielt?«

»Er hat mir eine große Geschichte erzählt von erotischer Kultur und einen Ausflug in die Weltgeschichte gemacht – angefangen bei den Griechen, dann den Indern, den Japanern und schließlich landete er in England.«

»Das hat dich bestimmt tief beeindruckt«, lächelt Schwarz schief. »Wie ist die Sache ausgegangen?«

»Der Pope hat etwas Geld in der Staatskasse gelassen und sich in eine andere Gemeinde verflüchtigt. An dem Kartenspiel hatten die königlich-preußischen Polizisten allerdings noch lange ihre Freude.«

»Der Rebenstein ist eben auch nur ein Mann.«

»Immerhin hat er sich unsittlich verhalten und gehört den Demagogen an«, wendet Escher ein. »Und dass er die Frauen abgeschlachtet hat, ist noch nicht von der Hand zu weisen.«

Schwarz erhebt sich. »Mir ist schwindlig. Ich muss mich hinlegen.«

»Mach das, Schwarz. Ich veranlasse die Suche nach dem Burschen und erstatte dem Polizeidirektor Bericht.«

Justus von Kleist hält den Mordverdacht gegen Samuel Rebenstein für unbegründet. Er versteht, dass ein junger Jude mit staatsfeindlichen und unsittlichen Ambitionen die Polizei meidet. Den Angriff auf Schwarz und die anschließende Flucht jedoch kann er nicht tolerieren.

In dem Haus des Metzgermeisters Kohnen ist nichts Belastendes gefunden worden. Kohnen ist ein gottesfürchtiger Mann mit guten Verbindungen. Er beliefert einige Salonjuden mit koscherem Fleisch.

Jemand muss der Familie Kopatschek in Nowawes die Nachricht von Adeles Tod bringen. Justus von Kleist übernimmt diese Aufgabe selbst. Der Weg nach Nowawes ist von seinem Heim aus wesentlich kürzer als von Berlin. So kann er eine Übernachtung in der Villa mit der traurigen Aufgabe verbinden.

Er packt seine Sachen und verlässt das Palais Schwerin. Das Pferd steht gesattelt im Stall. Wenn er schnell reitet, kommt er noch bei Tageslicht zu Hause an.

Rachel von Kleist sitzt im Salon.

Gruber bringt die *Vossische Zeitung* vom Tage. »Der Herr Jemahl steht in dem Blatt drinne«, kündigt er an. »Abendausjabe. Es jibt schon wieder eine tote Frau.«

»Noch ein Mord?«, fragt Rachel interessiert und greift nach dem Blatt.

Wieder Mord in den Scheunengassen – steht da. Das Opfer ist ein junges Mädchen namens Adele Kopatschek, erst achtzehn Jahre alt. Die Wunden sind denen des ersten Opfers ähnlich. Die Behörden glauben, dass ein Irrer sein Unwesen treibt. Wachsamkeit ist angebracht.

»Danke, Gruber.« Rachel legt die Zeitung beiseite. »Dann wird mein Mann so schnell nicht nach Hause kommen. Ich glaube, wir machen bald wieder einen Ausflug.«

»Richtung der Linden?«, grient Gruber.

»Im Scheunenviertel scheint es auch recht lebhaft zuzugehen«, lächelt Rachel.

»Jenau«, nickt der Kutscher. »Janz lebhaft. Steht ja drinne in der Tante Voss – wie lebhaft det da ist.«

»Tante Voss?«

»Unsere *Vossische.*«

Es klopft an der Tür. Die Zofe Sophie teilt Rachel mit, dass der gnädige Herr angekommen sei und Gruber das Pferd versorgen solle.

Und schon steht Justus in der Tür – das Haar zerzaust und außer Atem. Rachel fliegt in seine Arme.

»Morgen machen wir einen Ausflug«, begrüßt er seine Frau. »Ich habe in Nowawes zu tun. Du kannst mich begleiten, wenn du magst.«

»Was hältst du davon, wenn wir uns eine große Wohnung in Berlin nehmen?«, fragt Justus beim abendlichen Mahl.

Rachel setzt ihre Teetasse ab. »Du willst die Villa verkaufen?«

»Nein. Ich denke nur, dass du unter Leute kommen solltest. Und wir könnten uns jeden Abend sehen. Die Villa bleibt auf jeden Fall. Unsere Kinder sollen nicht in der Stadt aufwachsen.«

»Aha«, lächelt Rachel.

»Aha?«

»Ich finde deine Pläne für uns überaus interessant.«

Justus ist verunsichert. »Möchtest du keine Kinder?«

Rachel erhebt sich, setzt sich auf seinen Schoß und flüstert: »Natürlich will ich. Aber von nichts kommt nichts, lieber Herr Polizeidirektor.«

»Beschwerst du dich? Und das heute?«

»Was ist denn heute so besonders?«

»Ich bin hier und es ist nicht Wochenende, und ich habe nicht nur langfristige Pläne mit uns, sondern auch ganz kurzfristige.«

»Ich glaube, ich mag deine Pläne, die langen und die kurzen auch, im Augenblick besonders die kurzen.«

Rachels ganz spezieller Duft zieht in Justus' Nase. Eine Weile schauen sich die beiden wortlos in die Augen. Dann löschen sie die Lichter.

Jemand wird aus dem Fenster geworfen. Ein Mann betrachtet seine Frau und philosophiert über Klatsch. Zimtduft und keine verbogene Figur. Armut macht Diebe. Ein Gottesmann hat Durchblick und kennt sich mit gnädigen Lügen aus. Eine Geldkatze wechselt den Besitzer.

Der Mann vom Fluss hält den Steckbrief in den *Mitteilungen zur Beförderung der Sicherheitspflege* in den Händen. Die ungenaue Beschreibung lässt ihn schmunzeln.

Es wird vor dem Mann gewarnt. Er ist ungefähr vierzig Jahre alt, von kräftiger Statur. Zur Zeit des Verbrechens hatte er blondes, schütteres Haar und keinen Bart. Er trägt die einfache Kleidung eines Handwerkers. Er spricht weder Berliner noch Vogtländer Dialekt.

Jette Wehner würde ihn nicht wiedererkennen, da ist er sich nun sicher. Der Vollbart verändert sein Gesicht und er kleidet sich anders. Die Kniehose hat er durch elegante Pantalons ersetzt, das Jackett hat schmale Streifen, die weiße Krawatte ist gestärkt und kunstvoll gebunden. In diesem vornehmen Aufzug verscheucht ihn kein Gendarm, der einen Badeplatz bewacht.

Jette Wehner geht ihm nicht mehr aus dem Kopf. Er hat

das Haus, in dem sie ihre Schlafstelle hat, mehrfach beobachtet – ohne Erfolg. Das Mädchen ist verschwunden. Von ihrer Wirtin wird sie sich bestimmt verabschiedet haben, denkt der Mann. Er nimmt eine Mietdroschke ins Scheunenviertel.

Emma Delitz, die ehemalige Wirtin von Jette Wehner und Marie Wichmann, hat das Zimmer inzwischen an zwei Burschen vermietet. Jette hat einige Sachen im Zimmer zurückgelassen, weil sie so plötzlich abgereist ist. Frau Delitz hat die Habseligkeiten in einen Karton gepackt und ihn in einer Wandnische beiseitegestellt.

Es schellt an der Tür. Emma Delitz öffnet. Ein vornehmer Mann steht vor ihr.

»Guten Tag, gnädige Frau.«

Frau Delitz mustert den Besucher. Eine Schlafstelle will der bestimmt nicht mieten. Aber wie ein Polizist sieht er auch nicht aus.

»Was wollen Se?«

»Ich suche Jette Wehner«, sagt der Mann. Er schnauft ein wenig vom Treppensteigen. »Sie wohnt doch noch bei Ihnen, gnädige Frau?«

»Nee, det Mädchen ist ausjezogen. Darf ick ma wissen, wer det fragt?«

»Ich bin der Verlobte«, behauptet der Mann. »Mein Name ist Hannes. Ich hab lange nichts mehr von meiner Braut gehört.«

Ja, von einem Hannes hat Jette erzählt, denkt Frau Delitz.

»Wo ist sie denn hingezogen?«

Frau Delitz ist immer noch misstrauisch. Jettes Hannes müsste viel jünger sein als der Mann vor ihr. »Ick hab keene

Ahnung. Sie wird sich bestimmt bald bei Ihnen melden, wenn Se tatsächlich der Verlobte sind. Schreiben kann se ja jut.«

»Hoffentlich ist ihr nichts geschehen.« Der Mann macht ein sorgenvolles Gesicht. »In Berlin gibt es allerhand Gesindel. Und Jette ist ein so hübsches Kind. Ich hab einfach Sorge, dass sie mir abhandenkommt.« Er lächelt.

»Die Jette ist anständig und arbeitsam«, sagt Frau Delitz. »Die hat keenen Kavalier in Berlin.«

»Das freut mich zu hören«, strahlt der Mann. »Können Sie mir wirklich keinen Hinweis geben, wo sie sich zurzeit aufhält?«

»Ick weeß nüscht«, lügt Frau Delitz.

Der Mann bekommt einen strengen Gesichtsausdruck. Er packt die Wirtin am Hals und schiebt sie durch den Raum zum Fenster hin. Frau Delitz ist so überrascht, dass sie sich nicht wehrt.

»Wo ist Jette Wehner?«, fragt der Mann leise.

»Die Polizisten ham se abjeholt«, krächzt Emma Delitz.

»Warum?« Der Griff des Mannes an Delitz' Hals wird fester.

»Zum Schutz.«

»Schutz? Vor wem?«

Die Wirtin hustet und sinkt in sich zusammen.

»Nun sag schon, Alte!« Er schlägt ihr ins Gesicht.

Emma Delitz liegt jetzt am Boden. Vor ihrem Gesicht sieht sie die Stiefel des Mannes. Der wiederholt seine Frage und erzählt ihr, was er alles mit ihr anstellen wird, wenn sie sich weiter so störrisch zeigt.

Wenige Minuten später antwortet sie ihm wimmernd, dass Jette Wehner beim königlich-preußischen Polizeidirektor von Kleist Unterkunft gefunden hat. Nahe Potsdam.

Der Mann tritt Emma Delitz mit Wucht in den Unterleib und wirft sie aus dem Fenster.

Das Morgenlicht streicht sanft über Rachels Körper. Sie liegt nackt auf dem Rücken und schläft. Das Gespräch über Kinder hat Justus von Kleists Eros beflügelt. Er wünscht sich eine Tochter. Justus von Kleist stellt sich die Kleine vor. Rachel in Miniaturausgabe: schön, edel, stolz und eigensinnig. Mit einer kleinen Falte zwischen den Augen.

Es gibt in Berlin einige Frauen im heiratsfähigen Alter, die sich für ihn interessiert haben. Die von Kleists sind kein läppischer Etagenadel, sondern eine sehr alte Familie. Es gibt kaum Brüche im Stammbaum und eine mehr als solide Vermögenslage.

Von Kleist weiß, dass man sich in den höheren Kreisen – auch den Kreisen, die bei Hof ein und aus gehen – das Maul über ihn zerreißt. Seine spröde Ablehnung der selbst ernannten Heirats-Kandidatinnen wurde noch als Arroganz abgetan, doch die überraschende Heirat mit einer Jüdin aus Westfalen, die noch kaum jemand zu Gesicht bekommen hat, stimuliert den Klatsch. Wie hat die Dame das geschafft? Was hat sie, das die anderen nicht haben? Hat ihr Vater Geld, das ihn lockt? Hat sie ihn gar verhext?

Justus greift zärtlich nach Rachels Haar. Er hebt eine Locke hoch und riecht daran: Sonne, Wind und Unordnung. Und ein Hauch von Zimt. Entzückt schließt er die Augen. Er wünscht sich so sehr, dass er vergangene Nacht ein Kind gezeugt hat. Ein kleines Mädchen.

Normalerweise frühstücken Rachel und Justus allein und ungestört. Heute will Gruber vorgelassen werden. Er wirkt besorgt. Von Kleist bittet ihn, sich zu setzen, und bietet Kaffee an.

Gruber ist unruhig und wischt sich mit einem kolossal großen Taschentuch über das Gesicht.

»Was gibt es, Gruber?«

»Det Frollein Jette hat schreckliche Angst.«

Rachel reagiert sofort: »Um Gottes willen, was ist denn passiert?«

»Schlosser Fritze ist herjekommen … mit janz üblen Nachrichten.«

Von Kleist erhebt sich und tritt zu der Anrichte, auf der die Karaffen stehen. »Gruber, es ist noch früh am Tage, aber Sie sind ja ganz durcheinander. Trinken Sie etwas, atmen Sie durch. Sie sind doch sonst so ein besonnener Mann.«

Er schenkt einen kleinen Schnaps ein und reicht ihn dem Kutscher. »Fritze? Das ist doch dieser geschickte junge Schlosser?«

Gruber kippt den Trunk weg und atmet tief durch. »Janz recht, Herr von Kleist. Der hat det Schloss anjebracht an der Tür zum Zimmer von Fräulein Jette. Die Frau Delitz, die det Zimmer vermietet, hatte noch andere Arbeit für ihn, darum war er bei ihr. Er hat sie jefunden.«

»Gefunden? Gruber! Nun reden Sie doch mal so, dass ein ordentlicher Zeitgenosse es verstehen kann!« Der Hausherr wirkt leicht ungehalten.

»Die Frau Delitz ist schwer verletzt. Sie lag im Hof det Hauses, als Fritze heut janz in der Früh bei ihr vorsprach. Sie hat dem Fritze jesagt, ein Mann hätte sie aus dem Fenster jestoßen, wo sie dem doch jesagt hat, dat det Fräulein Jette jetze hier ist.«

Rachel erhebt sich. »Ich schaue nach Jette.«

Sie verlässt den Raum.

Von Kleist wird dienstlich. »Ist Frau Delitz in die Charité gebracht worden?«

»Ick weeß es nüscht, jnädijer Herr.«

»Sie bringen das jetzt ins Präsidium«, erklärt von Kleist und schreibt eine Notiz für Schwarz. Darin ordnet er an, dass der Aufenthalt der Frau Delitz festgestellt und sie nach dem Signalement des Mannes befragt werden soll, der sich nach dem Aufenthalt von Jette erkundigt und sie aus dem Fenster gestoßen hat.

»Nehmen Sie ein gutes Pferd und stellen Sie diese Notiz dem Kollegen Schwarz zu. Bitte eilig, Gruber. Und erinnern Sie ihn dran, dass ich heute in Nowawes sein werde. Wegen der Kopatschek.«

Rachel ist bei Jette und bittet sie, die Villa nicht zu verlassen.

»Hier bist du sicher«, beruhigt sie die junge Frau.

Jette hat die gnädige Frau von Kleist gebeten, sie zu duzen, um die Klassenunterschiede zu wahren, und um die Zofe Sophie nicht zu kränken.

»Ich bleibe im Haus, gnädige Frau.« Jette entspannt sich.

Es tut wohl, jemandem vertrauen zu können. Sie wünscht sich insgeheim, länger bleiben zu dürfen, vielleicht später sogar eine Anstellung zu bekommen. In den vergangenen Tagen hat sie die Wäsche der Herrschaft gepflegt und ausgebessert, soweit es nötig war. Auch der Köchin ist sie jeden Tag zur Hand gegangen. Ada Hertel hat das Mädchen längst ins Herz geschlossen.

»Mein Mann und ich sind eine Weile unterwegs«, erklärt Rachel. Wieder zieht Angst in Jettes Gesicht.

»Mach dir keine Sorgen. Frau Hertel weiß Bescheid und

an der kommt kein Spitzbube ungeschoren vorbei. Außerdem sind die Stallburschen im Bilde. Aber der Ausflug ist unausweichlich. Warst du schon einmal in Nowawes, dem Weberdorf? Es ist nicht weit von Potsdam.«

Jette ruft: »Das ist das Dorf von der Marie!«

»Wer ist Marie?«

»Das Mädchen, mit dem ich die Schlafstelle bei Frau Delitz geteilt habe!«

»Marie Wichmann lebt in Nowawes?«, fragt von Kleist, der dazugekommen ist. »Das ist ein erstaunlicher Zufall.«

»Zufall?«, meint Rachel zweifelnd. »Zwei Frauen? Die eine auf schreckliche Art getötet, die andere geschändet? Ist das wirklich ein Zufall, oder mehr?«

»Ich glaube, meine Frau will mir die Arbeit abnehmen und die Verbrechen selbst klären«, lächelt Justus. »In einer halben Stunde geht es los, Frau Polizeidirektorin.«

Rachel kleidet sich um. Die Kleidervorschläge der Zofe Sophie werden rundweg abgelehnt. Rachel will keine Schute auf dem Kopf, verweigert die *Mitaines*, die halben Handschuhe, und auch den albernen Knickschirm als Accessoire mag sie nicht. Sie wählt ein einfaches rot-schwarz kariertes Baumwollkleid, den dazu passenden Umhang und flache Schuhe.

»Unjeschnürt mal wieder«, mault Sophie.

»Jenau«, versucht sich Rachel auf Berlinerisch. »Die jnädige Frau will sich nicht die Fijur verbiejen lassen.«

»Und die Frisur?«

»Wie immer. Nur den Chignon.«

Auch der Polizeidirektor hat seine steife Berufskleidung im Schrank gelassen. Weste statt Gehrock und eine schmale

Hose. Der Hemdkragen steht nach Burschenart offen. Das dunkle Haar ist zerzaust.

»Wenn dich deine Kollegen am Molkenmarkt so sehen«, lächelt Rachel, »verlieren sie jeden Respekt. Den jungen Damen auf der Straße würdest du dagegen bestimmt sehr gefallen.«

Justus von Kleist schmunzelt und hilft seiner Frau in den Landauer. Der Hilfskutscher lenkt.

Justus von Kleist erklärt seiner Frau, was es mit dem Dorf auf sich hat: Friedrich II. hat Nowawes bauen lassen. Die Kolonisten kamen aus Böhmen. Das unfruchtbare Sandgelände gehört zum Königlichen Potsdamer Forst. Der König ließ die Häuser schnell errichten – in zehn Jahren über zweihundert. Zu jedem der flachen Häuser gehört ein schmales Nutzgrundstück für die Gemüse-Selbstversorgung, ein Nebengelass und ein Abort auf dem Hof. Die Maße sind so berechnet, dass mindestens ein Webstuhl in die Stube passt. Zwei Weberfamilien bewohnen ein Haus. Eine ist für sechs Jahre Eigentümer, danach geht der Besitz an die zweite über.

Das Dorf, das zunächst blühte, ist seit einigen Monaten in Schwierigkeiten. Vierhundert Familien sind ohne Arbeit und deshalb ohne Lohn. Sie warten auf die Verteilung von Lebensmitteln oder auf ein paar Groschen aus der Armenkasse. Viele junge Männer und Frauen sind nach Berlin gegangen, um ein paar Taler zu verdienen.

»Die Kolonisten sind als Diebe verschrien«, fügt Justus von Kleist hinzu. »Sie marodieren über die Felder der Bauern rund um Potsdam und stehlen, was sie kriegen können.«

»Ihnen fehlt der Mut zu verhungern«, meint Rachel ironisch. »Wie viele dieser armen Menschen bekommen jetzt schlechtes Gefängnisessen in der Stadtvogtei?«

»Zu viele«, räumt Justus ein. »Aber die bestohlenen Bauern haben es nach zwei Missernten auch nicht leicht. Eine Medaille hat immer zwei Seiten, Liebste.«

»Ich weiß. Lass uns jetzt einfach die Fahrt genießen. Diese Landschaft ist einfach zu schön. Fast arkadisch! Schau!«

Justus schaut und stimmt zu. Die Sonne taucht die sanften Hügel mit abgeerntetem Getreide in ein goldenes Licht. Die sattgrünen Bäume der Wälder umranden die Nutzflächen wie eine dunkle Kette. Enten schnattern im Flug.

Doch schon kommt Elend in den Blick: Zerlumpte Gestalten sitzen oder stehen an der Straße, Kinder suchen auf abgeernteten Feldern nach Ähren, Männer ziehen Karren mit Kartoffeln und Frauen mit Kleinkindern auf den Armen betteln am Weg.

Die Kutsche erreicht das Weberdorf. Die Häuser sind einmal weiß getüncht gewesen und liegen auf dem Grund wie gestrandete graue Schiffe. Das Gefährt rumpelt über den Dorfplatz. Ärmlich gekleidete Kinder nähern sich. Sie sind nur noch Haut und Knochen, haben leere Blicke und verzögerte Bewegungen.

Rachel kennt Elendssiedlungen auch aus Westfalen. Auch in der Nähe ihres Heimatorts Morgenthal haben sich Weber niedergelassen, aber so arm wie diese hier sind die nicht.

Der Landauer stoppt neben einer kleinen Kirche. Daneben steht das Pfarrhaus.

»Mal sehen, ob der Gottesmann zu Hause ist«, sagt Justus. »Er wird uns bei unseren Nachforschungen sicherlich gern helfen.«

Der Pfarrer ist da. Er heißt Steinmeyer und betreut die Seelenarbeit in Nowawes seit drei Jahren – wie er bereitwillig erzählt. Von Kleist stellt sich vor, bittet aber darum, die

Dorfbewohner nicht durch die Bekanntgabe seines Berufes zu verschrecken.

»Aber Sie sind doch sicher in Amtsgeschäften hier, oder nicht?«, kontert der Pfarrer.

»So ist es«, gibt von Kleist zu. »Aber ich will mit meinen Fragen den Menschen nicht noch mehr Sorgen bereiten, als sie ohnehin schon haben.«

»Sind Sie wegen der Diebstähle gekommen?«, hakt der Geistliche nach.

»Nein, es geht um einen Frauenmord und ein Sittlichkeitsdelikt. Beide Opfer kommen aus Nowawes. Adele Kopatschek und Marie Wichmann.«

»Die Marie hab ich gestern noch gesehen. Dann ist die Tote die Adele?« Der Pfarrer wird blass.

»Ja. Kennen Sie die Familie?«

»Natürlich. Die Kopatscheks leben seit hundert Jahren in Nowawes. Der Vorfahr gehörte zu den Ersten, die aus Böhmen kolonialisiert wurden. Wie ist das passiert mit der Adele?«

Von Kleist berichtet, lässt aber die grausigen Einzelheiten weg. »Ich muss die Familie über den Todesfall informieren.«

»Kommen Sie«, sagt Pfarrer Steinmeyer, immer noch erschüttert. »Der Vater ist tot und muss das Gott sei Dank nicht mehr erleben. Nur noch die Mutter und Geschwister hausen hier.«

Justus und Rachel folgen dem Gottesmann zu einem Haus. Türen und Fenster sind mit schönen Schnitzereien versehen und waren einst bemalt. Jetzt blättert die Farbe großflächig ab. Der Nussbaum vor dem Haus trägt noch ein paar Früchte, der Gemüsegarten jedoch ist bis auf die letzte Stangenbohne abgeerntet.

Steinmeyer betätigt den Türklopfer.

Ein kleines Mädchen öffnet und schaut mit erstaunten Augen auf die drei Besucher.

»Holst du deine Mutter, Hanna?«, sagt der Pfarrer.

Rachel starrt das Kind an. Es ist ungewöhnlich mager, trägt ein zerlumptes Kleidchen und ist barfuß.

»Frau Kopatschek trinkt mehr, als ihr guttut«, raunt der Pfarrer. »Um die Kleinen kümmert sich der Wohlfahrtsverein. Allerdings mehr schlecht als recht.«

Eine Frau erscheint. Hanna hängt an ihrem Rockzipfel.

»Der Herr Pfarrer«, murmelt die Frau.

»Gott zum Gruße, Frau Kopatschek. Die beiden Herrschaften sind aus Berlin gekommen. Leider mit schlechten Nachrichten.«

»Adele?«, fragt die Mutter mit aufgerissenen Augen.

Steinmeyer nickt. »Die Adele ist nicht mehr. Der Herr hat sie zu sich genommen.«

Frau Kopatschek schreit los. Hanna läuft weg.

»Justus, wir müssen etwas tun«, stammelt Rachel.

Steinmeyer reagiert. Er legt die Arme um die schluchzende Frau und hält sie fest. Nach und nach geht das Weinen in leises Schluchzen über.

»Adele hat immer wieder ein paar Taler nach Hause geschickt«, erklärt der Pfarrer. »Das fällt jetzt auch noch weg. Und die Lage ist sowieso schon aussichtslos.«

»Bringt alle meine Kinder ins Waisenhaus«, schreit Frau Kopatschek wieder los. »Hier sterben sie mir bald weg. Und ich will auch nicht mehr sein.«

»Beruhigen Sie sich doch«, mahnt der Pfarrer. »Wir werden eine Lösung finden. Die Armenhilfe wird es richten.«

Rachel hat Tränen in den Augen. Hilflos schaut sie ihren Mann an.

Dieser greift in sein Jackett und zieht eine Geldkatze heraus. »Das hat Ihre Tochter für Sie angespart«, behauptet er. »Es wird fürs Erste reichen. Adele war ein fleißiges und sittsames Mädchen. Leider hat es das Schicksal nicht anders gewollt.«

Frau Kopatschek greift nach dem Geld und schluchzt weiter. »Was ist mit der Adele passiert?«

Steinmeyer schaut von Kleist an. Sie verständigen sich wortlos.

»Adele war krank. Schlimmer Husten und Fieber. Sie ist friedlich eingeschlafen«, erklärt der Pfarrer.

Rachel wendet sich ab und geht ein paar Schritte. Ihre Knie zittern.

»Wir werden Ihre Tochter nach Nowawes bringen, damit sie in der Heimat unter die Erde kommt«, sagt Justus von Kleist. »Die Kosten dafür übernimmt der König. Mein herzliches Beileid.«

Der Pfarrer lädt von Kleist und Rachel zum Tee ein. Sie schlagen den Weg zum Pfarrhaus ein.

»Wie wird es weitergehen mit diesen Leuten?«, fragt Rachel. »Das Geld wird nicht ewig reichen.«

»Ich werde dafür sorgen, dass die Wohlfahrt ihre Pflicht tut«, verspricht Steinmeyer.

»Warum haben Sie die arme Frau angelogen, Herr Pfarrer?«, gibt Rachel keine Ruhe. »Adele ist ermordet worden und ihre Familie hätte eigentlich das Recht auf die Wahrheit, oder?«

»Ich hab es aus Mitleid getan«, antwortet Steinmeyer. »Das Mädchen ist tot und die schlimme Wahrheit hilft niemandem. Frau Kopatschek hat schon genug Sorgen. Es gibt

Lügen und gnädige Lügen, Frau von Kleist. Ohne gnädige Lügen könnte ich an diesem Ort nicht Seelsorger sein.«

»Vielleicht hätte Frau Kopatschek aber Hinweise auf den Mörder geben können. Meinst du nicht, Justus?«

»Kaum. Adele war ein Zufallsopfer – wie die Jule Brand auch. Dieser Mörder schlägt wahllos zu.«

Kirche und Pfarrhaus kommen ins Blickfeld. Vor dem Kirchenportal steht der kleistsche Landauer. Der Hilfskutscher ist abgestiegen und unterhält sich mit einem Mann.

»Dieser Mann kommt nicht aus dem Dorf. Haben Sie den mitgebracht?«, fragt Steinmeyer leise.

»Nein, den kenne ich nicht«, antwortet von Kleist. »Jedenfalls noch nicht.«

Er geht auf die beiden zu. Steinmeyer und Rachel bleiben abseits. Beide beobachten, dass der fremde Mann ein Schriftstück aus der Jacke zieht und es von Kleist präsentiert.

Ein Journalist bringt die junge Frau auf eine spannende Idee. Der Ehemann ist verärgert. Gibt es ein Menschenrecht auf Glück?

Samuel Rebenstein ist auf der Flucht. Im Scheunenviertel gibt es viele Schlupfwinkel, die die Gendarmen nicht kennen und auch nie kennenlernen werden. Und er hat Verwandte und Freunde. Dass er wegen Mordverdachts gesucht wird, erzählt Rebenstein zunächst nicht. Er behauptet, wegen seiner Zugehörigkeit zum *Bund der Gerechten* politisch verfolgt zu werden. Das glaubt ihm jeder. Denn der Kampf zwischen den sozialen Klassen in Berlin ist heftig und in vollem Gange.

Inzwischen gibt es einen polizeilichen Steckbrief, der sein Äußeres beschreibt und das Delikt benennt, das ihm vorgeworfen wird. Seinen Glaubensbrüdern gegenüber stellt Rebenstein die Beschuldigungen der Polizeibehörde als politisch motivierte, bösartige Intrige dar.

Zurzeit ist er bei einem Onkel untergekommen. Dessen Frau hat zwar gezetert, sich dann aber den Anweisungen ihres Gatten gefügt.

Die wird nicht lange schweigen, denkt Rebenstein, zumal die *Vaterländischen* zum Angriff geblasen haben. Junge Männer in burschenschaftlicher Aufmachung sind gestern Abend betrunken durch die Scheunengassen gezogen und haben die Herausgabe des »Mörderjuden« gefordert. Bisher ohne Erfolg. Aber wie lange noch?

Rebenstein packt seine wenigen Sachen zusammen und verlässt das Haus des Onkels.

Der Tee duftet. Der fremde Mann hat sich als Redakteur der *Vossischen* ausgewiesen.

Pfarrer Steinmeyer erklärt ihm seine Meinung zu den Verhältnissen in Nowawes. Henri Lapalus, so der Name des Zeitungsschreibers, hat die Absicht, über die Zustände in dem Weberdorf zu berichten.

Lapalus ist schlank, ja fast mager. Unter den eingefallenen Wangen trägt er den Vollbart der Revoluzzer und schwingt auch deren Reden: Freiheit und menschenwürdiges Leben für alle Klassen. Notfalls durch einen Umsturz. Wie 1789 in Paris. Er begleitet seine Worte, indem er an Stellen, die er betonen möchte, an seinen Fingern zieht, bis es knackt.

Rachel hängt an seinen Lippen. Justus von Kleist mag ihn nicht und verhält sich reserviert.

»Wie kommt es zu der Armut in diesem Dorf?«, fragt Lapalus den Pfarrer.

»Es gibt keine Arbeit. Seit vorigem Winter. Die Webstühle gehören einem Herrn Mendelssohn. Doch dem ist im Winter ein Schiff mit Garn aus England eingefroren. Kein Garn – keine Arbeit.«

»Konnte der Mendelssohn kein anderes Garn heranschaffen, um die Menschen zu beschäftigen?«, fragt der Redakteur.

»Das hätte er wohl gekonnt. Er hat es nicht gemacht. Er hat den Webern eine Metze Kartoffeln und fünf Silbergroschen gegeben. Einmalig.«

»In der Tat, das hält nicht lange«, meint Lapalus. »Und was ist jetzt? Das Schiff dürfte ja inzwischen aus dem Eis befreit sein.«

»Seit dem Frühjahr hat die Arbeit auch wieder begonnen«, berichtet Steinmeyer. »Leider ist nicht viel zu tun. So wenig, dass ein Dorf davon nicht leben kann. Der Mendelssohn konnte ohne Material nicht weben lassen, da haben sich seine Auftraggeber anderweitig versorgt.«

»Tot sind die Leute ja nicht«, entgegnet Lapalus und knackt erneut mit den Fingern. »Wer hat ihnen geholfen?«

»Der Wohltätigkeitsverein für Nowawes, die Armendirektionen und Privatwohltäter aus Berlin. Allein in der Stadt Berlin leben sechstausend Almosenempfänger, für die es zum Leben kaum noch reicht.«

»Es ist aber doch unwürdig, in Abhängigkeit vom Wohlwollen anderer zu leben!«, platzt es aus Rachel heraus. »Es muss genug Arbeit geschaffen werden, die mit gerechtem Lohn abgegolten wird!«

»Sehr richtig, gnädige Frau«, strahlt Lapalus. »Ein menschenwürdiges Leben ist das Recht aller! Nur ist es leider so, dass viele Menschen dieses Recht nicht einfordern können, weil sie nichts besitzen. Unsere Weber sind das beste Beispiel. Ihnen gehört weder ihre Behausung noch der Webstuhl, und sie können sich die Arbeit nicht selbst verschaffen, sondern sie müssen warten, dass der Mendelssohn ihnen einen Auftrag gibt. Die Amerikaner sind da weiter als wir im alten Europa. Ich sage nur: *Life, Liberty and the pursuit of Happiness!* Alle Menschen sind gleich geschaffen und von ihrem Schöpfer mit gewissen unabdingbaren Rechten ausgestattet – darunter das Recht auf Leben und Freiheit sowie das Streben nach Glück.«

»Ich kenne die amerikanische Unabhängigkeitserklärung«, erklärt Rachel.

»Doch solange wir einen König und den Adel haben, wird das in Preußen nichts mit den Menschenrechten«, sagt Lapalus.

»Ich wusste gar nicht, dass Louis Philippe den Königstitel in Frankreich abgelegt hat«, hält von Kleist trocken dagegen. »Und der Adel existiert dort ebenfalls noch – trotz der Menschenrechte.«

»Es gibt immer rühmliche Ausnahmen, Herr von Kleist.«

»Dann sind wir uns ja einig, Herr Lapalus, dass die Abwesenheit von Kaiser, König und Adel die Menschenrechte nicht voranbringt. Sie müssen politisch gewollt werden. Ich strebe eine gesellschaftliche Ordnung an, in der jeder nach seiner Façon selig werden kann – um mit dem Alten Fritz zu sprechen.«

»Ja, der gute Friedrich zwo«, seufzt Lapalus. »Der hat viel versprochen, wenn der Tag lang war. Zum Beispiel die Abschaffung der Zensur.«

»Kann man den Webern nicht andere Arbeit geben?«, fragt Rachel.

»Das ist im Gange«, antwortet der Pfarrer. »Die kräftigen Männer arbeiten in Berlin im Chausseebau. Den Schwachen und den Kindern bleibt die Erntearbeit und den Mädchen die einfachen Dienste in Berlin. Leider auch die unsittsamen.«

»Dann kann Preußen nur durch eine Revolution gerettet werden«, fasst von Kleist mit Ironie zusammen. »Und am Molkenmarkt errichtet das Volk einen Guillotinen-Park. Jetzt entschuldigen Sie uns bitte.«

Justus erhebt sich, doch Rachel bleibt sitzen. Der Schlagabtausch hat ihr gefallen und ihre Wangen gerötet.

»Ich würde gern für die *Vossische* Artikel verfassen«, hört Justus von Kleist seine Frau sagen. »Ich habe ein wenig Erfahrung mit der Journaille.«

Lapalus wirft einen Blick auf den Gatten der Frau. Dessen Miene spiegelt eine Mischung aus Überraschung und Verärgerung.

»Gerne, gnädige Frau. Wie wäre es, wenn Sie Ihre Eindrücke aus Nowawes zu Papier bringen? Nehmen Sie mir ruhig etwas von meiner Arbeit weg«, meint Lapalus amüsiert. »Gedanken einer privilegierten adeligen Dame! Wie vor drei Jahren Bettina von Arnim in ihrem Armenbuch für den derzeitigen Monarchen. Leider wurde dieses wahrhaftige Buch ja sofort verboten, vermutlich weil unser König die Wahrheit so sehr schätzt.«

»Kommst du bitte, Liebste?« Justus' Ton hat eine leichte Schärfe angenommen.

»Ich begleite Sie nach draußen«, sagt der Pfarrer und stellt die Teetasse ab.

Auf dem Rückweg schweigen die jungen Eheleute zunächst. Jeder blickt auf seiner Seite in die Landschaft und hängt seinen Gedanken nach. Rachel überlegt, wie sie den Artikel über die Zustände in Nowawes angehen soll. Justus nimmt sich vor, Erkundigungen einzuziehen über diesen Henri Lapalus. Dessen Ansichten erscheinen von Kleist doch zu aufrührerisch.

Schließlich holen beide zur gleichen Zeit Luft und sagen unisono denselben Satz: »Was denkst du?«

Überrascht schauen sie sich an. Dann nimmt Justus die Sache in die Hand: »Du zuerst bitte, liebste Rachel.«

Rachel ist verwirrt. Die Nacht ist so schön gewesen, und

sie ist so erfüllt von ihrem Glück und dem frisch erwachten Kinderwunsch. »Ach, Justus, wir haben es so gut miteinander und doch ist jetzt irgendwie eine Missstimmung zwischen uns. Woran ich denke? Ich überlege, wie ich die Eindrücke aus Nowawes vermitteln kann.«

»Es ist dir ernst damit?«

»Ich brauche eine Aufgabe. Wir haben doch darüber gesprochen, dass ich mir überflüssig vorkomme. Und über die Situation verarmter und unterdrückter Leute habe ich schon früher geschrieben.«

»Ich mag den Lapalus nicht. Ich möchte, dass du dich von dem Mann fernhältst.«

»Du bist doch nicht etwa eifersüchtig, Justus?«

»Bestimmt nicht in einer so oberflächlichen Art!«

»Wie denn dann?«

»Ich bin ein Mann der Ordnung, Rachel.«

»Die beste Ordnung ist die Tyrannei, Justus. Und das ist nicht deins, das weiß ich. Du schätzt doch zum Beispiel die Gedichte von Heinrich Heine, und der legt den Finger in die Wunde schlechter Ordnung und stellt das gute Leben darüber.«

Justus seufzt. »Es ist so viel sittlicher Sumpf in unseren Städten. Mein Beruf bringt mich täglich damit in Berührung. Ich möchte nicht, dass du dich damit beschmutzt.«

»Du kannst mich doch nicht vom Leben fernhalten!«, widerspricht sie. »Vom Wegschauen wird nichts besser. Es beschmutzt mich nicht, wenn ich etwas von dem beschreibe, was du Sumpf nennst. Und wenn ich es richtig beschreibe, sehen vielleicht mehr Menschen, dass etwas unternommen werden muss.«

»Kannst du es nicht einfach lassen, Rachel?«

»Nein. Ich finde gerade meine Aufgabe«, beharrt sie.

Die beiden fallen wieder in Schweigen.

Ich wollte ja unbedingt eine schwierige Frau, denkt Justus, jetzt habe ich eine und werde nicht fertig mit ihr. Mit Frieda von Gaudy hätte ich solche Probleme nicht.

Ich wollte ja unbedingt diesen preußischen Staatsdiener, denkt Rachel, jetzt habe ich ihn und er beschränkt meine Freiheit. Mit einem anderen Mann hätte ich bestimmt auch Probleme, nur andere. Stimmt etwas nicht mit mir? Vielleicht hätte ich gar nicht heiraten und eine Annette von Droste-Hülshoff werden sollen?

Der Landauer wird langsamer. Eine Polizeisperre. Bewaffnete Gendarmen kontrollieren die Passanten und die Gefährte. Justus von Kleist weist sich aus und erfährt, dass die Polizisten auf der Suche nach Samuel Rebenstein sind. Eugen von Puttkamer hat die Suche auf ganz Berlin und die Umgebung ausgedehnt, ohne seinen Polizeidirektor zu informieren.

Er macht ernst und will dem Juden die Morde anhängen, denkt von Kleist. Das ist nicht gut für den gesellschaftlichen Frieden.

Ein Name wird nicht beschmutzt. Knackende Finger und dumme Hühner. Es ist Neumond und der Mann vom Fluss sieht ganz anders aus.

Ada Hertel hat ihrer Herrschaft ein leichtes Abendessen bereitet. Aufgeschnittene kalte Hühnerbrust, einen grünen Salat mit frischen Kräutern und knuspriges Brot mit Butter.

Rachel und Justus sind immer noch leicht verstimmt miteinander, doch sie werfen sich verstohlene Blicke zu. Die Köchin zieht sich zurück.

Die Eheleute setzen sich zu Tisch.

»Ich kann meine Artikel auch unter meinem Mädchennamen schreiben«, fängt Rachel an. »Dann wird dein edler Name von Kleist nicht beschmutzt.«

»Der Name ist sowieso nicht unbeschmutzt«, meint Justus trocken. »Denk an Heinrich von Kleist. Er hat seine Freundin erschossen und dann sich selbst. Noch nicht mal ein christliches Begräbnis hat Mutter Kirche ihm gegönnt.«

»Dann darf ich also deinen Namen nutzen?«

»Es ist jetzt dein Name, denn du bist meine Frau. Und wenn du Artikel verfasst, dann unter dem Namen, den du trägst«, sagt Justus streng. »Wir haben gelobt, in guten und schlechten Tagen zueinander zu stehen.«

»Erwartest du schlechte Tage mit mir, nur weil ich meinem Leben einen Sinn geben möchte?« Rachel hat Tränen in den Augen.

»Dieser Lapalus hat keinen guten Charakter. Er wird dich für seine demagogischen Ränkespiele missbrauchen. Und er knackt so widerlich mit den Fingern.«

»Justus! Falls Lapalus tatsächlich Ränke schmiedet, werde ich es merken. Ich bin nicht so ein dummes Huhn wie diese blonde Dame, die ich in deinem Büro traf!«

Jetzt muss Justus lachen. »In der Tat – das bist du nicht. Bist du jetzt eifersüchtig?«

»Keineswegs«, entgegnet Rachel ruhig. »Obwohl dir das Huhn noch immer Avancen macht.«

»Unsere Familien kennen sich schon lange. Friedas Onkel war der Erzieher unseres derzeitigen Königs«, erzählt Justus. »Und ihr Vetter hat schwülstige Gedichte geschrieben, die in den Berliner Salons durchaus goutiert wurden. Leider hat die gute Frieda gar nichts von den intellektuellen Eigenschaften ihrer Verwandten abbekommen.«

»Darf ich dich etwas fragen, Liebster?«

»Frag erst! Danach sag ich dir, ob du es gedurft hättest!«, lächelt Justus.

»Das Geld, das du in Nowawes der Mutter Kopatschek überreicht hast, das gehörte dir, oder?«

»Uns«, gibt Justus zu. »Natürlich uns. Mich quält das Elend der Menschen ebenso wie dich.«

»Und mich quält, dass die Verhältnisse so sind, dass ein Jude namens Mendelssohn für das Elend der Weberfamilien in diesem Dorf verantwortlich ist.«

»Das hat nichts mit dir zu tun, Liebste. In jedem Volk gibt es Gute und Böse.«

»Den Juden wird es immer besonders angekreidet.«

»Ich weiß. Der Polizeipräsident hat die Suche nach diesem Metzgergesellen Samuel Rebenstein erheblich verschärft. Ohne mein Wissen. Das gibt mir zu denken.«

»Hältst du ihn denn für unschuldig?«

»Ja, das tue ich. Er weiß zwar, wie man als Metzger das Messer zu führen hat, und er griff einen Polizeibeamten an. Und er liest staatskritische Flugblätter. Nichts davon macht ihn zum Mörder. Schon gar nicht zu einem Ungeheuer, das seine Opfer gezielt in unbeschreiblicher Weise verstümmelt … entschuldige bitte. Diese grausigen Einzelheiten sind nichts für deine Ohren. Ich glaube einfach nicht, dass er es getan hat. Escher und Schwarz übrigens auch nicht.«

»Dann hilf ihm.«

»Wie kann ich das? Er ist auf der Flucht.«

Die nächsten drei Tage bringen keine neuen Erkenntnisse.

Jeder Gendarm kennt die Beschreibung des Mannes, der Emma Delitz überfallen hat, und hält Ausschau. Die Suche nach Rebenstein wird fortgesetzt, die Spitzel halten Augen und Ohren offen.

Von Kleist kann im Moment nicht mehr ausrichten und begibt sich in seine Villa, um dort ein erfülltes Wochenende mit Rachel zu verbringen.

Rachel überredet Justus, sie am Montag mit in die Stadt zu nehmen. Richtig wohl ist ihm nicht dabei, seine Frau aus der friedlichen Umgebung zu entfernen. Aber zugleich freut er sich, dass Rachel einige Tage und Nächte seine Dienstwohnung mit ihm teilen wird.

Am Potsdamer Tor haben sich Gendarmen postiert. Es kommt zu Wartezeiten in beide Richtungen. Die Stimmung ist aufgeheizt. Es fallen Schmährufe gegen die Staatsmacht und auch gegen Juden.

Ein Händler, der in die Stadt hineinwill, verweigert sich der Kontrolle und beschimpft die Gendarmen. Prompt kassiert er Prügel. Frauen kreischen, ein Karren mit frischem Gemüse kippt um. Rüben, Kartoffeln und Kohlköpfe kullern über die Straße. Plötzlich sind Kinder da. Sie rennen hinter dem beweglichen Gemüse her, packen es und verschwinden mit ihrer Beute.

Justus von Kleist und Rachel üben sich in Geduld. Sie erreichen den Molkenmarkt mit einiger Verspätung.

»Passen Sie gut auf meine Frau auf, Gruber«, sagt Justus.

»Mach ick, jnädijer Herr«, verspricht der Kutscher.

Justus verabschiedet sich und sieht dem sich entfernenden Landauer nachdenklich nach.

Der Mann vom Fluss weiß nun, wo sich die Villa Kleist befindet. Seit einigen Stunden beobachtet er das weiße Gebäude. In der Mittagssonne sieht er den Gärtner, die Stallburschen, die Zofen und sogar die Köchin, die im Garten frische Kräuter zupft. Aber keine Jette Wehner. Wut steigt in ihm hoch. Hat die Wirtin ihn belogen? Er überlegt, ob er es wagen soll: einfach in die Villa eindringen und nach dem Mädchen suchen. Die Vorstellung ihrer entsetzten Augen macht ihn unruhig und wild – aber auch glücklich.

Hat die Alte den Fenstersturz überlebt? Hat sie am Ende geplaudert? Von Kleist ist Polizeidirektor und wird Vorkehrungen getroffen haben, seine Villa zu schützen.

Er muss vorsichtig bleiben. Dies ist kein Badeplatz mit lockeren Mädchen, sondern die Welt des Hochadels. Wie ist Jette Wehner bloß hierhergekommen?

Der Mann verfolgt, wie einer der Stallburschen die Pferde tränkt und kurz danach den eingezäunten Park der Villa verlässt. Das ist *die* Chance, mehr über die Verhältnisse in der Villa und ihre Bewohner zu erfahren.

Der Mann geht dem jungen Burschen nach. Überholt ihn zunächst auf dem holprigen Weg, täuscht dann einen kleinen Unfall vor und hält sich fluchend das Bein.

Eine Stunde später sitzen die beiden in einer Gastwirtschaft an der Glienicker Brücke und bestellen Bier.

Das Redaktionsbüro der *Vossischen Zeitung,* die offiziell *Königlich privilegierte Berlinische Zeitung von Staats- und gelehrten Sachen* heißt, befindet sich nicht weit entfernt vom Polizeipräsidium.

Da haben die Zensoren keinen allzu weiten Weg, denkt Rachel. Sie presst ihren Beutel an sich. In ihm befindet sich der Entwurf eines Artikels über die Zustände in Nowawes. Justus hat ihn nicht lesen wollen, um sie nicht zu beeinflussen.

Gruber zieht die Bremsen an. »Da wären wa, jnädije Frau.« Er springt vom Bock und hilft Rachel aus der Kutsche. »Denn wünsche ick jutes Jelingen.«

Rachels Herz klopft, als sie am Empfang nach Henri Lapalus fragt. Vielleicht hat er sein Angebot gar nicht ernst gemeint. Eine adelige Frau, die sich über das Elend armer Menschen auslässt. Wie lächerlich!

Der Pförtner schickt einen Botenjungen in die erste Etage, um den Redakteur zu holen. Wenig später erscheint die hagere Figur des Henri Lapalus. Er ist sichtlich überrascht.

»Gnädige Frau, welche Freude!« Er haucht einen Kuss auf Rachels Handschuh.

»Guten Tag, Herr Lapalus. Ich habe meinen Mann nach Berlin begleitet und wollte mit Ihnen den Artikel besprechen.«

»Welchen Artikel, gnädige Frau?«

»Meine Eindrücke von dem Weberdorf. Oder haben Sie Ihr Angebot neulich nicht ernst gemeint?«

»Doch, doch, natürlich! Aber ich habe – ehrlich gesagt – nicht damit gerechnet, dass Sie wirklich etwas schreiben. Ihr Gatte wirkte so ablehnend, als ich den Vorschlag machte.«

»Das haben Sie missverstanden, Herr Redakteur.«

»Gibt es denn schon einige Zeilen, Frau von Kleist?«

»O ja, ich habe alles mitgebracht, was ich bisher notiert habe.« Rachel zieht ihre Papiere hervor.

»Kommen Sie bitte«, fordert Lapalus sie auf. »Das machen wir besser an einem Schreibtisch.«

Sie steigen die Treppe hoch und treten in Lapalus' Büro. Ein kleiner Raum mit einem Fenster, einem Schreibtisch, Regalen und einem weiteren Tisch, auf dem Bücher, Zeitungen und weitere Papiere liegen. Lapalus räumt eine Hälfte des Tisches frei und rückt zwei Stühle heran. Das Angebot von Tee oder Kaffee lehnt Rachel ab. Sie möchte gleich zur Sache kommen.

»Ich hatte Schwierigkeiten mit dem Beginn, Herr Lapalus«, sagt sie. »Mir schwebten drei Möglichkeiten vor. Zuerst wollte ich historisch beginnen, mit der Gründung der Siedlung und der Herkunft der Weber.«

»Das wäre vielleicht eher etwas für die *Preußische Allgemeine Zeitung*«, wirft der Redakteur ein.

»Ja«, lächelt Rachel. »Es führt auch nicht direkt auf das, was ich mit dem Artikel bewirken möchte. Darum habe ich die zweite Form des Anfangs auch verworfen.«

»Die wäre?«

»Eine geografische oder Reiseperspektive. Die Schilderung, wo Nowawes liegt und was man sieht, wenn man sich dem Dorf nähert.«

»Auch das führt nicht auf Ihren Zweck? Was ist denn dieser Zweck?«

»Sie wissen es doch: die Armut schildern, damit sich etwas ändert.«

»Und welchen Anfang haben Sie nun gewählt?«

»Ich stelle das Elend sofort in den Mittelpunkt, und zwar den unmittelbaren Blick auf das Elend eines Kindes, dem ich dort begegnet bin. Von dort geht der Blick zu den Geschwistern, dann zu den Eltern, zu deren Lebensumständen und darüber auf das Dorf, seine Geschichte und seinen ehemaligen Zweck sowie die Ursachen dafür, dass dieser Zweck sich erledigt hat.« Rachels Augen blitzen und ihr Antlitz ist leicht errötet. »Die Weberei ist ja überall in der Krise, jedenfalls die Hausweberei an den alten Webstühlen. Davon verstehe ich etwas.«

Mit Wohlgefallen und knackenden Fingern schaut der Redakteur auf Rachel, deren Frisur im Eifer ihres Formulierens in Unordnung geraten ist.

»So so, Sie verstehen etwas von der Weberei?«

Rachel ist ganz erfüllt von ihren guten Absichten. »Ja, ich komme ja aus Morgenthal, das ist in Westfalen, und dort wird die Weberei inzwischen ganz anders betrieben, mit automatischen Webstühlen. Mein Vater hat kürzlich eine solche Weberei erworben. Durch Umstellung auf neue Stoffsorten und eine ordentliche Entlohnung der Weber hat er den ehedem maroden Wirtschaftszweig der Region in eine erfolgreiche Richtung gelenkt.«

Amüsiert betrachtet Lapalus die junge Frau, die sich so begeistern kann. »Sie machen mich neugierig, gnädige Frau. Vielleicht gestatten Sie mir einen Blick auf das Schriftliche?«

Verwirrt blickt Rachel auf ihre Papiere auf dem Tisch. Dann muss sie lachen. »Ach Gott, was stelle ich nur an. Natürlich. Hier bitte.« Sie schiebt dem Redakteur ihre Blätter hinüber und faltet die Hände im Schoß.

Der Zeitungsmann beginnt zu lesen. Nach wenigen Zeilen hebt er die Brauen. »Das ist sehr lebendig geschrieben, liebe Frau von Kleist. Ich bin beeindruckt.«

Dann beginnt er noch einmal von vorn, doch diesmal liest er den Text laut vor:

»Das Mädchen ist mager. Es sitzt im Staub der Straße und kaut Kartoffelschalen. Die großen Augen haben den Blick verloren. Das Kind hat seit Tagen keine richtige Mahlzeit erhalten. Eine Nuss vom Walnussbaum, ein Stück Brot und diese Kartoffelschalen. Das Mädchen hungert. Die meisten Kinder in Nowawes hungern. Ihre Eltern haben keine Arbeit und können keine Lebensmittel kaufen. Die Webstühle stehen still, das Gemüse in den kleinen Gärten ist abgeerntet und die Verzweiflung wächst …«

Still liest der Redakteur den Rest. »Wunderbar, gnädige Frau! Es geht genauso ergreifend weiter. Ich würde den Artikel gern abdrucken. Mit einer kleinen Notiz zu Ihrer Person.«

»Zu meiner Person?«, fragt Rachel. »Was wollen Sie denn da schreiben?«

»Ihren Namen als Verfasserin des Artikels und dass Sie die Ehefrau des königlich-preußischen Polizeidirektors sind.«

»Ich weiß nicht, ob meinem Mann das recht wäre«, zweifelt sie. »Das mit dem Namen ist ganz in Ordnung, aber weitere Einzelheiten über mich und meinen Mann – da möchte ich ihn erst fragen.«

»Wir haben viele sozial interessierte vornehme Schreiber für die *Vossische* gewinnen können«, entgegnet Lapalus. »Fanny Lewald zum Beispiel. Und auch Therese Freifrau von Lützow, die unter dem Namen von Bacheracht moralische Betrachtungen verfasst.«

Rachel erhebt sich. »Ich werde Ihnen eine Nachricht schicken, wie mein Mann die Sache sieht. Ich bin noch ein oder zwei Tage in Berlin.«

»Wie schön«, strahlt der Redakteur. »Dann könnten wir vielleicht noch über weitere Arbeiten sprechen, gnädigste Frau von Kleist.«

»Lassen Sie uns erst einmal die Reaktionen auf mein erstes Werk abwarten«, winkt sie ab.

»Selbstverständlich.« Lapalus verbeugt sich. »Wie Sie wünschen. Ich begleite Sie noch nach unten.«

Ein Vorgesetzter bekommt Gegenwind. Schwarze Kinder johlen freche Lieder. Die junge Frau geht einkaufen.

Justus von Kleist ist zu einem Gespräch gebeten worden – vom Polizeipräsidenten. Eugen von Puttkamer sitzt hinter seinem Schreibtisch. Er hat von Kleist keinen Stuhl angeboten. Puttkamer ist verärgert, dass es dem Polizeiapparat noch immer nicht gelungen ist, den Metzgergesellen Samuel Rebenstein festzusetzen.

»Warum krempelt Er nicht das Scheunenviertel um?«, schnarrt Puttkamer von Kleist an. »Warum holt Er nicht alle Juden aus den Häusern und lässt sie einen nach dem anderen überprüfen?«

»Wir suchen einen Juden, den wir mit Namen kennen und von dem es eine passable Beschreibung gibt«, wendet der Polizeidirektor ein. »Warum sollten wir dann allen Juden Angst machen?«

»Deshalb! Wegen der Angst!«, schreit Puttkamer. »Wenn die Angst haben um sich selbst, dann liefern sie den Rebenstein aus. Muss ich Ihm wirklich erzählen, wie Er die Semiten anzufassen hat?«

»Und muss ich Sie an das *Juden-Edikt* vom März 1812 erinnern? Es garantiert den Juden Gleichberechtigung.«

»Papperlapapp! Papier ist geduldig.«

»Ich lehne Willkür als Polizeimethode ab«, sagt von Kleist ernst. »Den Rebenstein bekommen wir auch ohne Judenjagd im Scheunenviertel. Wir haben genug Männer in der Stadt, die uns Hinweise zukommen lassen.«

»Kleist! Das gefällt mir nicht. Er kann sich doch nicht allein auf die Spitzel verlassen. Ich gebe Ihm noch eine Woche Zeit für die Festsetzung des Rebenstein. Wenn der Bursche bis dahin nicht gefasst ist, lasse ich das Militär in den Scheunengassen gründlich suchen. Und dann gnade den Juden Gott.«

Justus von Kleist verabschiedet sich. Er fühlt sich im Mittelpunkt einer politischen Intrige. Puttkamer geht es nicht um Gerechtigkeit und schon gar nicht um die Wahrheit. Er will das Volk beruhigen und den zahlreichen vaterländischen und königstreuen Verbänden zu Willen sein. Und da kommt ein jüdischer Metzgergeselle gerade recht.

Der Kutscher hat die Pferde ausgespannt und gönnt ihnen etwas Hafer. Rachel schaut den Rössern beim Fressen zu. Es sind gute Tiere und Gruber behandelt sie sehr freundlich.

»Es ist schön in Berlin«, meint Rachel und klopft dem Wallach auf den Hals. »Und aufregend.«

Gruber stellt dem Braunen einen Eimer Wasser vor die Nüstern. Das Pferd saugt die Flüssigkeit bedächtig auf.

»Hat der Herr Jemahl denn schon eine Stadtwohnung im Auje?«, fragt Gruber.

»Nicht, dass ich wüsste.«

Plötzlich Geschrei. Eine Horde von Kindern zieht lärmend durch die Straße. Gruber lacht. Rachel ist verwirrt. Die Kinder sind ärmlich gekleidet und schmutzig.

»Det kennen Se noch nicht, jnädije Frau«, sagt Gruber. »Det sind die Schornsteinfejerjungens.«

»Schornsteinfegerjungen?«

»Jenau, Berliner Jassenjugend. Arme Tröpfe. Ham keene Eltern mehr und ham bei die Schornsteinfejers anjeheuert. Und der an der Spitze ist der Jeselle, der sie unter sich hat. Det ist der janz vorne mit der Kappe aufm Kopp.«

Die Kinder sind jetzt auf der Höhe von Rachel und Gruber. Sie singen ein Lied, das sehr frech klingt. Rachel versteht kein Wort. Sie weicht zurück.

»Die tun Ihnen nichts, jnädige Frau. Die kleene schwarze Brut zieht jeden Tag durch die Stadt, wenn se mit der Arbeit fertig is.«

»Was ist denn deren Arbeit?«

»Det ist keene schöne Sache, jnädige Frau. Die Jungens kriechen in die Schornsteine rein und machen sauber. Et werden ja in Berlin immer mehr schmale und enge Schornsteine jebaut, in die man nur Kinder reinschicken kann. Also holen sich die Meister die armen Kleenen, die ohnedies keene Erziehung jenossen haben.«

»Ist das nicht gefährlich?«, fragt Rachel.

»Ist det. Manche Jungs bleiben stecken und ersticken. Aber et jibt ja jenug Nachschub.«

Rachel ist aufgewühlt. Das wäre auch ein Thema, das sie in der Zeitung beschreiben könnte! Kinder sterben, damit Kamine sauber werden!

Doch es gibt auch leichte und schöne Dinge in Berlin zu entdecken.

Gruber fährt Rachel zur Brüderstraße in Cölln. Dort existiert seit ein paar Jahren ein Manufakturwarengeschäft mit Stoffen, Einrichtungsgegenständen, Porzellan und Modewaren zu Festpreisen. Die Erfindung eines Mannes namens

Rudolph Hertzog. Von außen wirkt das große Gebäude wie ein Palast.

Rachel geht in den ersten Stock – zu den Stoffen. Bald ist sie begeistert: Es gibt alles, was das Frauenherz begehrt.

Kattun, Filz, Satin, Moleskin, Duchesse und natürlich Seidenstoffe aus Asien. Ein Verkäufer bietet Rachel an, die Stoffballen zum Befühlen aus den Regalen zu holen.

»Ich möchte Seide«, sagt sie. »Für ein Kleid.«

»Ich habe hier wunderbare Naturseide aus Japan. Sie nennt sich Fagaraseide. In Mittelgrün. Sehen Sie und fühlen Sie, gnädige Frau!«

Rachel streichelt den Stoff und prüft seine Festigkeit.

»Haben Sie auch Seide aus hiesigen Gegenden?«, fragt sie. »In der Nähe gibt es doch zum Beispiel ein Weberdorf mit Tausenden von Maulbeerbäumen. Es heißt Nowawes.«

Von diesem Dorf hat der Verkäufer noch nichts gehört. »Wir führen keine Seide aus Deutschland. Die Qualität ist zu gering. Außerdem bekommt unsere oberste Geschäftsleitung die asiatische Seide zu einem sehr guten Preis.«

»Was ist mit den Transportkosten? Es müssen doch Schiffe fahren.«

Der Verkäufer ist irritiert. Dass sich eine Dame nach den Details des Handels erkundigt, ist ihm noch nicht untergekommen.

»Und wieso ist diese Seide besser als die deutsche?«

Der Verkäufer greift zu einem Buch und blättert. Dann liest er vor: »Fagaraseide ist die Naturseide aus dem Kokon des asiatischen Atlasspinners, der in lateinischer Sprache *Attacus atlas* benannt wird. Der Kokon besteht aus vielen kurzen Fäden. Die Seide wird vor allem in der Schappespinnerei verarbeitet.«

»Schappespinnerei?«

»Der Stoff wird im Kammgarnverfahren gewonnen.«

Rachel nickt, ohne zu verstehen.

»Ich nehme einige Meter schönen Kattuns«, sagt sie. »Ich möchte die hiesigen Spinner und Weber unterstützen.«

Der Verkäufer räumt die Seide weg und legt eine neue Auswahl auf den Tisch. »Voilà, gnädige Frau. Kattun aus Deutschland, *Kalikos* aus England und die berühmten *Indiennes* direkt aus Frankreich.«

Rachels Interesse an einem Einkauf ist gesunken. Sie erwirbt dennoch sechs Meter bedruckten Stoff und kauft noch Litzen, Garn und Haken. Jette Wehner wird aus der Baumwolle schon etwas Schönes machen.

Schon wieder ein Thema für die Zeitung, denkt Rachel. Das Gewinnstreben der Unternehmer zerstört den gesellschaftlichen Zusammenhalt. Warum unternimmt der König nichts dagegen? Warum kümmert er sich nicht um sein Volk?

Justus hat für den Abend ein köstliches Mahl in seine Dienstwohnung bestellt.

Seine Frage: »Was hast du erlebt, Liebste?«, verschiebt den Beginn des Abendessens um eine halbe Stunde, weil Rachel ihm alles erzählt. Zuletzt fragt sie ihren Mann, ob es ihm recht ist, dass sie in der Zeitung als Frau des preußischen Polizeidirektors bezeichnet wird.

Justus denkt nach und stimmt dann zu. »Aber nur, wenn du nicht zum Sturz des Königs aufrufst. Das wäre mir dann doch nicht recht. Ich hatte heute schon genug Missstimmung mit Puttkamer. Er will den Rebenstein unbedingt als Mörder haben. Aus politischen Gründen. Dem Puttkamer haben die Juden zu viel Einfluss und Geld in Berlin. Die *Vaterländischen* suchen mal wieder ein Opfer, das in ihr engstirniges Weltbild passt.«

»Die Juden im Scheunenviertel haben doch weder Einfluss noch Geld«, wundert sich Rachel. »Sie sind genauso arm wie die Vogtländer.«

»Das weiß Puttkamer auch. An die Salonjuden traut er sich freilich nicht heran. Es ist eben einfacher, sich an einem jüdischen Metzger zu vergreifen statt an einem jüdischen Bankier. Da wird ein Samuel Rebenstein geopfert, wo eigentlich ein Samuel Bleichröder gemeint ist.«

Rachel versteht die Anspielung. Samuel Bleichröder – der reichste Mann Berlins. Er und seine Söhne verkehren bei Hofe. Bleichröder vertritt das mächtige Bankhaus Rothschild in Berlin und machte von sich reden, als er eine teure Reise des Königspaares und seines Hofstaates nach England bezahlte. Zurzeit finanziert er den Eisenbahnbau durch die Ausgabe von Anleihen.

»Du musst den Rebenstein finden«, stellt Rachel fest. »Und ihm helfen.«

»So ist es. Ich habe eine Woche. Danach lässt Puttkamer die Soldaten ins Scheunenviertel marschieren.«

Eine Geheimbotschaft wandert ins Viertel. Ein Mann wird erkannt. Jemand stellt sich und ist froh darüber.

Schwarz und Escher mischen sich unter die Menschen im Scheunenviertel. Natürlich werden sie als Polizisten erkannt, aber das ist in Ordnung. Justus von Kleist hat ihnen den Auftrag erteilt, vor dem bevorstehenden Einmarsch des Militärs zu warnen und gleichzeitig eine Botschaft an Samuel Rebenstein auf den Weg zu bringen: Er soll sich stellen. Es wird ihm eine korrekte Untersuchung ohne Vorbehalt und Vorurteil zugesagt.

Doch die Mienen der Juden bleiben unbewegt.

»Die glauben uns nicht, dass wir es gut mit ihnen meinen«, stellt Escher fest.

»Kannst du es ihnen verübeln?«, entgegnet Schwarz. »Der Mensch reagiert, wie es ihn seine Erfahrungen lehren. Und die Juden haben weder mit der Polizei noch mit den Soldaten gute Erfahrungen gemacht. Schau dir diese alte Frau dort an. Was glaubst du, was sie alles an Ungerechtigkeit gegen ihr Volk erlebt hat?«

Die alte magere Frau beobachtet die Polizisten schon eine ganze Weile. Hat sie Schwarz' Bemerkung gehört? Es scheint fast so, denn sie hebt die magere Hand und winkt die beiden zu sich.

Schwarz und Escher sehen sich unschlüssig an, doch dann folgen sie dem Wink.

»Kennst du den Rebenstein?«, prescht Escher vor.

Die Alte wiegt den Kopf.

»Kannst du ihm etwas von uns bestellen?«

Die Frau streckt ihre Hand aus.

Escher ist irritiert.

»Nun gib ihr einen Groschen«, schlägt Schwarz vor. »Oder zwei!«

Zwei Münzen fallen in die Handfläche der alten Frau.

»Afile der schojte ojfen kisse – hamalchuss is a melech«, flüstert sie heiser.

»Was heißt das?«, fragt Escher.

»Auf dem Thron ist auch ein Dummkopf König«, übersetzt Schwarz. »Oder so was in der Richtung.«

»Sie hat ja wirklich Durchblick«, grinst Escher. »Kennt sie den Rebenstein nun oder nicht?«

Die Alte nickt. »Was wollt ihr ihm denn sagen?«, kommt es in perfektem Deutsch.

»Ich werde morgen in einer Gaststätte auf ihn warten«, erklärt Schwarz. »Und zwar in der da drüben.«

Er deutet auf die Schänke schräg gegenüber.

»Und sag ihm, er braucht keine Angst zu haben. Wir meinen es gut mit ihm.«

Die Alte nickt und wendet den Blick wieder ab.

»Hat sie uns jetzt nur um Geld erleichtert oder wird sie uns nützlich sein?«, fragt Escher.

»Keine Ahnung«, gibt Schwarz zu. »Eine jüdische Seele kann man nicht ergründen. Wir werden es morgen Abend wissen.«

An diesem Dienstagmorgen hat der Mann vom Fluss die Villa Kleist wieder im Auge. Er weiß jetzt, dass sich Jette Wehner im Haus befindet und dass sie Angst hat. Die Herrschaften sind in Berlin. Nur Personal – in der Hauptsache weiblich – ist anwesend.

Gestern hat er sich einen Bauchladen beschafft und ihn mit allerhand Dingen befüllt, die für Hauspersonal nützlich sein können: Bohnerwachs, Schuhwichse, Seife, Nähnadeln, Knöpfe, Zündhölzer.

Seine Verkleidung passt zu dem Bauchladen: eine speckige grüne Joppe über einer ausgefransten grauen Hose aus grobem Stoff. Auf dem Kopf ein Barett von undefinierbarer Farbe und Holzpantinen an den Füßen.

Schlurfend begibt sich der Mann zu dem Lieferanteneingang und betätigt den Klopfer. Als Ada Hertel öffnet, macht er einen übertriebenen Diener und beginnt einen Singsang, mit dem er seine Waren anpreist, die er dann vorzeigt.

Ada wirft einen Blick darauf und interessiert sich für die Seife. Sie lässt sich zwei Stücke reichen und riecht daran.

Als der Mann um ein Glas Wasser bittet, lässt Ada ihn eintreten und auf einem Stuhl in der Küche Platz nehmen.

Der Mann trinkt einen Schluck. »Zündhölzer brauchen Sie bestimmt«, sagt er dann. »Ich habe die neuen roten aus Schweden, die gibt es noch nicht überall.«

Aber Ada hat genügend Zündhölzer.

»Ich habe auch schöne Knöpfe«, preist der Mann weiter sein Zeug an.

Ada schaut in die Dose mit den Knöpfen und geht zur Tür. »Jette, komm doch mal, es ist jemand da, der Knöpfe verkauft, vielleicht kannst du welche brauchen!«, ruft sie ins Treppenhaus.

»Moment!« Und schon hört man Jettes Schritte.

Ada empfängt sie an der Tür und reicht ihr die Knopfdose.

»Oh, wie hübsch«, freut sich Jette. »Aber für meine Hemden sind diese Knöpfe zu groß und zu aufwendig.« Ihre nächsten Worte richtet sie direkt an den Hausierer. »Haben Sie nicht auch ganz einfache, schlichte, für Hemden?«

Der Mann blickt ihr stumm ins Gesicht und wartet.

Plötzlich ist eine ungeheure Spannung im Raum spürbar. Ada blickt zwischen den beiden hin und her, Jette starrt den Mann an.

Dann schreit sie.

Der Mann grinst und nimmt die Seife und die Knöpfe wieder an sich. Sein Ziel hat er erreicht: Er hat den Schrecken in Jettes Augen gesehen.

Ada beugt sich über Jette und fragt: »Was ist denn?«

Jette zeigt mit zitternder Hand auf den Mann: »Das ist er! Das ist er!«

Ihre Augen sind weit vor Angst.

Beherzt greift Ada einen Kochtopf und schmettert ihn dem Hausierer auf das Barett. Der schwankt und nimmt Reißaus. Die klappernden Pantinen entfernen sich.

Ada hat viel Mühe damit, Jette zu beruhigen. Sie gibt ihr Milch zu trinken und ein Stück Kuchen.

»Essen und Trinken hält Leib und Seele zusammen und die Angst vor der Tür«, versucht sie es mit dem Hausmittel aller Köchinnen. »Hast du den Kerl ganz sicher erkannt?«

Jette nickt.

Der Stallbursche drückt die Küchentür auf. »Was ist denn hier los?«, fragt er überrascht. »Und wer ist eben rausgelaufen, als wäre der Leibhaftige hinter ihm her?«

»Das war der Mann, der Jettes Kleider gestohlen hat«,

klärt Ada ihn auf. »Und ein Mädchen geschändet. Wer weiß, was der noch alles auf dem Kerbholz hat.«

»Ich hab den schon mal gesehen.«

»Was?« Jette starrt den Burschen mit großen Augen an.

»Ja, vor zwei Tagen, ich hatte grad die Pferde getränkt und ging Richtung Brücke. Da hab ich ihn gefunden. Er war hingefallen und hatte sich den Fuß verstaucht. Ich hab ihm geholfen und wir haben zusammen ein Bier getrunken. Er hat ganz schön viel gefragt. Über die Villa und das Personal und die Herrschaft.«

»Über so was redet man nicht mit Fremden!«, rügt Ada.

»Ich hab ja auch nicht viel erzählt«, behauptet der Bursche – leicht betroffen.

»Und wieso weiß der Spitzbube, dass die Jette hier ist?«

Der Junge schweigt.

»Du musst das alles der Herrschaft erzählen«, bestimmt Ada. »Der Kerl wird mit einem polizeilichen Steckbrief gesucht. Hat er dir seinen Namen genannt oder wo er herkommt?«

Kopfschütteln.

»Na, das hab ich gern. Lässt sich aushorchen und kriegt selbst nichts raus«, sagt die Köchin fassungslos. »Geh nach draußen und guck, ob der Mann sich noch in der Nähe rumtreibt. Und nimm die Pferdegerte mit.«

Von Kleists Plan hat Erfolg. Rebenstein hat die Nachricht bekommen und sich von seinen Verwandten überzeugen lassen, dass er sich stellen muss. Nicht, dass die Juden übermäßiges Vertrauen zu der Polizei und ihren Versprechen hätten, aber eine Konfrontation mit dem Militär wollen sie auf jeden Fall vermeiden. Sonst entdecken die Soldaten noch andere Vergehen. Nicht alle Bewohner in den Scheunengassen sind amtlich registriert, manch einer wird wegen geringer Vergehen gesucht. Sind die Soldaten einmal losgelassen, dann geschehen Übergriffe, deren Gründe nie geklärt werden. Und schuld sind immer die Juden.

Rebenstein hat sich in der Nähe der Schänke versteckt. Er will Schwarz beobachten und prüfen, ob er wirklich keine Abteilung Gendarmen dabeihat.

Das Etablissement liegt in einem Keller, zu dem einige Stufen hinunterführen. Rebenstein kennt die Örtlichkeiten und weiß, dass es kaum Fluchtmöglichkeiten gibt, wenn der Eingang von der Straße aus verstellt wird.

Schwarz erscheint. Eine Kappe verbirgt die Stirn, er trägt einfache Kleidung und ist allein. Vor der Treppe bleibt er stehen, schaut sich um und geht dann nach unten.

Rebenstein hört Gelächter und riecht Tabakqualm. Er hat Angst, doch zurück kann und will er nicht mehr. Ich muss meine Unschuld beweisen, denkt er, sonst werde ich irgendwann abgeschossen wie ein tollwütiger Hund.

Er betritt die Wirtschaft. Schwarz hat sich an das Ende des Tresens gestellt – den Blick auf die Tür gerichtet. Ein leichtes Nicken zeigt Rebenstein, dass er erkannt ist.

»Vernünftig, dass du auftauchst, Geselle«, sagt Schwarz. »Die Kopfwunde, die du mir verpasst hast, ist übrigens fast verheilt. Falls es dich interessiert.«

»Was geschieht jetzt mit mir?«

Schwarz gibt dem Schankmädchen einen knappen Wink – und schon hat Rebenstein eine Weiße vor sich stehen.

»Wir wollen nur mir dir reden«, sagt Schwarz. »Über die Morde an den beiden Frauen.«

»Damit habe ich nichts zu schaffen«, beteuert der junge

Mann. »Ich kannte die Jule nur vom Sehen. Dem Meister ist sie mehr behilflich gewesen.«

»Was meinst du damit?«, fragt Schwarz überrascht.

»Die beiden konnten gut miteinander.« Rebenstein zögert. »Und die Kleine hat er behandelt wie sein eigen Fleisch und Blut.«

»Du meinst, dass Kohnen der Vater von dem Kind ist?«

Rebenstein zuckt die Schultern. »Wer kann das so genau wissen bei einer Dirne?«

»Vielleicht ist Kohnen nur ein freundlicher Mann, dem die Nächstenliebe am Herzen liegt. Oder gibt es so was in eurer jüdischen Religion nicht?«

»Doch. Ich will dem Meister ja nichts. Ich wollte nur sagen, dass er die Jule besser gekannt hat als ich.«

»Und was ist mit Adele Kopatschek, der anderen toten Frau?«

»Die hab ich nie gesehen«, behauptet Rebenstein.

»Und warum bist du dann geflüchtet?«

Rebenstein druckst. »Wegen der Durchsuchung meiner Stube. Die Flugblätter.«

»Nur deshalb?«

Rebenstein nickt und hält sich an dem Glas Weiße fest.

»Wir haben noch was gefunden«, grinst Schwarz. »Ein Kartenspiel.«

Obwohl die Lampen in der Kneipe kaum Licht durch den Tabakrauch senden, bemerkt Schwarz, dass Rebenstein rot wird.

»Wenn man die Karten gegen eine Lampe hält, sieht man ungehörige Dinge zwischen Mann und Frau, aber auch zwischen vielen Männern und vielen Frauen, manchmal auch nur zwischen einem Mann und mehreren Frauen. Du verstehst?«

Rebenstein nickt erneut.

»Dieses Kartenspiel ist verboten«, stellt Schwarz fest. »Schweinkram aus Frankreich. Das war doch in Wahrheit der Grund für deine Flucht, oder?«

»Wenn der Meister davon erfährt, kann ich mein Bündel schnüren.«

»Ach, Bursche«, seufzt Schwarz. »Du hast dich ganz schön in die Nesseln gesetzt. Trink dein Glas aus und lass uns gehen. Du verschwindest erst mal von der Straße, dann bis du außer Gefahr.«

Jemand verspricht Schutz. Ein Alibi taucht auf. Die Zeitung erwähnt einen zögerlichen Polizisten. Nach einem Streit gibt es überraschenden Urlaub.

Früh am nächsten Morgen begibt sich von Kleist in die Stadtvogtei. Auf dem Weg denkt er an frühere Besuche in den dortigen Zellen. Sie sind zwölf Fuß im Quadrat groß. Das Fenster befindet sich unterhalb der Decke und ist innen mit dicken Gittern versehen. Außen verschließt ein Blechkasten das Fensterloch. Nur durch einen schmalen Spalt kann Licht in die Zelle fallen. Auch bei hellem Sonnenschein herrscht ständige Dämmerung. In die Wände sind Holzpflöcke eingeschlagen, an denen man Kleidung aufhängen kann.

Das Mobiliar besteht aus einem roh zusammengezimmerten Tisch, einem Schemel und einer Pritsche mit Strohmatratze. Eine Kanne Wasser mit einem Becher und eine Tonne mit Deckel, die als Abtritt dient, vervollständigen die Einrichtung. Das Essen wird durch eine Klappe im unteren Teil der Zellentür geschoben.

Als Justus von Kleist Rebensteins Zelle betritt, springt der von der Pritsche auf und weicht zurück an die Wand.

»Guten Morgen«, begrüßt von Kleist den Mann in normalem Gesprächston und stellt sich vor.

Rebenstein bringt kein Wort heraus.

»Nehmen Sie Platz«, fährt von Kleist fort. Er selbst setzt sich auf den kleinen Tisch und öffnet den Aktendeckel, auf dem Rebensteins Name steht. Langsam blättert er die Schriftstücke durch.

»Es war klug von Ihnen, dass Sie uns freiwillig aufgesucht haben«, sagt der Polizeidirektor. »Sie haben sich unserem Zugriff recht geschickt entzogen. Aber lange wäre das nicht mehr gut gegangen.«

»Ich weiß.« Rebenstein wirkt unsicher. »Und ich bin dankbar, dass Sie sich persönlich um mich kümmern.«

»Eins muss klar sein, Rebenstein. Ich brauche von Ihnen absolute Aufrichtigkeit. Nichts verschweigen, nichts beschönigen.«

»Und dann helfen Sie mir?«

»Es wird schwer genug«, verrät von Kleist. »Höheren Ortes hält man Sie für schuldig und die Kollegen machen Jagd auf Sie. Ihre Flucht und der Widerstand gegen Ihre Festnahme sprechen gegen Sie.«

»Ich hab das doch dem Herrn Schwarz schon erklärt«, wendet der junge Metzger ein.

»Ja, er hat es aufgeschrieben und es ist hier in Ihrem Dossier vermerkt. Doch es muss auch wahr sein.«

»Komme ich in Haft wegen der Schriften?«

»Das ist gar nicht so wichtig jetzt«, erklärt von Kleist. »Sie stehen unter Mordverdacht. Vielleicht wäre es gar nicht schlecht, wenn Sie eine Weile in einer Zelle bleiben. Da sind Sie wenigstens sicher, kein gesunder Volkszorn kann sich an Ihnen vergreifen. Nun zu den wichtigen Dingen.« Justus von Kleist legt den Aktendeckel aus der Hand und blickt sein Gegenüber scharf an. »Die beste Manier, in der Sie sich helfen können, ist, wenn bewiesen wäre, dass Sie keinen der Morde begangen haben können. Denken Sie also gut nach. Der erste Mord wurde am 15. August begangen, am frühen Nachmittag. Wo waren Sie? Es war ein Samstag.«

»Sabbat, ja, da arbeiten wir nicht. Es ist trotzdem ganz einfach«, antwortet Rebenstein.

»Sie wissen noch, was Sie an diesem Samstag gemacht haben?«

»Natürlich! Ich bin doch Gabbai!«

Von Kleist versteht nicht. »Was ist ein Gabbai?«

»Der Gabbai hilft dem Rabbi. Er ist dafür zuständig, dass die Thora richtig gelesen wird.«

»Wie muss ich mir das vorstellen?«, fragt der Polizeidirektor.

»Der Gabbai korrigiert, wenn der Thoravorleser ungenau oder etwas Falsches liest oder etwas auslässt.«

»Und die Teilnehmer des Gottesdienstes können bezeugen, dass Sie an dem Tag des Mordes als Gabbai tätig waren?«

»Ja, und der Rabbi sowieso. Es gibt noch andere Gabbais. In einem Plan ist alles eingeteilt. Nach dem Gottesdienst war ich dann beim Rabbi.«

»So einfach wird es mit dem zweiten Mord nicht. Der geschah vor einer Woche. Am Mittwoch.«

»Da war ich den ganzen Tag in der Metzgerei, wie immer.«

»Kann Ihr Meister das bestätigen?«

»Natürlich. Aber ich weiß nicht, ob er es tun wird.«

»Wir fragen ihn, keine Sorge«, kündigt von Kleist an, »Warum sind Sie geflüchtet, wenn Sie nachweisen können, wo Sie zum Zeitpunkt der Morde waren?«

»Ich hatte doch keine Ahnung, um welche Zeiten es geht. Außerdem ...«, er druckst.

»Ja?«

»Ein Gabbai muss in der Gemeinde Vorbild sein.« Wieder überzieht Rot Rebensteins schmales Gesicht.

»Sie denken an das verbotene Kartenspiel, das wir in Ihrer Stube gefunden haben?«

Der junge Metzger nickt verlegen. »Der Rabbi darf davon nichts erfahren.«

»Sie lassen sich lieber des Mordes verdächtigen, als zuzugeben, dass Sie als Mann gewisse körperliche, wenn auch peinliche Interessen haben?«

Rebenstein schweigt.

»Bis wir alles überprüft haben, bleiben Sie hier – zu Ihrem eigenen Schutz«, stellt von Kleist fest.

»Werden Sie mir wirklich helfen?«

»Nein. Ich werde nur die Wahrheit herausfinden. Wenn die Ihnen hilft, ist alles gut.«

Der Polizeidirektor klopft nach dem Wärter.

Draußen gibt er die Anweisung, dass der Jude gut zu behandeln und vom Hofgang auszuschließen sei, damit ihm nichts geschehe.

Endlich steht von Kleist auf der Straße und atmet die frische Luft. In der Stadtvogtei stinkt es im Sommer besonders schlimm. Überfüllte Zellen, zu wenig Aborte und Körperflüssigkeiten in fast jeder Ecke.

Eine Horde Jungs zieht vorbei. Sie erkennen die Polizeikutsche auf Anhieb und grölen einen beliebten Gassenhauer: *»Wer die Wahrheit kennt und sagt sie frei, der kommt nach Berlin auf die Stadtvogtei …«*

Von Kleist kann sich der Wahrheit des Liedes nicht entziehen. In der Stadtvogtei sitzen viele politische Delinquenten ein. Der preußische Staat übt sich darin, intellektuelle Köpfe und Schwerverbrecher aufeinanderprallen zu lassen.

Im Präsidium informiert von Kleist seine vertrauten Mitarbeiter Schwarz und Escher. Die machen sich auf zum Rabbi, um Rebensteins Behauptungen zu überprüfen. Der Polizeidirektor mahnt zur Eile. Noch weiß Puttkamer nicht, dass sein bevorzugter Verdächtiger gefasst ist.

Nachdem Justus die Dienstwohnung früh verlassen hat, schläft Rachel noch einige Stunden. Jetzt schaut sie aus dem Fenster und betrachtet die Menschen auf der Straße. In Berlin herrscht viel Betrieb. Männer und Frauen hasten über das Pflaster zu ihren Zielen – nicht nach rechts oder links schauend. Karren rattern. Sie sind mit frischen Waren beladen. Abends muss alles verkauft sein, sonst kommen die Marktfrauen nicht auf ihre Kosten. Die Mietkutschen positionieren sich und warten auf Kunden.

In der Zeitung hat Rachel gelesen, dass es – zusätzlich zu den Kremsern – bald fünf feste Linien von sogenannten Pferde-Omnibussen geben soll: Lange Kutschen mit Ein- und Ausstieg vorn und hinten und einem Kassierer, der die Billets ausgibt. Sie sollen an festgelegten Punkten halten und die Benutzer können aus- und einsteigen, wo und wann sie wollen. Selbstverständlich haben die Mietkutscher bereits gegen diese Neuerung protestiert.

Es klopft. Die Concierge, die die Dienstwohnung sauber hält, bringt Rachel frischen Kaffee, zwei Schrippen, ein Stück Butter und ein Schälchen Honig.

»Danke, das ist sehr aufmerksam«, freut sich Rachel und nimmt das Tablett.

»Ihr Gatte hat das bei mir bestellt, als er das Haus verließ«, gibt die Frau zu. »Ich mach das aber auch gern, gnädige Frau. Und hier ist noch die *Vossische* für Sie. So frisch, das sie noch nach Druckerschwärze riechen tut.«

Rachel stellt das Tablett auf Justus' Schreibtisch und macht es sich in dessen Stuhl bequem. Sie rechnet nicht damit, dass die Zeitung ihren Artikel schon abgedruckt hat. Auf der ersten Seite steht dennoch etwas, was Rachel elektrisiert: *Jüdischer Metzger als Lustmörder gesucht.*

Im weiteren Teil des Artikels wird Polizeidirektor Justus von Kleist Zögerlichkeit bei der Verfolgung des Verdächtigen vorgeworfen. Der *Vaterländische Club* und die *Berliner Tischgesellschaft* fordern eine schnelle Ergreifung des Semiten, damit ein Aufruhr in den niederen Klassen verhindert wird.

Wie scheinheilig, denkt Rachel, sie schütten Öl ins Feuer und hoffen, dass es brennt – besonders in den Scheunengassen.

Schwarz und Escher haben ihre Sache gut gemacht. Der Metzgergeselle kann Jule Brand nicht getötet haben, denn er saß bei Rabbi Salomon Feingold am Tisch – zusammen mit fünfzehn weiteren Personen.

Escher befragt noch einige der anderen Gäste – sie bestätigen die Anwesenheit Rebensteins. Natürlich sind alle entsetzt, dass ein Gabbai der Gemeinde in der Stadtvogtei einsitzt.

Als der Mord an Adele Kopatschek begangen wurde, war Rebenstein in der Metzgerei – so hat er beteuert.

»Das stimmt ja auch, denn ich habe ihn an dem Tag nach Jule Brand gefragt. Und dann kamst du in die Metzgerei gestürzt und hast die Nachricht vom Tod der Adele gebracht«, erinnert sich Schwarz. »Die Frage ist nur, ob er es getan haben kann, bevor ich den Laden betrat.«

Escher ist skeptisch: »Das Mädchen war noch warm, als es gefunden wurde. Und die Entfernung ist zu groß. Er müsste geflogen sein.«

»Und sich danach komplett umgekleidet haben«, ergänzt Schwarz. »Bei dem vielen Blut überall.«

»Stellen wir also fest, dass es höchst unwahrscheinlich bis unmöglich ist, dass Samuel Rebenstein die beiden Frauen ermordet hat.«

»Gut analysiert, Escher!«, lobt Schwarz. »Du solltest Polizist werden!«

Escher und Schwarz erstatten Justus von Kleist Bericht und übergeben ihm die schriftlichen Protokolle ihrer Ermittlungen. Von Kleist verbittet sich jegliche Störung und setzt sich an seinen Schreibtisch. Sorgfältig und klar fasst er die Ergebnisse in einem Bericht über die Angelegenheit Rebenstein zusammen. Er beginnt mit der Szene in der Metzgerei und zeigt auf, dass der ursprüngliche Verdacht gegen Rebenstein allein deshalb entstanden war, weil der Metzgergeselle in Ausübung seines Berufes mit einem Messer hantiert hatte.

Den Angriff auf Schwarz und die Flucht Rebensteins stellt er so dar, dass klar wird, dass diese Flucht ein Folge von Rebensteins Befürchtung war, wegen der politischen Schriften in seiner Kammer verfolgt zu werden.

Dann weicht von Kleist etwas von der Wahrheit ab. Er verschweigt, dass im Scheunenviertel die Aufforderung, sich zu stellen, verbreitet worden ist und schreibt, Rebenstein habe sich ganz freiwillig bei Schwarz gemeldet.

Er fasst die Aussage Rebensteins kurz zusammen und gibt die Aussagen der Alibizeugen vollumfänglich wieder. Durch sie ist Rebenstein gänzlich entlastet. Von Kleist weist am

Ende hin auf die gegen Rebenstein gerichtete Stimmung in Polizei, Presse und damit der Öffentlichkeit. Er regt an, Rebenstein zu seinem Schutz noch in Haft zu halten, bis jeder Gendarm und die gesamte Öffentlichkeit von dessen Unschuld unterrichtet seien. Es sei zu vermeiden, dass negative Gefühle gegen jüdische Mitbürger sich aus einem falschen Verdacht entwickeln. Vor allem sei es dringend notwendig, die Ermittlungen in den Mordfällen neu aufzunehmen, denn der Mörder sei ja nicht gefasst und es zu befürchten, dass er in seinem schrecklichen Tun fortfahre.

Von Kleist lässt in der Schreibstube eine Kopie des Berichtes anfertigen und legt das Original als oberstes Dokument in die Akte *Rebenstein.* Mit den Papieren in der Hand begibt er sich zum Polizeipräsidenten.

»Es gibt Neuigkeiten in der Angelegenheit Rebenstein«, beginnt er, sobald er vorgelassen wird. »Ich habe alles niedergeschrieben und möchte Sie bitten, den Bericht zu lesen.«

»Papperlapapp«, schnarrt Puttkamer. »Berichte Er.«

Er unterlässt es einmal mehr, von Kleist einen Stuhl anzubieten.

»Mit Verlaub, Herr Präsident, es wäre dem gedeihlichen Fortgang der Ereignisse förderlich, wenn Sie das Schriftstück zu Rate ziehen wollten.«

Puttkamer wird laut: »Er soll berichten! Sofort! Wo ist der Jude?«

»In der Stadtvogtei.«

»Ah! Gut, der Halunke wurde endlich erwischt. Na, der kann sich auf etwas gefasst machen!«

»Er wurde nicht erwischt, er hat sich freiwillig gestellt, Herr Präsident. Das steht in dem Bericht.«

Auf Puttkamers Stirn tritt eine Ader hervor. »Lass Er mich mit Seinem Bericht in Ruhe! Gehen wir hinüber! Ich will den Mann selbst verhören.« Der Polizeipräsident erhebt sich.

Kleist denkt, dass alles schiefgeht. Er zieht die Notbremse: »Der Rebenstein ist unschuldig, Herr von Puttkamer.«

»Sagt wer?«, blafft sein Gegenüber im schroffen Militärton.

»Ich sage das, und ich sage es nach einem ausführlichen Verhör und intensiven Nachforschungen. Rebenstein hat für beide Frauenmorde zuverlässige Alibis. Er kann es nicht gewesen sein.«

»Er hat diesen Gefangenen schon verhört? Und auch noch ausführlich? Seit wann hat Er ihn denn?«

»Rebenstein hat sich gestern Abend dem Kollegen Schwarz gestellt.«

Zornesröte breitet sich auf Puttkamers Gesicht aus.

»Was?«, schreit er. »Er hat den Juden schon seit gestern in Haft und befindet es nicht für nötig, mich davon zu unterrichten?«

»Sie waren in der Oper«, erinnert von Kleist. »Und ich unterrichte Sie doch gerade jetzt. Und nicht nur das. Ich habe schlüssige Ermittlungsergebnisse. Wenn Sie einen vollständigen Bericht in mündlicher Form haben möchten, bitte ich darum, mir die Akte zu reichen. Ich lese Ihnen gern alles im Zusammenhang vor.«

Puttkamers Augen ziehen sich zu Schlitzen zusammen. »Herr von Kleist«, zischt er. »Er bewegt sich jenseits der Grenze zur Insubordination. Auf Sein Geschreibsel scheiße ich, um es in klarem Deutsch zu sagen. Gehe Er nach Hause und widme Er sich seiner jüdischen Gattin. Er hat Urlaub. Ab sofort. Bis auf Weiteres. Und von dem Rebenstein mache ich mir selbst ein Bild. Auch sofort.«

»Wir müssen den Mörder finden«, versucht von Kleist einen letzten Einwand.

»Den haben wir doch, Herr von Kleist. Der sitzt in der Stadtvogtei. Wir müssen es nur noch der Presse sagen.«

»Ich muss davon abraten, Herr Präsident.«

»Raus jetzt! Und komme Er mir nicht wieder unter die Augen, bis ich Ihn rufe!«

Es klopft an der Tür, und, ohne abzuwarten, tritt ein Gendarm ein.

»Es ist schon wieder eine Frau ermordet worden!«, ruft er in den Raum hinein. »Nach derselben Art wie die anderen.«

»Wann?«, fragt von Kleist schnell nach.

»Vor einer Stunde«, kommt die Antwort. »Die Frau blutete noch, als sie gefunden wurde.«

»Das kann der Rebenstein wirklich nicht gewesen sein«, nutzt Justus von Kleist die Gelegenheit.

»Halt Er das Maul!«, kreischt Puttkamer und weist auf die Tür. »Verschwinde Er! Unverzüglich! Und lasse Er sich hier nicht mehr blicken!«

Von Kleist bleibt nichts anderes übrig, als dem Befehl zu folgen.

Justus von Kleist sucht Escher und Schwarz auf und berichtet ihnen von dem Zwangsurlaub. Die beiden Kommissare sind entsetzt.

»Wir verfassen einen Brief dagegen«, versprechen sie.

Von Kleist winkt ab. Er will nachdenken und sich auf eine Taktik festlegen. »Kümmern Sie sich um den neuen Mord«, sagt er. »Und halten Sie mich auf dem Laufenden.«

Langsam und grübelnd begibt er sich in seine Dienstwohnung. Er öffnet die Tür und findet Rachel schreibend.

Sie legt die Feder aus der Hand und begrüßt ihren Mann. »Wie siehst du denn aus? Und was machst du hier so früh?«, entfährt es ihr.

Justus von Kleist lässt sich in einen Sessel fallen. Er bedeckt seine Augen mit der Hand und seufzt.

»Justus, so kenne ich dich gar nicht. Was ist denn nur los?«

»Puttkamer ist völlig außer Kontrolle. Er nimmt nichts zur Kenntnis und geht in diesem Moment vermutlich auf den Rebenstein los. Und mich hat er beurlaubt und aus seinem Büro gewiesen. Ich darf ihm nicht mehr unter die Augen treten. Ich glaube, da entwickelt sich ein Wirbelsturm.«

Rachel nimmt ihren Mann tröstend in den Arm. »Lieber Justus, nichts wird so heiß gegessen, wie es gekocht wird. Denk an meine Worte. Ich hol dir ein Glas Wasser.«

Justus nickt. Sie geht und kehrt mit einem Glas zurück.

»Danke, Liebes. Du kennst den Puttkamer nicht so wie ich«, sagt Justus. »Das ist ein störrischer Kerl. Der folgt immer seinen ersten Eindrücken. Ruhiges Abwägen von Gedanken ist seine Sache nicht. Und wenn man ihm dann in die Parade fährt, wird er nur verbissener. Mir tut der Rebenstein leid.«

»Was kannst du tun?«

»Nichts. Ich könnte an den Bürgermeister, den Justizminister oder den König appellieren. Wenn ich das mache, muss ich Puttkamer kritisieren, weil er sich weigert, meinen Bericht zu lesen, ihn zu begreifen und die richtigen Schlüsse daraus zu ziehen. Es ist schon wieder eine Frau getötet worden. Zur einer Zeit, in der Rebenstein schon in der Stadtvogtei einsaß.«

»Das muss den Puttkamer doch überzeugen!«, ruft Rachel aus.

»Er ist voller Wut. Und Wut macht unklug«, erklärt Justus. »Wie war der Tag zu dir?«

»Ich schreibe schon wieder. Über die Schornsteinfegerjungen.«

»Oh, die schwarzen Rowdys«, lächelt Justus.

»Sehr lebendig sind sie, und auch witzig«, kommentiert Rachel. »Sie schockieren die Gesellschaft durch ihr wildes Auftreten und ihr schwarzes Aussehen. Doch es wird kein lustiger Artikel.«

»Komm, pack deine Papiere zusammen. Ich hole Gruber und wir fahren in unser Idyll an der Glienicker Brücke. Wenn ich schon Urlaub habe, können wir ihn auch genießen. Von dort sieht bestimmt auch Puttkamer kleiner aus. Einverstanden?«

Rachel nickt.

In der Villa erwartet die beiden freilich keine Idylle, sondern die Aufregung um den Hausierer, den Jette wiedererkannt hat als den Kleiderdieb von der Havel.

»Wie hat dieser Mensch mich bloß gefunden?«, fragt Jette einmal mehr mit Verzweiflung im Blick.

»Das kann ich erklären«, schaltet von Kleist sich ein. »Er hat Frau Delitz aufgesucht und sich als Ihr Verlobter ausgegeben. Er hat sie gezwungen, zu sagen, dass Sie zurzeit bei uns wohnen.«

»Als mein Verlobter? Wie geht denn so was?« Jette hat Panik im Blick.

»Der Brief wird es sein«, vermutet Rachel. »Unter Ihren Sachen war doch ein Brief an Sie. Den hat er wohl gelesen. Wie war doch gleich der Name Ihres Bräutigams?«

»Hannes.«

»Genau«, nimmt von Kleist das Wort. »Er hat sich als Hannes vorgestellt.«

Jette zittert vor Angst. »Was will dieser Mensch von mir? Warum lässt er mich nicht in Frieden?«

Es wird kein angenehmer Abend. Bis auf Gruber, der im Stall zu tun hat und die Gespräche nicht mitbekommt, schlafen alle grübelnd ein und träumen schlecht.

Der Urlauber will Rosen züchten. Ein Fest wird geplant. Eine Zeitung meint, Juden seien Schweine. Zwei, die sich nicht kennen, planen einen diplomatischen Kunstgriff.

Am nächsten Morgen hat Rachel eine Idee. Sie will Lapalus die Wahrheit über den angeblichen Mörder mitteilen. Dass Rebenstein aus politischen Gründen geopfert werden soll.

»Vielleicht können wir dem Herrn Redakteur deinen Bericht zukommen lassen«, schlägt Rachel mit roten Wangen vor. »Dann kann er genau lesen, was sich ereignet hat.«

»Das geht nicht«, widerspricht Justus.

»Du hast recht«, stimmt Rachel zu. »Ich hatte völlig vergessen, dass du den Bericht ja Puttkamer ausgehändigt hast. Und der wird ihn nicht herausgeben, sondern vielleicht sogar verschwinden lassen.«

»Es geht auch aus anderen Gründen nicht«, erklärt Justus. »Puttkamer ist mein Vorgesetzter. Ich kann ihn nicht bloßstellen.«

»Aber ich kann das!« Rachel ist Feuer und Flamme. »Dann bekommt der Lapalus eben alles von mir erzählt.«

»Liebste! Ich finde es mutig und liebenswert, dass du mich in diesen üblen Stunden unterstützt. Lass uns aber besonnen bleiben.«

»Du willst geduldig abwarten, bis Puttkamer ein Einsehen hat?«, empört sich Rachel. »Warum kämpfst du nicht gegen ihn?«

»Der Zeitpunkt wäre falsch.«

»Und wenn du deine Stellung endgültig verlierst?«

»Dann schicke ich dich jeden Tag in die *Vossische* und du verdienst das Geld«, lächelt Justus. »Ich bleibe im Haus, mache den Garten und baue Gemüse an. Oder ich züchte Rosen.«

»Du nimmst die Sache nicht ernst genug«, ereifert sich Rachel. »Und der arme unschuldige Rebenstein wird hingerichtet.«

Justus steht auf und nimmt seine Frau in den Arm. »Hab Vertrauen«, bittet er. »Ich habe Vorkehrungen getroffen, die das Schlimmste verhindern werden. Ich kann dir das allerdings nicht im Detail darlegen.«

»Gut. Ich werde nicht weiter in dich dringen.«

»Da ich nun Urlaub habe, meine Liebste, werde ich das machen, was ich schon lange hätte tun sollen.«

»Rosen züchten oder Gemüse anbauen?«, fragt Rachel und schmiegt sich an ihn.

»Weder noch«, erklärt Justus. »Wir werden ein Fest geben, auf dem die neugierigen Berliner meine schöne Frau kennenlernen können. Ein großes Fest! Es wird Zeit, dass du in die Gesellschaft eingeführt wirst.«

»Haben wir denn genug Mittel, um ein solches Fest auszurichten?«

Justus lacht. »Mach dir keine Sorgen, Liebste. Wir könnten auch ohne meinen Polizeiberuf ein komfortables Leben führen. Aber das wäre auf Dauer langweilig.«

Der Rest des Tages verläuft unbeschwert. Rachel und Ada Hertel besprechen die Speisenfolge, die auf dem großen Fest angeboten werden soll. Zur Gästeliste kann die junge Frau nichts sagen – nur, dass sie ihre Eltern einladen will und auch Lapalus soll kommen.

»Frieda von Gaudy wird ebenfalls anwesend sein?«, fragt sie.

»Du weißt doch, dass unsere Familien eng verbunden sind. Aber einen Namen werde ich streichen.«

Justus nimmt die Liste und macht einen kräftigen Strich durch die Zeile *von Puttkamer und Gemahlin.*

Überraschend stattet früh am nächsten Morgen Kommissar Escher der kleistschen Villa einen Besuch ab. Ada Hertel bringt den Männern Kaffee und Kekse ins Arbeitszimmer.

»Soll ich die gnädige Frau wecken?«, fragt sie.

Von Kleist verneint.

Escher hat Informationen über die dritte Tote mitgebracht, die er von Kleist nicht vorenthalten will.

»Es handelt sich um die Frau eines Beamten der königlichen Münzanstalt. Dorothea Müssing, fünfunddreißig Jahre alt«, berichtet er. »Der Mörder vergreift sich nun nicht mehr allein an den Frauen der unteren Stände. Er ist in der Bourgeoisie angekommen.«

»Wie ist es passiert?«

»Am helllichten Tag. Die Müssing verließ ihr Haus in der Nähe des Potsdamer Platzes. Das Dienstmädchen behauptet, dass sie sich mit einem Mann treffen wollte. Eine Stunde später wurde sie dann gefunden – in einem Hinterhof, abgeschlachtet wie die anderen.«

»Weiß das Mädchen mehr über diesen Mann?«

»Wissen nicht. Sie hat aber eine Vermutung. Die Müssing hat sich aufgeputzt wie lange nicht mehr.«

»Und der Ehemann?«

»Der steht unter Schock. Er wurde in die Charité gebracht. Als es passierte, war er in der Münzanstalt.«

»Was sagt Puttkamer dazu?«, will Justus von Kleist wissen. »Hat er sich besonnen und begriffen, dass es der Rebenstein nicht gewesen sein kann?«

»Im Gegenteil!« Escher legt die *Preußische Allgemeine Zeitung* auf den Schreibtisch.

Jude endlich festgesetzt – steht in der Überschrift. Und: *Metzger gehört demagogischen Gruppen an.*

»Über die neue Tote steht dort noch nichts«, murmelt von Kleist, als er die Zeilen überfliegt.

»So schnell sind die Preußen nicht«, erwidert Escher. »Ich bin gespannt, wie Puttkamer aus der Sache wieder herauskommt. Er muss den Rebenstein *nolens volens* freilassen.«

»Er wird Rebenstein zu einem Geständnis zwingen und den dritten Mord als Tat eines Nachahmers bezeichnen, um sein Gesicht zu wahren.« Von Kleist geht nachdenklich im Zimmer auf und ab.

»In der *Allgemeinen* steht noch ein weiterer interessanter Artikel«, sagt Escher. »Ein Arzt lässt sich dort über die Sittsamkeit der Juden aus. Der Schreiberling erklärt, warum der Rebenstein aus geschlechtlichen Gründen zum Mörder an Christenfrauen geworden ist. Ein übles Pamphlet.«

»Ich werde es später lesen«, sagt der Polizeidirektor. »Escher, ich habe einen wichtigen Auftrag für Sie.«

Justus von Kleist nimmt die Zeitung und setzt sich in den Garten. Er weiß, dass er seine Stellung vollends verlieren kann, wenn sein Plan nichts taugen sollte. Aber er muss es riskieren.

Frau Hertel bringt neuen Kaffee. Die frische Luft und das Koffein beleben ihn und verscheuchen seine Abgeschlagenheit.

Er schlägt die Zeitung auf:

Über die Sittsamkeit der jüdischen Rasse im Zusammenhang mit den aktuellen Mordtaten in Berlin

Von Prof. Dr. Anton Hoffinger

Es ist bekannt, dass die Juden unter sich weibliche Tugend, Ehre und Schamhaftigkeit hoch in Ehren halten. Während unter allen Nationen das Weib gesunken, prostituiert ist, haben die Juden ihr Frauengeschlecht allein von diesem Unglück zu bewahren gewusst. Es ist eine Tatsache, dass die Juden fast gar keine prostituierten Frauen unter sich haben. Die Juden allein schützen ihre Weiber. Sie gehen nicht aus auf deren Verführung und Herabwürdigung, sie stehen ihnen bei in allen Bedrängnissen, sie lassen sie nicht fallen. Ein Mann, der Hurerei treibt, ist bei ihnen im hohen Grade verachtet.

Derselbe Grundsatz, der sie abhält, unreines Fleisch zu essen, der sie hindert, an der meist verderbten nicht hinlänglich beaufsichtigten Nahrung der Christen teilzunehmen, derselbe Grundsatz hält sie ab, einen Umgang mit gemeinen Freudenmädchen zu pflegen, der ihrer Gesundheit Schaden bringen könnte. Die christliche Gesellschaft ist auf eine höchst stupide und leichtsinnige Weise in Bezug auf ihre Nahrungsmittel sorglos, isst täglich Fleisch vom gefallenen oder kranken und schnell geschlachteten Vieh; sie isst, ohne es zu wissen, in allen Hauptstädten

Europas Hunde-, Katzen- und Pferdefleisch von den Abdeckern, sie trinkt vergiftete Weine und Biere, sie beschläft kranke Freudenmädchen und erbt fürchterliche Krankheiten. Die Juden haben sich durch ihre religiöse Sorgfalt für die Reinheit ihrer Nahrung und ihrer Geschlechtsfreuden, einen gesunden Leib und eine gesunde Fortpflanzung zu erhalten gewusst. Judenfrauen und Judenmädchen, berühmt wegen ihrer Schönheit, beschämen unsere Rasse durch die ihrige und liefern wenigstens äußerlich den Beweis dessen, was sie glauben: dass sie ein auserwähltes Volk Gottes seien.

Die Juden essen nur koscheres Fleisch. Dieses muss eben so rein sein wie dasjenige, welches sie genießen. Die Judenweiber sind ihnen zu gut, um sie der Wollust zu opfern – sie suchen daher unter den Stämmen, welche bestimmt scheinen, ihre Knechte zu sein, die reinsten und unberührtesten Jungfrauen. Und diese sich zu verschaffen, ist ihnen so leicht durch die Macht des Geldes! Das unschuldige Christenmädchen weist die ehrbaren Anträge eines armen Christen, der sie zur Frau nehmen will, zurück, um dem reichen Juden seine Stunden zu verkürzen. Denn eine Stunde der tiefsten Herabwürdigung bringt ihr auf ein Jahr Lebensunterhalt, den sie sonst nur im Schweiße ihres Angesichts durch niedrige Arbeit erwerben – vielleicht selbst dadurch nicht erringen kann. Der Jude hat es nicht nötig, durch seine Lüste seinen Stamm zu verunreinigen. Er findet Christenmädchen in Unzahl, welche ihm ihren Leib verkaufen müssen. Er hat es also nicht nötig wie der arme Christ, auf der Straße Stillung seiner Wollust zu suchen. Diejenigen, welche nicht so reich sind, um Jungfrauen zu kaufen, begnügen sich mit christlichen Ehefrauen, mit Töchtern aus guten Häusern, welche einmal gefallen sind. Die Reichsten unter ihnen lassen den minder Reichen gerne die Reste ihrer Mahlzeit zukommen. Und wenn sich die ganze jüdische Geldaristokratie an der Unschuld gesättigt hat, dann erst werden ihre Opfer der armen Christenheit überlassen und sie versinken in die Abgründe der gemeinsten Prostitution.

Erschüttert lässt von Kleist die Zeitung sinken. Der Artikel ist beleidigend und zutiefst demagogisch. Er denkt an die armen Juden im Scheunenviertel, die sich gerade so viel erarbeiten können, dass sie nicht verhungern.

Der Tag beschert den von Kleists einen weiteren Besucher. Am späten Nachmittag hält eine Mietkutsche vor der Villa. Sie ist geschlossen und von unauffälliger Art. Ein Mann steigt aus und spaziert zum Portal.

Justus von Kleist begrüßt den Gast mit ausgesuchter Höflichkeit. Bei dem Mann handelt es sich um den Rabbi Feingold. Der Geistliche ist nur durch seine Kippa als solcher zu erkennen. Er trägt einen normalen dunklen Straßenanzug und gibt eine fast elegante Erscheinung ab. Sein offenes Gesicht ist glatt rasiert und kluge braune Augen betrachten den Herrn der Villa aufmerksam und mit freundlichem Interesse.

Die Männer suchen Rachel in ihrem Schreibzimmer auf.

»Meine Frau, Rachel von Kleist«, stellt Justus sie vor. »Und dies ist Rabbi Feingold, der die jüdische Gemeinde im Scheunenviertel führt.«

»Ich freue mich sehr«, lächelt Rachel und reicht dem Gast die Hand.

»Ich bin entzückt«, beeilt sich der Rabbi, ein Kompliment zu machen.

Justus von Kleist bittet Rachel, für eine Erfrischung zu sorgen, und führt Feingold in die Bibliothek.

»Ich bin sehr froh, dass Sie meiner Einladung so kurzfristig nachkommen«, beginnt von Kleist.

»Sie sind ein einflussreicher Mann, Herr von Kleist, und Ihr Sinn für Anstand und Gerechtigkeit ist bei uns wohlbekannt und geschätzt. Wenn Sie Grund sehen, ein Gespräch zu führen, folgt man der Einladung gern. Denn man weiß, dass sich darin ein gewisser Ernst ausdrückt.«

»In der Tat. Es handelt sich um eine Angelegenheit, in der nur ein besonderes diplomatisches Geschick vielleicht ein großes Unglück verhindern kann.«

»Ich nehme an, dass Herr Rebenstein den Anlass bildet für dieses Gespräch.«

Der Polizeidirektor hebt die Brauen und schaut den Rabbi fragend an.

»Es ist nicht so schwer, darauf zu kommen, Herr von Kleist. Die Art und Weise, in der verhindert wurde, dass Rebenstein auf offener Straße verhaftet wurde, das ist ganz Ihre Handschrift. Wir erkennen solche Dinge leicht. Dazu kommt, dass ich nach dem Aufenthalt von Rebenstein am Sabbat gefragt wurde.« Der Blick des Geistlichen ist offen und intensiv.

Rachel erscheint mit Tee und Gebäck, ordnet die Dinge an, schenkt ein und verschwindet wieder.

»Wie lautet eigentlich die korrekte Anrede? Sagt man Rabbi?«, erkundigt sich der Hausherr.

Sein Gast lächelt. »Rabbi nennen mich die Mitglieder meiner Gemeinde. Für Sie bin ich einfach Herr Feingold.

Wir sind bestrebt, unsere Religion von unserer Rolle als Bürger zu trennen.«

»Gut, Herr Feingold. Sie haben recht. Es geht um Rebenstein. Aber die Befürchtung, wegen der ich Sie hergebeten habe, geht darüber hinaus. Ich beobachte in den letzten Tagen das Wachsen einer Gefahr, die ich bannen möchte.«

»Wir sind das Leben in Gefahr gewohnt, Herr von Kleist. Seit Jahrhunderten.«

Von Kleist kommt zur Sache: »In diesen Tagen verschlechtert sich die öffentliche Stimmung gegen die Angehörigen Ihres Volkes. Das wurde ausgelöst durch die öffentliche Fahndung nach Rebenstein. Und gerade heute erschien ein Zeitungsartikel in der *Allgemeinen*. Der ist geeignet, einen Spalt zu treiben zwischen die Juden und die Preußen.«

Der Rabbi nickt. »Sie lesen aufmerksam und Sie beobachten die Lage in der Öffentlichkeit mit großer Sensibilität.«

»Ich würde gern ganz offen mit Ihnen sprechen, Herr Feingold.«

»Keine Sorge. Als Geistlicher kann ich das Gespräch sozusagen mit einer Art Beichtgeheimnis umgeben«, beruhigt ihn der Rabbi.

»Also gut. Ich bin überzeugt, dass Rebenstein unschuldig ist an den Morden. Ich habe das auch schriftlich niedergelegt und so in die Akten gesetzt.«

»Da fällt mir ein Stein vom Herzen«, wirft Feingold ein.

»Das ist leider voreilig«, ergreift von Kleist sogleich wieder das Wort. »Nicht alle Würdenträger innerhalb der Polizei sind unabhängig von den Stimmungsschwankungen in der Öffentlichkeit. Und darum sind auch nicht alle Entscheidungsträger in meiner Umgebung gewillt, einen Bericht, der den Rebenstein entlastet, zur Kenntnis zu nehmen.«

Der Rabbi wiegt den Kopf.

»Die Situation ist schwierig«, fährt von Kleist fort. »Ich kann einen Vorgesetzten, der sich in den Kopf gesetzt hat, dass Rebenstein schuldig sein muss, nicht zwingen, meinen Bericht zu lesen. Ich habe es versucht, aber ich stoße gegen eine Mauer. Man hat mich sogar beurlaubt.«

Der Rabbi seufzt. »In Zeiten der Spannung ist nicht jeder gelassen«, kommentiert er. »Wie kann ich helfen, die Dinge auf einen guten Weg zu bringen?«

Von Kleist hat seine Entscheidung getroffen. Die besonnenen Worte des Rabbis haben ihn zu dem Entschluss gebracht, dem Mann zu vertrauen. »Ich hoffe, dass wir zusammen ein Stückchen kluge Diplomatie aushecken können.«

»Lassen Sie hören«, ermuntert ihn der Gast.

»Mir sind die Hände gebunden«, erklärt der Polzeidirektor. »Wenn ich meine Ansicht auf dem Dienstweg durchzusetzen suche, muss ich meine Vorgesetzten brüskieren, und das kann schiefgehen. Die Folgen für mich selbst wären nebensächlich. Aber das könnte und würde die Lage verschärfen, statt sie zu entspannen. Es muss einen anderen Weg geben. Und da kommen Sie ins Spiel.«

»Sie suchen einen Weg in die höheren Ebenen der Staatsmacht, der nicht innerhalb der Polizeibehörde verläuft?«

»Exakt. Ich denke dabei an einen Mann, dem der Staat verpflichtet ist und der zu Ihrem Kreis gehört.«

»Sie meinen Samuel Bleichröder«, stellt der Rabbi fest. »Das ist ein vorzüglicher Gedanke. Bleichröder fühlt sich wohl, wenn er seinen Einfluss sinnvoll nutzen kann. Und er ist sehr gut bekannt mit Innenminister von Bodelschwingh.«

»Eine Abschrift meines Berichtes zum Fall Rebenstein geht Ihnen bald zu. Dann sind Sie über die Fakten im Bilde und können Bleichröder mit guten Argumenten für den Innenminister ausstatten.«

Die Männer verstehen sich. Rachel gesellt sich hinzu und freut sich über die entspannte Miene ihres Mannes.

Ein Speiseplan wird ausgeheckt. Die junge Frau denkt an Paris und erfährt von einem italienischen Haus. Der Kommissar entdeckt eine taube Nuss.

Ada Hertels Vorschlag für die Speisenfolge auf dem Fest liest sich anregend. Die Köchin hat in ungelenken Buchstaben eine Liste gemacht. Rachel und Justus begutachten sie beim Frühstück.

Kaviar, Geflügelcremesuppe, *Sole normande, Boeuf à la mode,* Poularde mit Trüffelpüree, Salate, Kompotte, *Soufflé mikado,* Käse und Obst.

»Das Seezungenfilet ist kompliziert«, weiß Rachel, »aber lecker. Ich habe es mal in Paris gegessen, zusammen mit meinen Eltern. Das war 1837 im *Restaurant Rocher de Canale.* Da werden Garnelen, Austern und Pilze – auch Trüffel – um den Fisch drapiert und die Sahnesoße gibt dem Ganzen eine einzigartige Sanftheit. Ist Frau Hertel denn in der Lage, so hohen Ansprüchen gerecht zu werden?«

»Ist sie. Die *Sole normande* habe ich von ihr schon häufiger serviert bekommen. Aber sollten wir dabei die Austern und Garnelen nicht lieber weglassen? Escher erzählte kürzlich, dass Menschen deines Glaubens Tiere aus dem Wasser nur dann essen dürfen, wenn sie Schuppen haben. Und ich habe vor, Rabbi Feingold einzuladen.«

»Diese strengen Vorschriften gelten nur für orthodoxe Juden«, erklärt Rachel. »Und besonders orthodox scheint der Rabbi nicht zu sein. Er trägt noch nicht mal Pejes. Und ich esse sowieso alles – außer Schwein. Und meine Eltern ebenfalls. Sicherheitshalber können wir die fraglichen Zutaten in einer gesonderten Schüssel servieren.«

»Es gibt ja außerdem Poularde und Rind. Geben wir also der guten Frau Hertel unsere Zustimmung. Hast du schon Nachricht von deinen Eltern?«

»Leider nicht. Ich rechne jeden Tag damit. Es ist ein so weiter Weg für die Postkutsche.«

»Wenn die Morde aufgeklärt sind und ich rehabilitiert bin, werden wir uns eine Reise gönnen«, schlägt von Kleist vor. »Wo würdest du gern ein paar Wochen verbringen, Liebste?«

»Im Süden! Am Meer! In den Bergen!«, antwortet Rachel sofort. »In frischer Luft und unter viel Sonne!«

»Wir besitzen ein Landhaus in der Nähe von Vinci in Italien«, enthüllt Justus. »Da war ich schon seit Jahren nicht mehr. Würde dir das gefallen?«

»Vinci? Die Stadt des großen Leonardo?«

»Ja, er ist dort geboren. Es ist freilich eher ein Dorf. Sein Haus steht sogar noch. Ein einfaches flaches Landhaus in den toskanischen Hügeln.«

»Und wie sieht unser Haus aus?« Rachel ist Feuer und Flamme.

»Es unterscheidet sich nicht besonders von den Bauernhäusern der Gegend. Jedenfalls nicht äußerlich. Es ist aus hellem Sandstein gebaut, von Zypressen umrandet. Lavendel wächst dort wie Unkraut und Thymian und Salbei werden bestimmt inzwischen die Mauern überwuchert haben.«

»Das hört sich wunderbar an«, lacht Rachel. »Wer kümmert sich darum?«

»Eine Familie am Ort. Ich werde ihr eine Nachricht zukommen lassen, damit das Haus hergerichtet wird.«

»Schade, dass wir nicht sofort reisen können«, bedauert Rachel.

»Der Spätherbst in Vinci ist auch sehr schön.«

»Spätherbst? So lange noch?«, mault sie.

»Das liegt in des Mörders Hand.«

»Dann werde ich ihn auffordern, sich zu stellen – aus ganz persönlichen Gründen.«

Justus schaut ernst. »Mach diesen gefährlichen Mann bitte nicht auf dich aufmerksam! Er tötet jetzt auch in den höheren Ständen. Das dritte Opfer ist die Frau eines Beamten der Münzanstalt.«

Schwarz hat von Puttkamer den Auftrag erhalten, Rebenstein mit dem Ziel eines Geständnisses zu vernehmen. Der junge Kriminalist verschweigt, dass er Rebenstein für unschuldig hält. Puttkamer kommt erst gar nicht auf die Idee, dass von Kleist und seine Mitarbeiter vertrauensvoll miteinander umgehen. Aber in einem Bericht stand, dass der Jude Schwarz mit dem Messer bedroht hat, und deshalb hält er ihn für den richtigen Mann.

Samuel Rebenstein wird in Einzelhaft gehalten. Puttkamer hat damit Kleists Anordnung bestätigt – allerdings nicht zum Schutz des Gefangenen vor Übergriffen. Er will verhindern, dass Rebenstein von der Beurlaubung des Polizeidirektors erfährt.

Schwarz verspricht Puttkamer, sein Bestes zu tun.

»Soll ich ihn auch zu dem Mord an Frau Müssing einvernehmen? Sie hatte ähnliche Verletzungen wie die beiden Frauen zuvor.«

»Lass Er das! Frag Er ihn aber nach einem Komplizen«, entscheidet Puttkamer. »Der kann die Müssing getötet haben, um den Verdacht von dem Rebenstein abzulenken.«

Schwarz sagt nicht, für wie wacklig er das Gedankengebäude des Polizeipräsidenten hält.

Stattdessen sagt er: »Das ist eine interessante These, Herr Präsident. Aber der Rebenstein hat auch ein Alibi für die Kopatschek. Er war in der Metzgerei und ich habe ihn da selbst gesehen. Und während des ersten Mordes saß er beim Rabbi am Tisch.«

»Papperlapapp. Ich hab den Bericht des beurlaubten Herrn von Kleist inzwischen gelesen«, sagt Puttkamer ärgerlich. »Der Mann ist völlig blauäugig, seit er mit dieser reichen Jüdin verehelicht ist. Die Juden lügen, dass sich die Balken biegen, wenn es um einen der ihrigen geht. Und der zweite Mord kann ja auch schon von dem Komplizen begangen worden sein. Er wird das schon herausfinden. Und dann wird sich das Militär die Scheunengassen vornehmen.«

Schwarz verbeugt sich und macht sich auf den Weg. Wie kann ein Mann wie Puttkamer eine so wichtige und große Polizeibehörde leiten, fragt er sich. Aber er weiß es ja: der Hochadel und seine Pfründe. Da stößt man manches Mal auf eine taube Nuss.

Rebenstein wird von zwei Gendarmen ins Verhörzimmer geführt. Seine Hände sind gefesselt. Der Raum ist größer als seine Zelle. Eine Fahne mit dem Preußen-Adler hängt an der weiß getünchten Wand. In der Mitte stehen ein großer Tisch mit grüner Filzdecke und ein gepolsterter Bürosessel, einen

Meter entfernt ein kleines Tischchen mit einem Holzstuhl. Die Gendarmen bleiben im Raum.

Rebenstein erkennt Schwarz und ist erleichtert.

Doch Schwarz schaut Rebenstein nicht an. Er überlegt, wie er die Gendarmen loswerden kann. Bei dieser Vernehmung kann er keine Zeugen gebrauchen.

Rebenstein bekommt ein schlechtes Gefühl. Was will der Kommissar von ihm?

Schwarz nimmt die Feder, taucht sie ins Tintenfass und schreibt. Die Feder kratzt laut.

»Vernehmung des Beschuldigten Rebenstein, Samuel am 28. August 1846. Vernehmender Beamter: Schwarz, Kriminalkommissar«, liest Schwarz ernst vor. »Vernehmung höchstpersönlich angeordnet vom Königlich Preußischen Polizeipräsidenten von Puttkamer unter strenger Vertraulichkeit.«

Schwarz wendet sich an die Gendarmen. »Die Anordnung der Vertraulichkeit gebietet, dass Sie sich entfernen, meine Herren. Warten Sie bitte vor der Tür, aber halten Sie sich zur Verfügung.«

Die Gendarmen schauen sich fragend an, trollen sich dann aber. Schwarz atmet auf.

»Die Sache ist schwieriger, als gedacht«, sagt Schwarz leise. »Du musst dich gedulden. Und Vertrauen haben.«

»Was ist passiert?«

»Die *Vaterländischen* wollen deinen Kopf.«

»Aber ich kann gar nicht der Mörder sein!«, sagt Rebenstein empört. »Sie wissen das doch ganz genau!«

»Leise, bitte!« Schwarz nimmt den Stuhl und setzt sich neben Rebenstein.

»Die Gendarmen haben vielleicht die Ohren an der Tür. Herr von Kleist ist beurlaubt. Der Polizeipräsident ist von deiner Schuld überzeugt und will dein Geständnis. Deshalb hat er mich hergeschickt.«

»Ich soll gestehen, was ich nicht und niemals getan habe?«

»Er behauptet, dass der Rabbi und die anderen Gäste gelogen haben. Dass ihr Juden alle unter einer Decke steckt.«

»Das ist nicht wahr!« Auf Rebensteins Stirn steht Angstschweiß.

»Ich weiß. Außerdem hat es eine dritte tote Frau gegeben. Die starb erst, als du schon bei uns warst.«

»Noch ein Beweis, dass ich es nicht gewesen sein kann!«

»Das war dein angeblicher Komplize«, sagt Schwarz. »Er hat die Frau umgebracht, um dich zu entlasten. Und der ist natürlich auch Jude.«

»So ein Blödsinn! Ich habe mit alldem nichts zu tun.«

»Beruhige dich, wir werden die Sache schon aufklären. Wir brauchen nur Zeit. Herr von Kleist hat Kontakt zu Rabbi Feingold. Halte durch, Rebenstein. Gib niemandem Anlass, dir etwas anzutun. Lass dich nicht zu unbedachten Dingen hinreißen.«

Eine Stunde später teilt Schwarz dem Polizeipräsidenten mit, dass er den Juden heftig bearbeitet habe und dieser über ein Geständnis nachdenke. Puttkamer ist wütend. Am liebsten würde er den unfähigen Kommissar Schwarz vor sich ebenfalls maßregeln. Doch er beherrscht sich. Noch ein Personalopfer im Präsidium würde zu unliebsamen Gerüchten führen.

In der Villa Kleist bringt Rachel die *Vossische Zeitung* in von Kleists Schreibzimmer.

»Mein Artikel über das Weberdorf ist drin«, jubelt sie.

Von Kleist legt die Feder weg und nimmt das Papier mit strenger Miene entgegen.

»Auf der dritten Seite!«

Justus blättert auf. »Aha!«, sagt er und liest laut.

Von Gott und König verlassen –
Bei den elenden Webern in Nowawes
Persönliche Betrachtungen von Rachel von Kleist,
Gattin des Königlich-Preußischen Polizeidirektors
Justus von Kleist
Das Mädchen ist mager. Es sitzt im Staub der Straße und kaut Kartoffelschalen. Die großen Augen haben den Blick verloren. Das Kind hat seit Tagen keine richtige Mahlzeit erhalten …«

Stumm liest er weiter. Rachel versucht, in seinem Gesicht zu erkennen, ob ihm das Geschriebene gefällt. Doch Justus lässt sich nichts anmerken.

Schließlich legt er die *Vossische* zur Seite und atmet tief durch.

»Und? Was sagst du?«, fragt sie ungeduldig.

»Ich bin stolz auf meine Frau«, lächelt er. »Sie hat ein gutes Herz, begreift politische Zusammenhänge und außerdem weiß sie, ihre Worte zu setzen.«

Ein Direktor unterschätzt die Weiber. Weinberge an der Mosel und ein Krötenbrunnen. Der König überlebt ein Attentat.

Bereits im Morgengrauen haben die Händler der Umgebung zahlreiche Kisten und Körbe mit Gemüse, Obst, Eiern und Fleisch gebracht. Für den Tag des Festes hat sich Ada Hertel mehrere junge Mädchen von einer Haushaltsschule in Potsdam ausgeliehen. Diese fangen sofort mit dem Gemüseputzen und Kartoffelschälen an. Um das Geflügel, den Fisch und das Fleisch kümmert sich die Köchin selbst.

Am späten Nachmittag steht fest: Ada Hertel ist über sich selbst hinausgewachsen und hat das Seezungenfilet nach normannischer Art exquisit zubereitet. Auch die Poularde ist ihr gut gelungen.

Jette Wehner hilft bei der Betreuung der Gäste, reicht Wein und Champagner und räumt abgegessene Teller ab. Ab und zu gleitet ihr Blick über die Gesellschaft, doch da ist niemand, der dem Mann vom Fluss ähnlich sieht und sie bedrohen könnte.

Rachels Eltern sind nicht gekommen. Ruben Grünblatt und seine Frau Marlene sind in England unterwegs, um sich die modernsten mechanischen Webstühle anzusehen.

Justus von Kleist sieht Rachel an. Ihr volles schwarzes

Haar glänzt im Schein des Lichts, ihr Teint leuchtet sanft und golden und ihre Bewegungen sind natürlich und geschmeidig. Sie trägt ein weißes Kleid aus Seide mit tiefem Dekolleté und schlanker Taille. Ihr Schmuck besteht aus schimmernden Perlen.

Die Blicke vieler Männer verweilen auf Rachel. Sie ist so anders. Keine blonden Locken, keine piepsige Stimme, kein dummes Plappern über die Belanglosigkeiten der Welt.

Verspätet trifft ein Cousin ein, Adolph von Kleist.

Der Gastgeber stellt ihn seiner Frau mit den Worten vor: »Und dies ist ein weiteres Mitglied des Stammes von Kleist, das sich dem Thema Recht und Ordnung verschrieben hat. Vetter Adolph ist Präsident des Berliner Kammergerichts. Vor eineinhalb Jahren ist er in den Blick der Öffentlichkeit gerückt, weil er einer traurigen Pflicht nachzukommen hatte.«

»Ich freue mich, Sie kennenzulernen«, haucht Rachel. »Was kann denn einem Gerichtspräsidenten als traurige Pflicht in den Weg treten?«

Adolph von Kleist ist ein untersetzter Mann mit vollem Bart und tiefer Stimme. »Wir leben in einer interessanten Zeit, liebe Frau Rachel. Krone und Volk. Das ist der Hauptgegensatz unserer Tage. Seit die Franzosen die Bastille gestürmt haben. Immer wieder bricht dabei auch Gewalt hervor. Und damit hat die traurige Pflicht zu tun, die Justus erwähnt hat.«

»Es geht um eine heimliche Hinrichtung.« Von Kleist bereut schon, dass er das Thema angeschnitten hat.

»Eine Hinrichtung? Wie schrecklich«, echauffiert sich Rachel. »Wer, wann, wo und warum? Und warum heimlich?«

»Ein Attentäter«, gibt Justus von Kleist widerwillig Auskunft. »Tschech hieß er. Er wurde zum Tode verurteilt. Leider gibt es noch Vollzugspraktiken aus den Tagen des Halsgerichts und der Folter. Ich glaube nicht, dass du die Einzelheiten wissen möchtest, Rachel.«

»Im Gegenteil, lieber Justus. Das sind Dinge, die unser Leben formen. Über den Tschech habe ich doch in der Zeitung gelesen. War das nicht erst vor zwei Jahren? Ich bin sicher, dass dein Cousin mir erschöpfend Auskunft geben wird, wenn ich ihn darum bitte.«

Seufzend gibt Justus nach. »Es ist ein drastisches Urteil gewesen, aber der Mann hat schließlich versucht, den König zu erschießen. Er fühlte sich ungerecht behandelt, weil er nicht wieder in sein Bürgermeisteramt eingesetzt wurde, nachdem er selbst zurückgetreten war. Er hatte sich für die Armen engagiert, woraufhin ihn seine Gegner aus dem Amt drängten. Tschech war verzweifelt und wollte nur noch Aufsehen erregen mit seiner Tat.«

»Drastisch? Wieso drastisch?«, fragt Rachel mit einem neugierigen Augenaufschlag.

»Rädern, liebe Rachel.«

»Du unterschätzt die Weiber«, entgegnet Rachel. »Wir wissen, was das heißt. Beim Rädern wird der Delinquent totgeschlagen. Mit einem Wagenrad. Es gibt das Rädern von oben und von unten her. Von oben ist das humanere Verfahren, weil es schneller zum Tod führt. Denn wenn es von unten her geschieht, werden dem Gefangenen zuerst die Beine gebrochen und dann weiter nach oben die Gliedmaßen zerschmettert. Wie lautete denn in diesem Fall das Urteil?«

»Das Gericht hatte auf Rädern von oben her erkannt«, wirft Cousin Adolph ein. »Der König hat das Urteil gemildert auf den Vollzug durch das Beil. Und er wäre noch weiter gegangen. Er wollte dem Tschech das Leben schenken. Aber der hätte darum bitten müssen.«

»Und das hat er nicht getan?«, fragt Rachel mit großen Augen.

»Es war meine Aufgabe, dem Tschech die Frage zu stellen«, fährt Adolph von Kleist fort. »Er zog den schnellen Tod der lebenslangen Haft vor. So blieb nichts als der Vollzug durch das Beil. Man hat es zügig vollstreckt, ohne große Ankündigung.«

»Das Ganze hat der Krone nicht gutgetan«, erklärt Justus. »Es ist nämlich so, dass das Gericht das Urteil zwar spricht, aber es kann erst dann vollzogen werden, wenn der König es bestätigt. Und wenn die Hinrichtung dann ohne große Öffentlichkeit geschieht, sieht es so aus, als habe die Krone ein schlechtes Gewissen.«

Der Vetter nickt: »Ganz recht. Weil er das Urteil bestätigen muss, ist der König der eigentliche Richter. Und in diesem Fall, wo das Verbrechen direkt gegen seine Person gerichtet war, hat er demnach in eigener Sache geurteilt. Das ist bei denen, die eine Verfassung verlangen, nicht gut aufgenommen worden.«

»Wir sind von einer Justiz, die von der Staatsmacht getrennt handeln kann, wohl noch weit entfernt«, bemerkt Rachel. »Dabei reden die Denker seit hundert Jahren von der Gewaltenteilung.«

»Das ist der Kern der Sache«, sagt Justus von Kleist und denkt sich, dass dem nichts hinzuzufügen sei.

Johann Ludwig Casper und Rachel von Kleist sind sich sogleich sympathisch. Rachel denkt bei Caspers Anblick an Dr. Wiesner, den alten Arzt aus ihrer Heimatstadt Morgenthal – einen herzensguten Menschen mit viel Sachverstand und Witz.

Casper macht sich Gedanken ganz eigener Art. Mit Wohlwollen konstatiert er, dass Frau von Kleist nicht zu den Damen der Gesellschaft gehört, die sich ihren Körper durch das qualvolle Schnüren verderben.

Davon tummeln sich an diesem Abend viele in der Villa Kleist. Arme Wesen, die kaum Luft bekommen, beim Tanz kurzatmig werden und sich nicht trauen, einen Bissen zu sich zu nehmen, aus Furcht, ihre Flatulenzen nicht zu beherrschen.

Diese Rachel hätte ich dem korrekten preußischen Oberpolizisten gar nicht zugetraut, denkt Casper.

»Fühlen Sie sich wohl bei uns, Doktor?«, fragt Justus von Kleist.

»Selbstverständlich. In Gesellschaft einer so charmanten Frau, wie es Ihre Gattin ist, kann man sich nicht unwohl fühlen«, lächelt Casper.

Rachel errötet.

»Du musst wissen, Liebes, dass der gute alte Casper nur tote Frauen kennt«, frotzelt von Kleist. »Und es überrascht mich, dass er die Vorzüge einer Lebenden beurteilen kann.«

Rachel sieht an Justus vorbei und ihr Blick fällt auf Frieda von Gaudy, die sich langsam heranpirscht.

»Verehrte Frau von Kleist«, trompetet Frieda. »Dieser Abend ist überaus gelungen. Ich habe mich schon lange nicht mehr so köstlich amüsiert.«

»Das freut mich sehr, Fräulein von Gaudy«, entgegnet Rachel.

»Aber gerne. Ich hoffe, wir werden uns in Zukunft häufiger treffen – was hältst du davon, Justus?«

Der bleibt neutral und schweigt.

»Sie könnten doch einen Salon eröffnen, Frau von Kleist«, redet Frieda von Gaudy weiter. Sie spricht laut und lässt die anderen Gäste mithören. »Das liegt doch in der Tradition Ihrer Rasse. Wenn ich an Henriette Herz oder Ihre Namensvetterin Rahel Varnhagen denke. Ich hoffe natürlich, auch eingeladen zu werden.«

»Haben Sie denn genug Kenntnisse und Liebe zu Musik, Literatur und den anderen schönen Künsten, um mitreden zu können, Fräulein von Gaudy?«, erkundigt sich Rachel mit unschuldigem Lächeln. »Oder würden Sie vielleicht gar einen politischen Salon bevorzugen?«

Zaghaftes Kichern einiger weiblicher Gäste. Frieda von Gaudy zieht einen Flunsch.

»Es war nur eine Anregung, wie Sie sich das langweilige Leben auf dem Land etwas erträglicher gestalten könnten, verehrte Frau von Kleist.«

»Ich langweile mich keineswegs«, entgegnet Rachel. »Ich komme aus einer Kleinstadt in Westfalen mit ganz viel Naturland drum herum.«

»Davon hörte ich, ja!« Frieda von Gaudy versteht, dass ihre Attacken nicht fruchten. »Und jetzt werde ich mich den alkoholischen Getränken des Hauses Kleist zuwenden. Besitzt du noch immer die Weinberge an der Mosel, mein Lieber?«

»Ja, verehrte Frieda.«

»Dann sag mir doch, welchem guten Tropfen ich mich heute Abend anvertrauen könnte, lieber Justus!« Sie wirft ihm einen lasziven Blick zu.

»Lass mich überlegen, Frieda.« Justus von Kleist scheint zu grübeln. »Die *Liebfrauenmilch* passt nicht so gut zu dir und deiner Stimmung heute Abend. Versuch es doch mal mit dem *Trabacher Krötenbrunnen.*«

Die Gaudy rauscht ab. Rachel kichert.

»Ich hätte ihr den *Kröver Nacktarsch* angeboten, Kleist«, feixt Casper. »Aber ein *Krötenbrunnen* ist auch nicht schlecht. Ich für meinen Teil ziehe Champagner vor. Darf ich Ihnen beiden ein Glas mitbringen?«

Rachel und Justus sagen nicht Nein.

»Ich wusste gar nicht, dass wir Weinberge besitzen«, sagt Rachel. »Gehört uns vielleicht auch eine Champagner-Kellerei?«

»Leider nicht. Trabach gehört zu Preußen und die Champagner-Lagen zu Frankreich.«

»Mir gefällt unser Fest sehr«, sagt Rachel und schaut sich um. »Es wäre perfekt, wenn meine Eltern hätten dabei sein können. Immerhin hat der Rabbi die Einladung angenommen, das finde ich sehr schön.«

»Deine Eltern sind auch außerhalb eines Festes immer willkommen. Und der Rabbi scheint sich gut zu amüsieren«, stellt Justus fest. »Schau mal!«

Rabbi Salomon Feingold hält ein Glas Apfelsaft in der Hand und redet mit Escher. Der Kriminalbeamte ist sehr wissbegierig, was die Religion angeht. Er gesteht dem Rabbi errötend, dass er ein Auge auf ein junges jüdisches Mädchen geworfen hat.

»Ihr Vater arbeitet im Bankhaus Mendelssohn in der Jägerstraße. Ich hatte dort eine Ermittlung und sie holte ihren Vater ab. Aber ich kenne noch nicht einmal ihren Vornamen.«

Rabbi Feingold bietet seine Hilfe an, falls sie erwünscht sein sollte. Es wäre nicht das erste Mal, dass er zwischen christlichen und jüdischen Gläubigen eine Ehe stiftet.

Die blonde Freifrau findet ein williges Opfer. Das Soufflé bleibt unten. Der Hausherr soll tanzen, doch jemand rettet ihn. Das Fest wird beobachtet.

Frieda von Gaudy hat einen Gesprächspartner gefunden. Redakteur Henri Lapalus hat sich ihrer angenommen. Die beiden stehen an der Tür, die zum kleistschen Park führt.

»Sie plappert ja gar nicht«, stellt von Kleist fest. »Sie lässt Lapalus tatsächlich zu Wort kommen. Und es scheint um etwas Ernsthaftes zu gehen.«

»Vielleicht mag er sie«, überlegt Rachel. »Ich hoffe, dass dies kein Schlag in dein Kontor ist.«

»Keineswegs, Liebste«, lächelt Justus. »Es wäre gut, wenn sich Friedas Interesse bald ganz auf Lapalus konzentriert. Das würde mich sehr entlasten.«

Lapalus hat Frieda verlassen und geht nun zum Tisch mit den Weinen. Er lässt zwei Gläser füllen.

Der Rückweg führt ihn an dem Ehepaar von Kleist vorbei. »Vielen Dank noch einmal für die Einladung, Herr von Kleist. Auch Ihnen, gnädige Frau. Ihr Artikel hat im Übrigen Furore gemacht. Man will einen neuen Hilfsverein für die Weber von Nowawes gründen und sogar die Schule wieder eröffnen. Und der Besitzer der Webstühle hat Arbeit versprochen.«

»Wundervoll!«, strahlt Rachel. »Als Nächstes plane ich einen Artikel über Kinderarbeit. Die Schornsteinfegerjungs von Berlin.«

»Wenn dieser Artikel auch so erfolgreich ist, werden wohl bald alle Schornsteine Berlins abgerissen und größer gebaut«, meint Justus mit leisem Spott.

Rachel kneift ihn in den Arm.

»Über Ihre weiteren Pläne sollten wir bald sprechen, gnädige Frau.« Lapalus wirft einen schrägen Blick auf Justus. »Wann sind Sie denn mal wieder in Berlin?«

»Ich kann jederzeit in die Redaktion kommen«, antwortet Rachel. »Ich gebe Ihnen Nachricht, wenn ich meine Gedanken sortiert habe. Und jetzt sollten Sie den Wein nicht warm werden lassen, Herr Lapalus. Fräulein von Gaudy schaut bereits nach Ihnen.«

»Tatsächlich!«, freut sich Lapalus. »Eine sehr lebhafte junge Dame. Wissen Sie zufällig, ob sie einen Verlobten hat?«

»Davon ist mir nichts bekannt«, antwortet Justus.

Lapalus winkt Frieda zu. »Dann werde ich sie wohl selbst fragen müssen.«

»Nennt man das in Ihrem Beruf nicht *Recherche?*«, fragt Justus.

»So ist es. Eine Ermittlung – diesmal im eigenen Interesse.« Lapalus verabschiedet sich mit einer artigen Verbeugung.

Der Mediziner Casper bringt endlich den Champagner.

»Es dauerte doch länger«, entschuldigt er sich. »Musste noch mit dem alten Kremser schwätzen. Der sieht seine Omnibus-Linien durch die neuen Pläne in den Ruin getrieben.«

»Ich hab darüber gelesen«, sagt Rachel. »Die neue Omnibus-Compagnie will ab nächstem Jahr fünf Pferdebuslinien einrichten. Warum stört das Herrn Kremser? Berlin wird immer größer und größer und immer mehr Menschen müssen oder wollen weite Strecken zurücklegen. Da sollte doch Platz für mehrere Unternehmen sein.«

»Das hab ich ihm auch gesagt«, nickt der Casper. »Angst haben sollte Kremser vor der Eisenbahn. Die ist schneller und kann mehr Menschen transportieren als die Pferdeomnibusse. Von Berlin nach Potsdam braucht die Eisenbahn nur eine gute Stunde – die Kutsche schafft das kaum in drei. Sagen Sie, Herr Kollege Direktor, Sie benutzen die Eisenbahn gar nicht?«

»In der Tat, Doktor Casper. Von hier zum Molkenmarkt ist die Ersparnis gering. Es kommen ja die Zeiten von den Bahnhöfen zum eigentlichen Ziel hinzu, und die Reise mit der Eisenbahn ist überaus schmutzig. Ruß und Kohlenstaub. Und man ist an den Fahrplan der Bahn gebunden. Das sind Unbequemlichkeiten, denen ich gern aus dem Weg gehe. So wichtig und fortschrittlich das neue Verkehrsmittel ist – es macht meinen Weg zum Dienst weder schneller noch bequemer. Unsere Kutsche und die Pferde sind sowieso da, und sie kosten nicht mehr, wenn ich sie nutze. Zudem habe ich einen kleinen Zorn auf die Bahn. Man hat für die Streckenführung ein schönes Stück unserer Güter durch Enteignung entzweigeschnitten. Aber nun etwas anderes: Ich würde Sie gern kurz unter vier Augen sprechen, Doktor Casper«, wird von Kleist ernst. »Du entschuldigst uns einen Moment, Liebste?«

Casper signalisiert Einverständnis und die beiden Männer begeben sich ins Arbeitszimmer.

»Hatten Sie Frau Müssing schon auf dem Tisch?«, kommt von Kleist zur Sache.

»Natürlich. Medizinisch ist der Fall abgeschlossen. Warum hat Puttkamer Sie eigentlich beurlaubt?«

»Wir haben unterschiedliche Auffassungen im Blick auf mögliche Tatverdächtige«, erklärt der Polizeidirektor.

»Puttkamer erzählt etwas von Insubordination«, berichtet Casper. »Aber im Präsidium wissen ja alle, was von Puttkamers Worten zu halten ist. Sie fehlen in Berlin. Nichts geht voran.«

»Wenn es keine Ansätze gibt, kann auch ich nichts erreichen. Wir tappen im Nebel.«

»Man erwartet Sie bald zurück!«

»Ich arbeite daran. Und jetzt zu Frau Müssing. War es derselbe Mörder? Ich hörte von meinen Kollegen, dass sie noch blutete, als man sie fand.«

»Die Totenstarre war noch nicht eingetreten – das stimmt. Die Verletzungen – also die Schnitte – waren allerdings nicht so präzise ausgeführt wie bei Brand und Kopatschek.«

»Das bedeutet?«

»Der Mörder hatte weniger Zeit. Oder er wurde von jemandem überrascht. Vielleicht handelt es sich in diesem Fall auch um einen Nachahmungstäter.«

Von Kleist stutzt. Doch ein zweiter Mann? Sollte Puttkamer einen Zufallstreffer gelandet haben?

»Und noch etwas«, spricht Casper weiter. »Der Kerl hat Teile seiner Beute unterwegs verloren.«

»Bitte?«

»Unschöne Sache. Die Polizeidiener mussten sich übergeben. Besonders wegen der Straßenköter, die sich …«

»Ich verstehe.« Mehr Details will von Kleist nicht hören. »Lassen Sie uns wieder zu den anderen gehen«, schlägt er vor.

»Gerne«, sagt Casper. Er schaut auf die Taschenuhr. »Das *Soufflé mikado* wird in diesen Minuten aufgetischt – so berichtete mir Ihre Köchin vor einer halben Stunde. Ich musste ihr versprechen, ordentlich zuzugreifen, und zwar bevor die Masse wieder in sich zusammensinkt.«

»Soufflés von Frau Hertel sinken nicht«, beruhigt ihn von Kleist.

Es dämmert. Mit einem Fernrohr beobachtet der Mann vom Fluss das Treiben auf dem Grund der Villa Kleist. Er sitzt auf einem Baum und hat freie Sicht, ohne selbst gesehen zu werden. Die Blätter verbergen ihn. Er guckt sich die Augen aus, doch nichts passiert. Er will schon aufgeben, als es geschieht. Jette Wehner geht neben einer schwarzhaarigen Frau durch den Garten. Sie unterhalten sich lebhaft. Schade, dass er nicht hören kann, um was es geht. Sehr entspannt wirkt Jette Wehner nicht. Das kann er wohl sich selbst zuschreiben. Er drückt das Fernrohr so dicht ans Auge, dass es schmerzt. Jette Wehner ist die Frau, auf die er lange gewartet hat. Keine freche Hure mit Berliner Schnauze oder ein Schankmädchen mit schlechten Zähnen.

Sein Arm wird lahm und er muss das Glas absetzen. Als er es wieder ans Auge setzt, sind Jette Wehner und die Schwarzhaarige verschwunden.

Frieda von Gaudy und Henri Lapalus haben sich im Park in den kleinen Gartentempel zurückgezogen. Justus von Kleist entdeckt die beiden und grinst innerlich. Solch ein Durchhaltevermögen ist wahrlich heldenhaft! Er beschließt, Lapalus freundlicher zu behandeln, wenn der ihm Frieda vom Hals schafft.

»Gut, dass ich Sie allein antreffe«, hört von Kleist die Stimme des Rabbis hinter sich.

»Lassen Sie uns ein paar Schritte gehen, Herr Feingold«, schlägt er vor.

Die Männer nehmen den Kiesweg, der durch die alten Bäume zu einem Rosenbeet führt, das in voller Blüte steht.

»Ein wundervolles Haus haben Sie, Herr von Kleist. Es gefällt mir besser als das Schloss von Samuel Bleichröder.«

»Dann waren Sie also bei ihm?«

»Ja. Ich habe ihm die Lage ausführlich geschildert. Er hat Ihren Bericht aufmerksam gelesen und sich Notizen gemacht. In einer Woche ist er bei einer Besprechung im Innenministerium und wird die Sache dem Minister persönlich vortragen.«

»Erst in einer Woche?« Von Kleist ist enttäuscht.

»Bleichröder hat sein eigenes Tempo. Er ist ein sehr geschickter alter Mann. Er hat sich nicht taufen lassen und ist trotzdem Berlins erfolgreichster Bankier. Jetzt baut er für den König sogar die Eisenbahn – obwohl es heftige Proteste der *Vaterländischen Clubs* gibt. Der König schätzt ihn außerordentlich. Man kann fast von einer Freundschaft sprechen.«

»Dann werden wir wohl abwarten müssen«, entgegnet der Polizeidirektor.

In der Küche ist die Katastrophe perfekt.

Köchin Ada Hertel hat das *Soufflé mikado* ruiniert. In achtzig kleinen Porzellanförmchen wabert eine zusammengebrochene Masse.

Frau Hertel ist auf einem Küchenstuhl zusammengesunken und weint haltlos.

»Das ist doch kein Drama, Frau Hertel. Und der Geruch

ist sehr angenehm«, tröstet Rachel. »Wir bieten einfach noch mehr Obst an und Schokoladentäfelchen.«

»Das ist mir noch nie passiert, gnädige Frau«, schnieft die Köchin. »Was für ein Schlamassel! Aber ich kann nichts dafür. Das ist das Wetter.«

»Ja, es ist einfach zu heiß«, bestätigt Rachel. »Und jetzt keine Tränen mehr, Frau Hertel.«

Frieda von Gaudy hat wohl etwas zu viel Bowle zu sich genommen. Das Gespräch mit Lapalus befriedigt ihren Drang, im Mittelpunkt zu stehen, nicht ausreichend.

Sie hat den Redakteur im Pavillon verlassen und postiert sich nun in der Mitte zwischen von Kleist und dem Streichquartett, das die Feier mit einer dezenten musikalischen Unterhaltung begleitet. Frieda ist aufgekratzt und spricht wieder mit lauter Stimme.

»Justus, ich will tanzen«, ruft sie dem Hausherrn zu. Sie wendet sich an die Kapelle: »Könnten die Herren Musikanten einen Walzer spielen?«

Die erste Geige schaut fragend zum Hausherrn. Der nickt sein Einverständnis, wendet sich dann aber ab. Tanzmusik ja, als Tänzer steht er nicht zur Verfügung.

Die Musiker intonieren einen rhythmischen Dreivierteltakt.

Der Walzer ist neu in Berlin. Nicht jeder Herr beherrscht ihn schon. So dreht sich Frieda von Gaudy allein zum Takt der Musik.

Doch ein Retter naht und verbeugt sich vor ihr: Lapalus. Die beiden sind voller Harmonie auf dem Parkett, es wird getuschelt.

Die letzten Gäste verlassen die Villa Kleist gegen Mitternacht. Alle versichern den Gastgebern, sich wohlgefühlt zu haben. Justus von Kleist bekommt von den Herren viele Komplimente für seine schöne Gattin. Die Frauen sind weit weniger freundlich. Gut, dass Frau von Kleist nicht Unter den Linden oder an der Friedrichstraße residiert, sondern weit weg im Grünen, diese und ähnliche Gedanken gehen ihnen durch den Kopf.

Rachel und Justus liegen – eng aneinandergeschmiegt – im Bett. Sie hören, wie das Personal mit dem Geschirr klirrt und das Haus in Ordnung bringt. Irgendwann herrscht dann endlich Stille. Justus und Rachel sind immer noch wach.

»Schau nur, wie hell der Mond scheint«, flüstert Rachel.

»Vollmond ist erst morgen, aber sein Licht reichte schon aus, unsere Gäste zu erfreuen. Es war ein gelungenes Fest«, sagt Justus. »Und du hast die Männer mit deiner Schönheit und Klugheit bezirzt.«

»Ach, was! Deine Frieda hat doch auch einen Galan gefunden. Es geht auch ohne Hirn.«

»Du bist manchmal sehr deutlich.«

Justus betrachtet seine Frau. Ihr nackter Körper scheint aus Marmor gemeißelt. Weiß und matt schimmernd. Sein Besitz. Nein, denkt er, kein Mann besitzt eine Frau. Man kann sie nur mit Liebe an sich binden. Er wirft sich über sie.

Man fragt auch anderwärts nach. Soll man über schwarze Nichtsnutze schreiben? Eine Dame möchte nicht in die Oper.

Nach drei weiteren entspannten Tagen zieht es Justus und Rachel nach Berlin. Sie ist mit Henri Lapalus verabredet, um über neue Artikel zu sprechen; er will sich mit Schwarz und Escher treffen, um auf dem Laufenden zu bleiben.

Gruber lässt es gemächlich angehen. Der Morgen ist schön und vom Ufer der Havel steigt Nebel auf. Rachel kann sich nicht sattsehen. Der Blick von der Glienicker Brücke ins Umland begeistert auch Justus immer wieder, obwohl er ihn schon so lange kennt.

»Das hier ist Preußen, gutes Preußen außerhalb der Elendsviertel, Familienhäuser und Vogteien«, sagt Justus. »Alexander von Humboldt hat diesen Blick als einen der schönsten der Welt bezeichnet. Und er sollte es ja beurteilen können.«

»Ja, Preußen. Friedvolles Preußen«, stimmt Rachel zu. »Der große Friedrich hat ja lieber in Potsdam als in Berlin gelebt. Gehörten ihm auch die hübschen Paläste, die sich so wunderbar in die Berghänge schmiegen?«

»Ihm oder seinen Ministern und Vertrauten. Vor allem sein Baumeister Schinkel und sein Hofgärtner Lenné haben sich hier Denkmäler gesetzt.«

»Das ist ihnen vollends gelungen«, schwärmt Rachel. »Warum ist die Welt nicht überall so schön?«

Je näher Berlin kommt, desto flacher wird die Landschaft. Die Zahl der Kutschen nimmt zu. Auch die Luft scheint sich zu verändern. Weniger Wind und mehr Wärme.

Gruber setzt von Kleist vor der Dienstwohnung ab. Schwarz und Escher warten bereits. Sie begrüßen Rachel, doch die verabschiedet sich gleich wieder.

»Meine Frau hat geschäftliche Termine«, erklärt von Kleist.

»Aha. Wohl wieder im Zeitungsgeschäft?«, fragt Escher neugierig. Der Artikel in der *Vossischen* hat im Polizeipräsidium die Runde gemacht.

»Einen schönen Tag, die Herren«, lächelt Rachel und gibt Gruber ein Zeichen.

Als Erstes bittet von Kleist seine beiden Mitarbeiter, zwei Gendarmen Richtung Potsdam zu schicken. Ihm ist nicht ganz wohl bei dem Gedanken, dass Jette Wehner in der Villa Kleist womöglich noch einmal Besuch bekommen könnte von dem Mann, der sich als Hausierer ausgegeben hat,. Jetzt, wo er selbst nicht mehr anwesend ist. Escher verspricht, Matuschke und Wimmer zu schicken. Das sind nicht die Dümmsten.

Dann berichtet von Kleist von Bleichröders Zusage, den Innenminister auf Puttkamers Versagen aufmerksam zu machen. Doch es gibt noch mehr, was der kaltgestellte Polizeidirektor besprechen will.

»Wenn der Gesuchte geistig gestört ist – und davon gehe ich aus«, fängt er an, »dann hat er vielleicht nicht erst jetzt mit diesen schrecklichen Dingen angefangen. Es kann frühere Fälle geben.«

»Wüssten wir denn nicht davon?«, wirft Schwarz ein.

»Berlin hat viele Zuzügler«, überlegt Escher. »Nicht nur aus den anderen Regionen Preußens, sondern aus ganz Deutschland und sogar aus dem Ausland. Möglicherweise hat dieser Mörder sein blutiges Werk ganz woanders begonnen hat.«

»Ja und? Wie sollen wir davon erfahren?«, fragt Schwarz.

»Wir fragen einfach alle Polizeibezirke an«, schlägt von Kleist vor. »Wo schon Telegrafiestationen sind, nutzen wir sie. Und die anderen bekommen unsere Anfragen per Brief.«

»Das ist eine Strafarbeit für jemanden, der Vater und Mutter umgebracht hat«, seufzt Schwarz.

Escher wendet ein: »Würden wir nicht den Telegrafen blockieren mit so vielen Anfragen? Was wir fragen wollen, wird ja einigermaßen lang sein. Wir müssen die Taten beschreiben, in allen Einzelheiten. Das überfordert einen Telegrafen.«

»Das ist ein berechtigter Einwand. Lassen wir lieber die Anfrage drucken und verschicken sie mit der Post, das ist am einfachsten«, bringt von Kleist die technische Debatte zu einem Ende.

Escher grinst. »Der gesunde Menschenverstand mal wieder. Man kann jeden Tag von Ihnen lernen, Herr von Kleist.«

Justus von Kleist geht im Raum auf und ab. »Lassen Sie uns einen Text für die Anfrage entwerfen. Aber nicht hier. Um die Ecke gibt es eine Schankwirtschaft mit Tischen im Garten. Sie, Schwarz, suchen schon mal eine Druckerei auf und reservieren dort Arbeitszeit für uns. Dann holen Sie ein Verzeichnis sämtlicher preußischer Polizeidienststellen und lassen in der Schreibstube die Adressen auf Umschläge schreiben. So haben wir am wenigsten Zeitverlust.«

Die Berliner Gassenjugend ist die keckeste und ungezogenste in ganz Deutschland, und unter ihr nehmen die Jungen der Schornsteinfeger den ersten Platz ein. Die barbarische Sitte der neueren Zeit, schmale und enge Schornsteine zu bauen, in die man nur Kinder hineinschicken kann, hat dem Schornsteinfeger-Gewerbe einen großen Zulauf verschafft. Diese Kinder haben keinerlei Erziehung genossen, weil sie keine Eltern haben oder von ihnen vernachlässigt und sich selbst überlassen wurden. Und so ziehen ganze Trupps kleiner schwarzer Jungen durch die Straßen.

Sie werden von einem Gesellen geführt, der seinem Rang gemäß einen Hut trägt. Die Vorübergehenden, besonders die Frauen, weichen ihnen aus, denn die Ausgelassenheit dieser kleinen Bengel überschreitet alle Begriffe der Höflichkeit. Doch durch all ihre Ungezogenheiten leuchtet eine Art genialer Humor hindurch, sie machen derbe und treffende Witze, mit denen sie ohne Unterschied der Person alle Vorübergehenden überschütten.

Sehen sie eine hübsche Frau, dann sind sie nicht mehr zu halten und grölen: »Komm, Karlinekin, komm, wir woll'n nach Pankow jehn, da kannste baden jehn, und ick dir nackend sehn, du brauchst dir nicht zu schäm, komm, Karlinekin, komm …«

Henri Lapalus lacht schallend. »Eine sehr treffende Schilderung, gnädige Frau. Besonders das Lied. Fehlen da nicht noch einige Strophen?«

»Stimmt. Ich habe auf das verzichtet, was nach dem Nacktbaden kommt«, gesteht Rachel. »Der Moral wegen. Das Lied habe ich auch nicht selbst gehört, sondern von unserem

Kutscher erzählt bekommen. Ich hoffe, dass ich damit nicht gegen journalistischen Anstand verstoßen habe.«

»Keineswegs, Frau von Kleist. Das Lied gibt es ja wirklich und Sie haben es nicht erfunden.«

Lapalus liest zu Ende. Dann sagt er: »Willkommen in der übernächsten Ausgabe. Wenn Sie mögen, zeige ich Ihnen noch das Haus und die Druckmaschinen. Sie stehen im Keller, wir fabrizieren gerade die morgige Ausgabe.«

Der Maschinenlärm im Keller ist ohrenbetäubend. Lapalus geleitet Rachel durch eine Tür in einen Nebenraum. Dort betrachtet ein Mann jeden Zentimeter einer druckfrischen Seite durch eine Lupe. Lapalus stellt ihn als Eremias Spitznas vor, Leiter der Druckerei.

Rachel lächelt: Der Name Spitznas ist lustig. Vor allem, weil der Mann keine spitze Nase hat, sondern eine normale knubbelige. Von Statur ist er kräftig, mittelgroß, in einen grauen Baumwollkittel gehüllt, der an einigen Stellen schwarz beschmiert ist.

»Unsere neue Mitarbeiterin, Frau von Kleist«, schreit Lapalus gegen den Lärm an.

Es riecht nach Druckerschwärze und Chemikalien. Papierstaub liegt in der Luft. Rachel fühlt sich an die Weberei in Morgenthal erinnert.

Spitznas macht die Tür zum Maschinenraum zu. Es wird merklich leiser.

»Die Maschinen sind ziemlich neu«, erklärt Spitznas. »Vor einem halben Jahr haben wir noch mit Zylinderpressen gearbeitet. Jetzt haben wir eine moderne Rotationspresse aus England angeschafft. Die *Times* wird auch mit einer solchen Maschine gedruckt. Sie schafft 12.000 Drucke pro Stunde.«

»Danke, Eremias«, lächelt Lapalus. »Deine Hingabe an die Arbeit ist wie immer sehr eindrucksvoll.«

Spitznas grinst zurück. »Entschuldige. Für Frauen ist Mechanik wohl kein Thema.«

»Ich weiß immerhin, dass ein Herr Gutenberg den Buchdruck erfunden hat«, entgegnet Rachel. »Wie eine Rotationspresse funktioniert, entzieht sich allerdings meiner Kenntnis, da haben Sie recht.«

»Das Papier läuft zwischen zwei gegeneinander rotierenden Zylindern hindurch und wird von einer zylindrisch gebogenen Form bedruckt«, erklärt der Redakteur. »Die Buchstaben werden zuvor in der Setzmaschine zusammengestellt.«

»Kann ich die morgige Zeitung schon jetzt bekommen?«, fragt Rachel.

Spitznas geht in den Maschinenraum und kehrt mit einem Exemplar zurück.

»Vorsicht, gnädige Frau. Die Druckerschwärze ist noch feucht. Nicht, dass Sie sich Ihr schönes Kleid beschmutzen.«

Sie faltet die Zeitung und verstaut sie in ihrem Beutel.

»Ich wollte mich noch einmal für die Einladung zu Ihrem Fest bedanken«, sagt der Redakteur.

»Haben Sie herausbekommen, ob Fräulein von Gaudy einen ernsthaften Verehrer hat? Oder gar einen Verlobten?«

»Ich war leider nicht sehr erfolgreich bei der Dame«, gibt Lapalus zu. »Eine Einladung in die Kroll-Oper hat sie abgelehnt.«

Rachel hat genug von dem Geplänkel. »Ich möchte mich nun verabschieden.«

Spitznas verbeugt sich und Lapalus bringt Rachel nach draußen. Die Pferde sind noch eingespannt.

Von Kleist hat bei der Concierge seiner Dienstwohnung eine Nachricht für Rachel hinterlassen.

Gruber kutschiert sie zur Schankwirtschaft, wo die drei Männer über ein Papier gebeugt sitzen. Schwarz hält einen Crayon in der Hand und schreibt.

»Da bin ich«, strahlt Rachel.

Die drei Männer springen auf. Justus holt einen vierten Stuhl.

»Wollt ihr mir Konkurrenz machen?«, fragt sie mit Blick auf das Blatt Papier.

»Noch nicht. Wir formulieren ein Schreiben an andere Polizeidienststellen«, entgegnet von Kleist. »Wie ist es bei der *Vossischen* gelaufen?«

»Bestens. Übermorgen erscheinen meine Betrachtungen zu den Schornsteinfegerjungs und hier ...«, sie zieht das Blatt aus dem Beutel und wedelt damit, »... hier habe ich schon die Zeitung, die erst morgen verkauft wird. Man hat mir die Rotationspressen erklärt. Und wenn du mir jetzt eine Limonade bestellst, lese ich brav die Zeitung und störe euch nicht bei der Arbeit.«

Ein blaues Band steht in der Zeitung und ein Vorgesetzter lügt. Der Innenminister glaubt an gerechte Gesetze.

Die *Vossische* ist ein Gemischtwarenladen, aus dem sich jeder Leser das herauspicken kann, was ihm gefällt, denkt Rachel bei der Lektüre. Da wird die erste Aufführung des Trauerspiels *Struensee* im Königlichen Schauspielhaus für den 19. September durch den Komponisten Giacomo Meyerbeer genauso erwähnt wie die Fertigstellung der hundertsten Lokomotive in der Eisengießerei und Maschinenbauanstalt August Borsig.

Die privaten Annoncen im hinteren Teil des Blattes zeigen, an was es in Berlin am meisten fehlt: Arbeit. Massen von jungen Frauen bewerben sich um eine Stelle als Dienstmädchen. *Junges Mädchen aus guter Familie, katholisch, von auswärts, sucht Stelle fürs Kochen und Hausarbeit*, oder: *Ein anständiges Mädchen gesetzten Alters sucht Stelle in einer kleinen Haushaltung oder bei einer einzelnen Person.*

Rachel nippt an der Limonade, die langsam warm wird und schal schmeckt. Die drei Männer sind immer noch beschäftigt. Sie wendet sich wieder den Annoncen in der *Vossischen* zu. *Hilfe gesucht* – liest sie nun. Aber es geht um keine Küchenhilfe, sondern um Hilfe bei der Suche nach einem unbekannten Mann.

Wer kennt den Schurken, der an Badeplätzen an Havel, Spree und den Berliner Seen Mädchen und Frauen unsittlich belästigt? Hinweise gegen Belohnung von zehn Silbergroschen. Auch Zeugen und Opfer gesucht. Persönliche Inaugenscheinnahme am morgigen Tage um 10 Uhr morgens am Potsdamer Platz. Erkennungszeichen: Blaues Band ums Handgelenk.

Rachel stößt ihren Mann in die Seite und zeigt ihm die Anzeige. Der Polizeidirektor liest und ist leicht amüsiert. »Was glaubst du, wie viele blau bebänderte Menschen übermorgen am Potsdamer Platz flanieren? Zehn Silbergroschen haben eine ungeheure Anziehungskraft.«

»Hier wird bestimmt der Mann gesucht, der Jette Wehner bedroht und Marie Wichmann geschändet hat«, meint Rachel. »Vielleicht kommen ernsthafte Menschen, Zeugen oder Opfer und nicht nur die Geldgierigen.«

»Es gab zahlreiche Hinweise auf unseren polizeilichen Steckbrief«, entgegnet von Kleist. »Aber alle haben sich als falsch erwiesen. Aber du hast recht, wir werden übermorgen am Potsdamer Platz präsent sein. Sie beide auf jeden Fall, Herr Schwarz und Herr Escher. Und bringen Sie Gendarmen mit, aber ohne Uniform. Zumindest ist es interessant zu erfahren, wer diese Annonce aufgegeben hat.«

Rebensteins willkürliche Verhaftung hat in den letzten Tagen weite Kreise gezogen. Der mächtige jüdische Hilfsverein, die *Gesellschaft der Freunde*, hat sich an den Berliner Oberbürgermeister Heinrich Wilhelm Krausnick gewandt. Doch Krausnick ist krank und sein Büro leitet die Beschwerde an den Innenminister von Bodelschwingh weiter.

Als Samuel Bleichröder bei dem Minister vorspricht, hat der schon eine Ahnung, um was es geht: Puttkamer und die judenfeindlichen Kräfte suchen ein passendes Opfer und eine Gelegenheit, Hass zu schüren.

»Der Herr von Kleist soll den Juden aus der Haft entlassen«, bestimmt von Bodelschwingh. »Und endlich den richtigen Mörder fassen.«

»Herr von Kleist kann niemanden entlassen«, entgegnet Samuel Bleichröder. »Puttkamer hat von Kleist beurlaubt. Der Polizeidirektor weilt in seiner Villa bei Potsdam und ist zur Untätigkeit verdammt.«

»Dann ermittelt niemand mehr in dem Fall? Legt es Puttkamer darauf an?«, fragt der Innenminister.

»Es sieht so aus. Wir werden selbst Nachforschungen anstellen müssen.«

»Bitte? Wer ist da ›wir‹?«

»Die *Gesellschaft der Freunde.* Wir werden Geld in die Aufklärung stecken.«

»Das verbiete ich!« Der Minister ist ungehalten. »In Preußen wird die Gerechtigkeit von Staats wegen durchgesetzt. Gegen jedermann.«

Bleichröder verkneift sich eine spöttische Bemerkung. Er deutet eine Verbeugung an. »Das habe ich gehofft.«

»Wenn der Metzger unschuldig ist, kommt er frei. Aber ist er es auch?«

»Er hat Alibis. Und beim dritten Mord war er bereits festgesetzt. Das alles steht im Bericht des Herrn von Kleist, der dem Herrn von Puttkamer vorliegt.«

Ernst von Bodelschwingh ruft seinen Schreiber. Im Beisein von Bleichröder diktiert er einen Brief an Puttkamer. Der Polizeipräsident habe sich unverzüglich bei ihm zu melden.

Das preußische Staatsministerium befindet sich in einem prachtvollen Gebäude in der Wilhelmstraße. Das Palais Schwerin ist nicht weit davon entfernt. Puttkamer hat nicht die geringste Ahnung, was der Westfale Bodelschwingh von ihm will.

Ernst von Bodelschwingh ist der ranghöchste preußische Minister und erst seit einem Jahr im Amt. Ein Zugezogener, denkt Puttkamer, der nicht weiß, welche Konflikte es in Berlin zu bewältigen gilt. Aber er hat ja Berater, zum Beispiel mich.

Der Minister lässt Puttkamer eine halbe Stunde warten. Den Trick wendet er gern an, um die Spannung zu erhöhen. Das klappt fast immer, denn während der Wartezeit gehen die Geladenen all ihre Sünden durch und sind danach entsprechend zugänglich.

Endlich wird Puttkamer hineingebeten. Der Minister ist nicht allein. Sein Schreiber sitzt mit spitzer Feder an einem kleinen Schreibtisch und wartet.

»Schön, dass Sie Zeit haben. Setzen Sie sich.« Bodelschwingh mustert seinen Besucher unverhohlen. »Haben Sie das Polizeipräsidium noch fest in der Hand, Herr von Puttkamer?«, fragt er.

»Selbstverständlich«, braust der auf. »Behauptet jemand das Gegenteil?«

»Das tut nichts zur Sache. Warum haben Sie Polizeidirektor von Kleist von seiner Arbeit entbunden?«

»Es gab gewichtige Gründe. Hat Herr von Kleist sich beschwert?«

»Sie fragen zu viel, Puttkamer. Ich habe Sie einbestellt, damit ich Fragen stellen kann und nicht umgekehrt. Also – was werfen Sie Kleist vor?«

»Unfähigkeit, Tatenlosigkeit und Insubordination.«

»In welchen Zusammenhängen?«

»Das hat mit den Todesfällen dreier Frauen zu tun«, antwortet Puttkamer.

»Die Fälle kenne ich aus den Akten. Wo hat Kleist versagt? *En détail,* bitte!«

Puttkamer berichtet von Rebensteins Festnahme und von Kleists Protest dagegen.

»Der Jude wird bald gestehen«, lügt der Polizeipräsident. »Und der Staatsanwalt bekommt meinen Bericht, damit der Mann vor Gericht gestellt werden kann.«

»Hat Herr von Kleist nicht auch schon einen Bericht zu dem Juden und seiner Beteiligung an den Taten angefertigt?«

»Ich weiß von nichts«, lügt Puttkamer wieder.

»Es soll ein Schriftstück geben, in dem Kleist ausführlich auf die Täterschaft des Juden eingeht und große Bedenken dagegen anmeldet.«

Puttkamer bleibt dabei, einen solchen Bericht nicht zu kennen.

»Dann werde ich Herrn von Kleist ebenfalls ins Ministerium bitten müssen«, kündigt Bodelschwingh an. »Und zwar umgehend.«

Doch der Polizeireiter begibt sich vergeblich zur Villa Kleist. Er erfährt, dass Direktor von Kleist und seine Gattin unterwegs sind.

Der Jude muss in den Hof. Hat der Mann vom Fluss einen Sohn? Die Welt brennt in den Träumen des hohen Polizisten.

Am nächsten Tag kommt ein Wärter zu Samuel Rebenstein in die Zelle. Der Häftling soll zum Ausgang in den Gefängnishof.

Er ist überrascht und verunsichert. Nicht, dass er sich nicht nach frischer Luft und Bewegung sehnen würde. Kommissar Schwarz hat ihn jedoch vor den anderen Insassen der Stadtvogtei gewarnt und ihn gebeten, sich nicht provozieren zu lassen.

»Ich bin krank«, sagt der junge Metzger zum Wärter. »Ich bleibe in meiner Zelle.«

»Ich habe Befehl, dich nach draußen zu bringen«, meint der Mann ungerührt. »Also raus mit dir!«

Er zerrt Rebenstein vom Stuhl hoch und drückt ihn zur Zellentür.

»Ich will nicht!«, schreit Rebenstein.

»Fauler Jude! Beweg dich!«, brüllt der Uniformierte.

Rebenstein klammert sich an den Türrahmen. Doch er hat keine Chance. Der Wärter schlägt ihm auf die Finger, bis der Häftling loslassen muss, und treibt Rebenstein durch die Gänge, eine Treppe hinab auf den offenen Hof.

Der Potsdamer Platz befindet sich an der Stadtmauer und ist einer der belebtesten Orte in Berlin. Alle Straßen aus dem Südwesten und Westen treffen sich hier. Anziehungspunkt ist darüber hinaus der Fernbahnhof mit der Eisenbahnlinie nach Potsdam. Menschen und Waren tummeln sich.

Es ist kurz vor zehn Uhr morgens. Justus von Kleist und seine Gattin warten in der Kutsche, Schwarz und Escher haben jeweils einen Beobachtungsposten bezogen und behalten sich auch gegenseitig im Auge. Wenn eine Person mit blauer Schleife am Handgelenk auftauchen sollte, werden sie sich ein Zeichen geben.

»Wie soll man unter diesen vielen Menschen jemanden mit einem blauen Band erkennen?«, fragt Rachel.

»Wir sind ja nicht allein und gut postiert«, sagt von Kleist. »Schwarz und Escher sind hier und einige Gendarmen in Zivil. Und ich sehe noch jemanden, der auf einen Mann oder eine Frau mit blauem Band wartet. Schau mal zur rechten Säule des Torhäuschens.«

Rachel sortiert die Menschen mit den Blicken und tatsächlich: An einer erhöhten Stelle steht Redakteur Lapalus. Er hat den Hut ins Gesicht gezogen und betrachtet die Leute aufmerksam.

»Dann hat er die Annonce auch gelesen und ist auf dieselbe Idee gekommen wie wir«, meint Rachel.

»Damit mussten wir rechnen, Liebste.«

»Vielleicht wäre es einfacher gewesen, beim Verlag nachzufragen, wer die Annonce aufgegeben hat.«

»Das hat Schwarz gemacht. Angeblich kann sich niemand an den Kunden erinnern. Er hat bar bezahlt und keinen Namen hinterlassen.«

Rachel hat weiter Zweifel an der Aktion. »Und wenn der

Verbrecher selbst kommt? Um zu sehen, ob man ihn erkennt?«

»Wir sind auf einiges vorbereitet«, entgegnet von Kleist. »Notfalls legt Escher sich ein blaues Band an. Dann können wir sehen, ob jemand Kontakt zu ihm sucht. Die Idee einer solchen Anzeige ist gar nicht so übel. Sie eröffnet völlig neue Möglichkeiten der polizeilichen Arbeit.«

Inzwischen ist es nach zehn Uhr. Ein Reiter nähert sich in leichtem Trab. Er trägt ein weißes Hemd. Um beide Arme hat er blaue Tücher gebunden, die im Wind flattern.

Escher und Schwarz geben sich Zeichen. Auch Lapalus ist aufmerksam geworden.

Der Reiter ist ein Mann von ungefähr dreißig Jahren, schlank und drahtig, mit wirrem, schwarzem Haar und Vollbart. Er steigt ab, schaut sich um und führt das Pferd zur Wasserstelle. Er spricht mit der Aufsicht und zieht ein paar Münzen aus seiner Börse. Der Mann, der die Wasserstelle betreut, übernimmt den Gaul und setzt ihm einen Eimer Wasser vor. Der blau betuchte Mann spaziert langsam über den Platz.

Schwarz und Escher gehen von verschiedenen Seiten auf ihn zu. Auch andere haben den Mann mit dem merkwürdigen Armschmuck bemerkt. Eine ältere Frau bietet ihm Äpfel zum Kauf an. Zwei weitere Frauen nähern sich ihm, sprechen ihn an, deuten auf die blauen Tücher. Ein alter Mann bleibt stehen und redet heftig auf die Gruppe ein.

Escher hat sich zu den fünf Leuten gesellt und mischt sich ein. Schon ist auch Schwarz da und sichert die Festnahme des Reiters. Einige Gendarmen treten hinzu. Umstehende werden aufmerksam, ein Kreis bildet sich.

Doch von Kleist möchte kein Aufsehen. Er verlässt die

Kutsche und geht zu der Gruppe. Rachel folgt ihm in einiger Entfernung. Sie hält Ausschau nach weiteren Menschen, die sich für den jungen Reiter interessieren könnten.

»Meine Damen, meine Herren, wir haben die gleichen Interessen wie Sie«, hört Rachel ihren Mann sagen. »Dieser Schurke muss festgesetzt werden und dazu brauchen wir Ihre Hilfe. Wir haben in der Schankwirtschaft *Zum Grünen Elefanten* einen Raum vorbereitet. Bitte folgen Sie uns dorthin.«

Lapalus kommt heran. Er begrüßt Rachel überschwänglich. »Gnädige Frau, ich bin entzückt. Was machen Sie hier?«

»Ich begleite meinen Gatten bei einem Ausflug«, lächelt sie. »Es gibt so vieles in Berlin, was ich noch nicht kenne.«

»Und ich dachte schon, ich sei in eine polizeiliche Maßnahme geraten«, grinst Lapalus. »Aber Sie haben recht: Der Vorgang hier muss wohl ein privater sein, es prügeln keine Schlagstöcke und Kugeln fliegen auch nicht.«

Der Redakteur wendet sich nun an den Polizeidirektor. »Darf ich mich Ihnen anschließen?«

»Das kann ich Ihnen nicht verbieten, da ich zurzeit in Urlaub bin«, antwortet Justus von Kleist. »Kommen Sie mit.«

Rebenstein versucht, den Hof wieder zu verlassen, aber die Tür ist zu und hat auf der Hofseite keine Klinke. Die Gefangenen sollen hier frische Luft atmen; es sind viele. Die Wärter stehen an Fenstern im ersten Stock und beobachten das Gedränge auf dem Hof. Zum Ausschreiten ist kein Platz. Nicht alle Delinquenten reden miteinander. Immerhin gibt es weder laute Worte noch Streit.

Heute ist es besonders heiß. Plötzlich entsteht in einer Ecke des Hofes Unruhe. Rufe erschallen. Die Männer weichen zurück und geben den Blick auf eine freie Fläche frei. Ein lebloser Körper liegt in einer dunklen Blutlache.

Der Direktor der Stadtvogtei erscheint am Fenster und ordnet die Räumung des Hofes an. Die Wärter sind inzwischen bewaffnet.

Die Gefangenen trotten zur Tür und verlassen den Hof ohne weitere Vorkommnisse.

Rebenstein liegt mit dem Gesicht nach unten auf dem Hofpflaster. Aus seinem Rücken ragt eine primitiv geformte Stichwaffe, sie sieht aus wie eine Scherbe. Jemand deckt ein Laken über den Toten.

Der Direktor schickt einen Kurier zum Polizeipräsidium um die Ecke. Ein weiterer benachrichtigt die Gerichtsmedizin. Sofort beginnt die Spurensuche. Einige Gefangene haben Blut an den Schuhen. Sie behaupten, in die Lache getreten zu sein, als der Tote schon am Boden lag. Und niemand hat Blut an den Kleidern. Das kann nur bedeuten, dass der Täter schnell und heftig zugestochen und sich dann sofort entfernt hat.

Fünf Stunden dauert es, bis alle Gefangenen befragt worden sind. Keiner will die Tat beobachtet haben, doch manch einer hat sich über den jungen Mann gewundert, der heute zum ersten Mal beim Hofgang dabei war. Die Frage nach seinem Vergehen habe er nicht beantwortet.

Schließlich behauptet ein junger Kerl, der erst am Vortag eingeliefert worden ist, dass er mit Rebenstein ins Gespräch gekommen sei. Nachdem beide festgestellt hätten, dass sie derselben Religion angehörten, habe Rebenstein von den Morden im Scheunenviertel gesprochen und sich zu den Verbrechen bekannt.

Der Direktor schreibt eine Meldung an Puttkamer: Der Gefangene Rebenstein sei von einem Mitgefangenen erstochen worden und habe zuvor zwei Frauenmorde gestanden.

Puttkamer streicht das Papier glatt und brummt. »Na also. Manche Dinge kommen ganz von selbst zu einem guten Ende.«

Er verfasst einen kurzen Bericht an den Innenminister und schickt ihn mit einem Boten ab.

Die Kneipe *Zum Grünen Elefanten* lebt vom Reiseverkehr. Manch Reiselustiger nimmt noch ein oder mehrere kühle Biere zu sich oder lässt sich mit Proviant ausstatten, bevor er eine Postkutsche an den Rhein oder ins Ausland nimmt.

Schwarz wendet sich dem jungen Reiter zu.

»Ich heiße Peter Delitz«, sagt der Mann.

»Delitz?« Schwarz stutzt. »Haben Sie etwas mit Emma Delitz zu tun?«

»Sie war meine Mutter.«

»War?«

»Sie ist gestorben. An den Verletzungen, die sie sich beim Sturz aus dem Fenster zugezogen hat. Sie hat mir aber noch berichten können, was geschehen ist. Und ich will den Mann finden, der ihr das angetan hat.«

Eine junge Frau findet den Mut, zu berichten. »Der hat mir die janze Zeit anjestarrt beim Baden und mir die Kleider wegjenommen. Denn hat er mir jeschlagen und jeschändet. Ich konnte nüscht machen. Am Ende hat er jesagt, dass er mir tot macht und in den Fluss jeschmissen. Aber ick konnte mir festhalten.«

Escher notiert die Aussage der Frau. Leider bleibt die Personenbeschreibung unpräzise, aber in einigen Dingen stimmt sie mit den schon bekannten Eigenschaften überein: Der Mann spricht keinen Berliner Dialekt, ist um die vierzig und kräftig.

Der alte Herr in der Runde heißt Werner Schaub. Er hat seine jüngste Tochter verloren. Sie arbeitete als Kellnerin in einer Gastwirtschaft namens *Zum Maxe* an der Havel. Sie berichtete ihrem Vater von einem Mann, der sie bei der Arbeit mehrfach belästigt und nach Feierabend abgefangen habe.

»Irjendwann kam se nich mehr wieder. Die Polizei hat nüscht jemacht und jesagt, dat se bestimmt durchjebrannt is mit 'nem Kerl. Und vor vier Wochen hab ick ihr jefunden. In de Aujuststraße. Im Leichenschauhaus. Ertrunken isse. Aber ick jloob nicht dran. Der hat die Anna alle jemacht.«

Wir müssen alle weiblichen Wasserleichen überprüfen, nimmt sich von Kleist vor. Der Kerl hat tatsächlich mehr Leben auf dem Gewissen, als bisher bekannt. Vielleicht ist es derselbe, der die Frauen auf so bestialische Weise tötet?

Der Polizeidirektor verwirft diesen Gedanken aber sofort wieder. Der Frauenschänder ist zwar auch ein Frauenmörder, doch er investiert keine Zeit in seine Taten. Er will sich abreagieren und dann verschwinden. Macht eine Frau Probleme, wirft er sie ins Wasser und nimmt in Kauf, dass sie stirbt.

Der zweite Mann ist anders. Er gestaltet sein kurzes blutiges Werk wie jemand, der ein Kunstwerk schafft. Er lässt keine der Frauen leben, wenn er sie erwischt hat. Er mordet zwar auch aus Lust, doch diese Lust hat mehr mit Macht als mit sexueller Triebhaftigkeit zu tun.

Escher und Schwarz schreiben eifrig mit, was die neu gefundenen Zeugen erzählen. Auch Peter Delitz gibt Einblick in seine Situation. In Aussicht darauf, dass er das Haus seiner Mutter erben wird, hat er Geld aufgenommen. So kann er die Suche nach dem Mörder seiner Mutter finanzieren. Er bittet Rachel, Jette Wehner zu grüßen. Seine Mutter habe immer so freundlich über sie gesprochen.

Escher folgt dem Hinweis auf die Kneipe *Zum Maxe* und fragt den Wirt nach einem Gast, der die Kellnerin Anna belästigt habe.

»Ick weeß schon, wen Se meinen«, berichtet der Wirt vom *Maxe*. »Der war nich bloß eenmal hier und het die Anna nüscht aus die Aujen jelassen. War ja ooch 'ne Hübsche. Und frajen Se mir bloß nich, wat der von die Anna jewollt hat. Der Kerl war nicht koscher. Die Augen war'n böse wie bei 'nem Deibel. Und gegen die Anna war der 'n Tattergreis. Und verheiratet war der ooch. Wegen dem Kind.«

»Er hatte ein Kind dabei?« Jetzt wird es interessant, denkt Escher.

»Nee. Aba eenmal kam so 'n Steppke anjeloofen. Der sachte Papa zu dem. Er hat den Kleenen ausjeschimpft und verjacht.«

»Wo kam der Junge her?«

Der Wirt kratzt sich am Kopf. »Dat weeß ick nüscht. Der Kleene hat am Ufer noch 'ne Weile jespielt. Der Kerl is eenfach abjehauen und hat das Kind nich mitjenommen.«

»Würden Sie den Mann wiedererkennen?«

»Aba sicha.«

Escher ist zufrieden. Der Gesuchte hat einen Sohn, vielleicht sogar eine Frau oder eine ganze Familie. Dieses Wissen kann bei der Fahndung helfen.

Am Abend erfährt Justus von Kleist, dass Samuel Rebenstein in der Stadtvogtei getötet worden ist. Zuvor soll er einem Mitgefangenen gegenüber die Morde an Jule Brand und Adele Kopatschek gestanden haben. Die herausgeschnittenen Körperteile habe er für ein jüdisches Ritual gebraucht.

Alles war vergebens, denkt Kleist tief betroffen. Er hat den Metzgergesellen nicht vor einer falschen Anklage bewahren können, obwohl er es ihm versprochen hatte. Nicht einmal das Leben konnte er ihm bewahren.

Die zweite Nachricht des Abends kommt von Innenminister von Bodelschwingh. Er will den Polizeidirektor unverzüglich sprechen. Allerdings hat das Schreiben einen weiten Weg hinter sich. Es ist über die Villa bei Potsdam in die Berliner Dienstwohnung gelangt. Heute ist es schon zu spät, um der Aufforderung noch nachzukommen.

Rachel schläft bereits. Soll er sie wecken und den ganzen Trübsinn erzählen?

Er entscheidet sich dagegen. Sie liegt so friedlich da. Justus legt sich neben sie. Lange kann er nicht einschlafen.

Der eine bekommt lauter Vollmachten, der andere den Rat, zur Kur zu gehen. Schon wieder eine Leiche. Wieder ohne Unterleib, dafür aber mit Brief. Die junge Frau wird weggeschickt. Ein Arzt reitet sein Steckenpferd.

Innenminister von Bodelschwingh hat Puttkamers Bericht über den Tod des Juden und dessen angebliches Geständnis mit Entsetzen zur Kenntnis genommen. Was soll er Bleichröder sagen und was wird der dem König berichten?

Dass Puttkamer den Rebenstein geopfert hat, um die eigene Unfähigkeit zu kaschieren und den *Vaterländischen* zuzuspielen, ist Bodelschwingh klar. Es wird Zeit, im Polizeipräsidium neue Saiten aufzuziehen.

Die Ordonnanz meldet das Erscheinen von Polizeidirektor Justus von Kleist.

»Herein mit ihm«, ruft Bodelschwingh.

Von Kleist tritt ins Zimmer. Er hat Ringe unter den Augen und wirkt erschöpft. »Herr Minister, es war mir nicht möglich, früher zu erscheinen.«

»Ich weiß. Man hat Sie nicht ausfindig machen können. Wissen Sie schon, was mit Rebenstein geschehen ist?«

»Ja. Ein tragischer Vorfall. Und er kann nicht gestanden haben, denn er ist unschuldig. Ich habe eine Abschrift des

Berichts, den ich Puttkamer vor einigen Tagen gegeben habe.« Er reicht dem Minister die Papiere.

»Also doch!« Bodelschwingh haut mit der Faust auf den Tisch.

Justus von Kleist schaut überrascht.

»Puttkamer bestreitet, dass dieser Bericht existiert. Er habe ihn nie bekommen.«

»Ich versichere Ihnen ...«

»Schon gut. Puttkamer lügt. Wie soll ich das alles nur Bleichröder beibringen?«

Es klopft an der Tür.

»Ich möchte jetzt nicht gestört werden«, schreit der Innenminister.

Doch es klopft weiter.

»Zapperlott!« Bodelschwingh reißt die Tür auf. Die Ordonnanz weicht zurück, fängt sich wieder und überreicht dem Minister einen Brief. Die Tür schlägt zu.

Bodelschwingh schlitzt den Umschlag auf, liest und wird bleich. »Schon wieder ein Mord an einer Frau. Die gleiche Vorgehensweise. Herr von Kleist, Sie sind ab sofort wieder im Dienst.«

Der Minister ruft den Ordonnanzoffizier zu sich und diktiert ihm seine Befehle an Puttkamer.

Das vierte Opfer ist in der Wilhelmstraße gefunden worden, und zwar dort, wo sie auf die Prachtstraße Unter den Linden stößt. Das ist die beste Gegend von Berlin. Die hohe Aristokratie, die *Crème,* wie sie sich selbst nennt, hat sich hier ihre Villen errichten lassen.

Die Gendarmen haben die Straße abgesperrt. Sie warten auf die Experten der Kriminalpolizei.

Die Schaulust zieht sich durch alle Stände. Es bildet sich eine Menschentraube. Doch die Voyeure können nichts sehen. Das Opfer liegt in einem Vorgarten – bedeckt mit einem Teppich.

Bessere Sicht haben Leute, die im Haus über dem Vorgarten leben und an den Fenstern hängen. Ein Dienstmädchen, das in dem Haus eine Anstellung hat, hat das große Bündel entdeckt und bei der Polizeistation gemeldet.

Schwarz und Escher erscheinen. Die Gendarmen heben den Teppich ein wenig an. Die Kommissare schauen in einen schwarzen Blutsee. Immerhin ist die Leiche bekleidet, die Wunde im Unterleib nicht gleich zu sehen.

»Sie war in diesen Teppich eingerollt«, berichtet der Gendarm. »Wir haben ihre Tasche durchsucht wegen der Identität.« Er reicht Schwarz einen mit Glasperlen bestickten Beutel.

Schwarz und Escher schauen sich kopfschüttelnd an. Beide wissen, was der andere denkt: Dass es so oft Anweisungen gegeben hat, bei Verbrechen nichts anzurühren, um keine wichtigen Spuren und Hinweise zu vernichten, und dass es eine Schande ist, dass diese Anweisungen so selten befolgt werden.

»Und? Wer ist die Frau?«

Der Gendarm schüttelt den Kopf. »Sie hatte keine Papiere bei sich. Der Beutel war leer – bis auf diesen Brief. Er ist an die Polizei gerichtet.«

Er zieht ein Schriftstück aus der Uniform.

»Geöffnet haben Sie den Brief auch schon?«, fragt Schwarz entnervt.

»Nein. Es gibt doch diese Anweisung, dass man nichts anfassen soll, bevor die Kriminalen kommen.«

»Schön, dass Sie sich daran gehalten haben«, seufzt Escher und nimmt den Brief.

»Ich möchte das Gesicht der Toten sehen«, sagt Schwarz.

Der Polizist befreit das Gesicht der Toten von dem Teppich. Schwarz und Escher starren ungläubig auf das Opfer.

Eugen von Puttkamer – stolz auf die Lösung der Mordfälle – freut sich, dass der Innenminister so schnell auf seinen Bericht über das Geständnis Rebensteins reagiert.

Er öffnet den Brief aus dem preußischen Staatsministerium. Was er dann liest, kann er kaum fassen. Bodelschwingh hat die Suspendierung von Kleists mit sofortiger Wirkung aufgehoben und ihm die alleinige Kompetenz bei der Aufklärung von insgesamt vier Morden zugeteilt. Puttkamer habe Herrn von Kleist keine Anweisungen mehr zu erteilen und ihm jedes gewünschte Personal zur Verfügung zu stellen. Polizeidirektor von Kleist habe nur dem Ministerium gegenüber Auskunftspflicht. Im letzten Satz des Briefes empfiehlt der Minister dem Polizeipräsidenten, sich um die eigene Gesundheit zu kümmern – vielleicht während eines Aufenthalts in einem Kurbad außerhalb Berlins.

Puttkamer bekommt einen Hustenanfall und schnappt nach Luft.

Justus von Kleist erscheint in der Wilhelmstraße. Escher und Schwarz freuen sich über seine Wiedereinsetzung, können dem aber nicht fröhlich Ausdruck geben.

»Ist es schlimm?«, fragt der Polizeidirektor.

»Ja. Ähnliche Verletzungen. Viel Blut. Und da ist noch etwas«, druckst Schwarz.

»Ja, es gibt einen Brief – das weiß ich schon.«

»Das auch«, macht Escher weiter. »Und wir kennen die Tote.«

»Bitte?«

»Ja. Es handelt sich um das Fräulein von Gaudy.«

Justus von Kleist wird übel. Trotzdem überzeugt er sich selbst. Ja, die Tote ist Frieda. Ihr ständig plappernder Mund ist für immer verstummt. Die Lippen sind verzerrt und die blauen Augen schauen vorwurfsvoll.

Ach, Frieda, denkt Kleist, mit wem hast du dich nur eingelassen?

Sanft schließt er der Toten die Augen.

Von Kleist, Schwarz und Escher ziehen sich in das Haus zurück. Die Mieterin der Parterrewohnung stellt den Ermittlern ein Zimmer zur Verfügung. Für die verwitwete alte Gräfin ist der Mord eine willkommene Abwechslung.

Justus von Kleist schließt die Tür und öffnet vorsichtig den Brief des Mörders. Er ist *An die Polizeibehörde Berlin* adressiert und mit blauer Tinte geschrieben. Die Buchstaben wirken ungelenk, als habe der Schreiber seine Schrift verstellt.

Von Kleist liest vor:

Ihr wisst noch nicht, dass die Frau eine Chimäre ist. Jenes dreigestaltige Ungeheuer, das geschmückt ist mit dem herrlichen Anblick des Löwen, aber entstellt durch den Unterleib der stinkenden Ziege, bewaffnet ist sie mit dem Schwanz einer giftigen Viper. Das will sagen, dass der Anblick schön ist, ihre Berührung aber grausig und der Umgang tödlich. Aber am schlimmsten ist bei der Frau die fleischliche Begierde. Der Schlund ihrer Gebärmutter

ist unersättlich. Nicht der Jude ist derjenige, der die Chimären in den Staub tritt. Nicht der Jude ist es, der ein solches Werk vollbringen kann. Ich habe dieses Werk begonnen und werde es vollenden.
Die Juden sind in ihrem jetzigen Zustande Wucherpflanzen, die die Staatskräfte aussaugen, indem sie sich ausbreiten. Sie bringen Verderben über die Länder und werden der Sittlichkeit der Einwohner, die sie zugleich arm machen, höchst gefährlich.

»Der mag wohl keine Frauen«, stellt Schwarz trocken fest.

»Juden auch nicht«, ergänzt Escher.

»Das Letztere ist gerade *à la mode*«, meint von Kleist. »Der Briefeschreiber gehört nicht zum unteren Stand. Der Täter kann schreiben und hat wohl auch einiges gelesen.«

»Die Bibel?«

»Eher den *Hexenhammer*, wenn ich mich recht erinnere. Das mit der Gebärmutter und ihrer Unersättlichkeit steht so ähnlich im *Malleus Maleficarum*, der Gebrauchsanweisung für Hexen«, antwortet von Kleist.

»Nicht zu fassen.« Schwarz kratzt sich am Kinn. »Der Kerl nimmt so was tatsächlich wörtlich. Glauben Sie, dass Fräulein von Gaudy auch ein Zufallsopfer ist wie die anderen?«

Von Kleist schüttelt den Kopf. »Der Mörder hat in diesem Fall gezielt gehandelt. Escher, fahren Sie ins Präsidium und lassen Sie eine Abschrift des Briefes für den Innenminister anfertigen. Bringen Sie diese persönlich zu Bodelschwingh. Teilen Sie ihm unter vier Augen mit, wer die Tote ist.«

Die Zeugenvernehmungen in den Häusern rund um die Fundstelle bringen die Ermittler nicht weiter. Die Gegend wird akribisch nach Spuren abgesucht, doch man findet nichts. Die Leiche wurde in dem Vorgarten abgelegt, der Tatort muss ein anderer sein – zu wenig Blut. Nach drei Stunden wird die Wilhelmstraße wieder freigegeben.

»Der Täter muss eine Kutsche oder eine Karre benutzt haben«, meint von Kleist auf dem Rückweg zum Palais Schwerin.

»Stimmt«, nickt Schwarz. »Auf den Armen hat er sie wohl kaum getragen. Das wäre zu auffällig gewesen. Die Wilhelmstraße ist auch in der Nacht belebt.«

»Der Teppich war außen leicht feucht von Morgentau. Frieda hat einige Stunden dort gelegen. Den Rest wird uns Casper berichten, wenn er sie auf seinem Tisch hat.«

»Neu ist der Teppich nicht. Und er stammt keinesfalls aus dem Salon einer Villa. Er ist fast schon zerlumpt.«

»Der Teppich wird noch heute untersucht«, bestimmt von Kleist. »Wir messen der Sicherung von Spuren viel zu wenig Bedeutung bei. Wird eine Leiche gefunden, trampeln die Gendarmen die Erde nieder, fassen alles an – sogar die Leiche – und verjagen weder Hunde noch Voyeure. Es ist ein Elend, wie wenig Sorgfalt unsere Arbeit begleitet.«

Im Palais Schwerin wartet Escher schon ungeduldig auf seine Kollegen. Er hat seinen Auftrag erledigt.

»Sie sollen sich zur Verfügung halten, Herr von Kleist. Bodelschwingh war vom Tod des Fräulein von Gaudy zutiefst erschüttert und ist sofort zum König ins Stadtschloss gefahren, um ihn zu informieren. Die Familie Gaudy ist bei Hof bestens bekannt. Übrigens hat der Minister Puttkamer in den Urlaub befohlen.« Escher kann sich ein Grinsen nicht verkneifen. »Die Begründung ist sehr originell: Puttkamer sei überarbeitet und soll seine Gesundheit schonen.«

»Überarbeitet? Wie hat er das denn angestellt?«, fragt Schwarz frech. »Bei den Vorträgen der *Vaterländischen,* den kulinarischen Orgien der Tischgesellschaft oder bei den Soubretten in der Kroll-Oper?«

»Bitte, meine Herren!«, ruft von Kleist die Kommissare halbherzig zur Ordnung. »Wir haben jetzt andere Dinge zu klären: Wer hat Rebenstein getötet? Mit wem hat Frieda von Gaudy ihre letzten Stunden verbracht? Schicken Sie ein paar Kommissaranwärter in die Stadtvogtei. Sie sollen den Gefangenen vernehmen, dem Rebenstein die Morde angeblich gestanden hat. Ich schätze, dass der Mann gekauft worden ist, um den Metzger postum zu belasten.«

»Das habe ich bereits veranlasst«, gesteht Escher verlegen.

»Sehr gut. Ich mag es, wenn meine Mitarbeiter mitdenken und Entscheidungen treffen«, lobt von Kleist. »Haben Sie schon ein Ergebnis?«

»Nein. Die Männer sind erst vor einer halben Stunde ausgerückt.«

Von Kleist nimmt ein Papier, beschreibt es und steckt es in ein Kuvert. »Ein Polizeidiener soll meiner Frau diese Botschaft bringen. So schnell es geht.«

Justus schickt Rachel nach Hause. In dem Brief offenbart er ihr, dass Rebenstein erstochen wurde und Frieda von Gaudy dem Frauenmörder zum Opfer gefallen ist.

Der Fall eskaliert, schreibt er, *ich bin wieder im Dienst und muss den Mörder finden. Bitte zieh dich in unsere Villa zurück. Verzeih meinen knappen Ton. Justus.*

Das Entsetzen kriecht Rachel den Rücken hinauf. Was passiert zurzeit? Frieda von Gaudy und Rebenstein sind tot? Die Lage scheint außer Kontrolle zu geraten. Ist Justus in Gefahr? Kann sie ihrem Mann helfen?

Sie verfasst eine Antwort, legt das Papier auf den Schreibtisch und packt ihre Sachen zusammen. Wenig später ist Gruber da. Er weiß schon, dass es zurück nach Potsdam geht.

Rachels Gepäck ist schnell verstaut und die Kutsche verlässt die Stadt.

Der Minister fährt vom Stadtschloss zurück zum Molkenmarkt. König Friedrich Wilhelm IV. hat etwas entschieden. Bodelschwingh bittet den Polizeidirektor zu sich und eröffnet ihm hinter verschlossenen Türen den ausdrücklichen königlichen Befehl, das »Schwein« zu finden, das Frieda von Gaudy und drei weitere Frauen derart bestialisch getötet hat.

»Herr von Kleist, Sie bekommen alles, was Sie brauchen. Spitzel, Militär, Polizisten, Geld. Sie können weitere Kräfte aus den Provinzen abziehen und in Berlin stationieren. Sie sind jetzt kommissarischer Polizeipräsident und haben völlig freie Hand.«

»Was ist mit dem Mord an Rebenstein?«

»Die *Gesellschaft der Freunde* ist entsetzt. Ich hatte Bleichröder mein Wort gegeben, mich um den Metzger zu kümmern. Es steht zu befürchten, dass Bleichröder sich jetzt aus dem Eisenbahnbau zurückzieht. Der König will Schadenbegrenzung. Es muss zügig geklärt werden, wer Rebenstein getötet hat.«

»Die Ermittlungen dazu sind im Gange. Es finden schon Vernehmungen in der Stadtvogtei statt.«

»Sehr gut. Berlin hat Angst. Es gibt Gerüchte. Die Zeitungen werden diese Angst morgen weiter schüren«, seufzt Bodelschwingh. »Der König hatte Tränen in den Augen. Die Gaudy hat als kleines Kind auf seinen Knien gesessen.«

Frische Polizisten erscheinen und ein Gefangener verschwindet. Eine Villa wird gesichert. Im Blätterwald rauscht es gewaltig. Spurensuche in einem alten Teppich. Erhellendes Schwarz.

Die erste Amtshandlung Kleists unter den neuen Vollmachten ist, dass er acht Polizeischüler, die als Beste ihres Jahrgangs gelten, zu Kriminalkommissaren befördert. Vier von ihnen sollen die Herkunft des Teppichs recherchieren, in den Friedas Leiche verpackt war. Vier weitere bekommen den Brief zur weiteren Untersuchung.

Von Kleist hält eine kleine Ansprache. Sie endet mit den Worten: »Ich beglückwünsche Sie zu Ihrer Beförderung. Fassen Sie sie ruhig als Auszeichnung für Ihre Leistungen während der Ausbildung auf. Sie haben vieles gelernt und sollen das jetzt zur Anwendung bringen. Das Vaterland zählt auf Sie. Als Kriminalkommissare brauchen Sie vor allem eins: einen kühlen Kopf. Wo immer Sie einer Frage begegnen, die durch eine Methode der Polizeiwissenschaft gelöst werden kann, nutzen Sie Ihre Kenntnisse auf diesem Gebiet. Aber lassen Sie auch niemals den gesunden Menschenverstand ungehört. Denn alle Wissenschaft hat darin ihren Ursprung: im gesunden Verstand.«

Anschließend sucht der Polizeidirektor den Rechtsmediziner auf. Die Obduktion ist abgeschlossen. Kleist atmet auf. Doch Casper kennt keine Gnade. Er zieht das weiße Tuch von Friedas Körper und erklärt die Verletzungen.

Die Worte rauschen an Kleist vorbei. Er meidet den Blick auf Friedas Körper. Vor Jahren dachten die Familien Kleist und Gaudy, dass er und Frieda ein Paar würden. Hätte er damals zugestimmt, läge die junge Frau jetzt nicht auf diesem harten Tisch. Sie hat sich – bei aller Koketterie – immer nur ein komfortables Leben an der Seite eines Mannes gewünscht, der sie lebenslang versorgt, denkt Kleist. Dass ich dieser Mann nicht sein konnte, ist die Tragik ihres kurzen Lebens.

»Er hat die gleichen Organe herausgeschnitten, es handelt sich also aller Wahrscheinlichkeit nach um denselben Mann«, fasst Casper seine Ausführungen zusammen und breitet das Tuch wieder über den Körper. »Doch bei dieser Frau hat er sich mehr Zeit gelassen.«

»Woraus schließen Sie das?«

»Sie hat Hämatome am ganzen Körper. Er muss sie geschlagen haben. Und ich habe noch etwas entdeckt. Hier!«

Er hebt das Tuch noch einmal an und deutet auf einen schwarzen Fleck auf der Schulter. »Dieser Schmutz. Schwarz. Man denkt an Erde oder Schmieröl. Das ist es aber nicht. Ich muss weiter forschen, was es ist.«

»Gab es solche Spuren auch bei den anderen Fällen?«, fragt Kleist.

»Ich weiß es nicht. Jule Brand und Adele Kopatschek wurden in den Scheunengassen gefunden. Da ist es nicht besonders reinlich. Die Körper waren ohnehin verschmutzt. Und bei der Müssing hab ich dergleichen nicht bemerkt.«

Von Kleist will sich verabschieden, doch Casper hält ihn zurück. »An dieser Dame kann man übrigens die Folgen einer gesellschaftlichen Mode studieren«, versucht Casper,

Kleists Interesse für eins seiner wissenschaftlichen Steckenpferde zu gewinnen. »Die Dame Gaudy hat sich wohl oft und stark geschnürt. Man kann es deutlich sehen. Schauen Sie hier. Der ganze Brustkorb ist deformiert und die Lunge hat sich ...«

»Sie verzeihen, dass ich auf den Anschauungsunterricht verzichte?«, zieht sich von Kleist aus der Affäre. »Ich habe zwar auch oft mit Leichen zu tun, aber Frieda habe ich lebend gekannt. Soweit es geht, möchte ich sie so in Erinnerung behalten, wie sie war: lebenslustig und hübsch anzusehen.«

»Ich verstehe«, murmelt der Arzt und deckt den Leichnam endgültig zu.

Am Vormittag kehren die Kommissare, die Escher in die Stadtvogtei abgeordnet hatte, zurück. Sie bringen keine gute Kunde. Der Gefangene, dem Rebenstein das angebliche Mordgeständnis gemacht hat, ist unauffindbar. Sein Name – Hans Schmitz – ist in den Gefängnisakten zwar aufgeführt, doch es ist kein Delikt und kein Wohnort eingetragen. Es ist nicht einmal verzeichnet, wer den Mann eingeliefert hat.

In der Zelle des Schmitz' finden die Polizisten die Scherben eines zerbrochenen Steinguttopfes. Sie werden zusammengefügt, ein langes Stück fehlt. Es handelt sich um die Mordwaffe, denn die Scherbe, die in Rebensteins Rücken steckte, macht den Topf komplett.

Puttkamer, denkt Justus von Kleist. Er hat einen Mörder gedungen und ihn in die Stadtvogtei geschleust, um Rebenstein als Täter abzustempeln und für immer zum Schweigen zu bringen. Und dann hat er diesen Schmitz wieder herausgeschleust.

Die Zeitungen dieses Tages verbreiten, wie Bodelschwingh es befürchtet hat, Angst und Schrecken. Unter großen Schlagzeilen wird der Mord an Frieda von Gaudy reißerisch beschrieben. Die engen Verbindungen ihrer Familie zum Königshaus werden erwähnt und dass der Monarch bei der Nachricht von ihrem Tod in Tränen ausgebrochen sei.

Auch die Parallelen zu den anderen Morden werden aufgezeigt. Die Verstümmelungen der Leichen sind zwar nicht im Einzelnen beschrieben, aber die Rechtsmedizin hat doch in Andeutungen preisgegeben, dass der Täter auf den Intimbereich der Frauen eingestochen hat. Über das Motiv des Mörders wird spekuliert: Ob den Taten ein Hass auf alle Frauen zugrunde liegen könne?

Da nun auch eine Frau aus den höheren Ständen ermordet worden ist, verwerfen die Schreiberlinge die Ansicht, dass der Mörder glaubt, leichte Mädchen wegen ihrer unsittlichen Beschäftigung beseitigen zu müssen.

Der Tod Rebensteins wird dagegen kaum erwähnt. Nur in der *Vossischen* gibt es einen Kommentar, der das Versterben des jüdischen Metzgergesellen bedauert. In dem Artikel wird die Verhaftung Rebensteins auf einen falschen Verdacht zurückgeführt und es wird darauf hingewiesen, dass nach Rebensteins Festnahme noch zwei gleichartige Frauenmorde geschehen sind. Der Kommentar endet mit der Frage, ob die Abwesenheit Puttkamers und die erweiterten Kompetenzen des Justus von Kleist wohl mit einem Fehlverhalten des Polizeipräsidenten im Fall Rebenstein zusammenhängen.

Die Nachwuchskommissare haben sich ein Musterbuch besorgt. Bei dem Teppich handelt es sich um ein abgetretenes Exemplar aus dem Orient. Blumenmuster, Knüpftechnik, Bordüren und die Kettelungen sind eindeutig persischer Herkunft. Solche Teppiche werden seit einigen Jahrhunderten nach Europa eingeführt. Der, der Frieda bedeckte, hat allerdings in keiner guten Stube gelegen. Er ist an manchen Stellen dünn, hat Löcher, die durch das Rücken von Möbeln – vermutlich Tischen oder Stühlen – verursacht worden sind. Es gibt eingetretenen Schmutz. Mit Pinzetten zupfen die Ermittler den Dreck aus den Wollfasern, um ihn genauer zu untersuchen.

Der Teppich liegt flach auf dem Boden. Einer der jungen Kommissare misst die Abstände der Löcher und überträgt sie auf ein Blatt Papier.

»Hier könnte ein Tisch gestanden haben«, stellt er fest.

»Und das hier sind alte Tabakreste«, sagt sein Kollege, der die Pinzette führt.

»Ich habe in einem der Blumenmotive verklebtes Obst gefunden«, meldet sich der dritte. »Es könnte sich um Kirschen handeln. Ich werde die Spur in Wasser auflösen.«

»Was ist denn das Schwarze dort?«

Die drei anderen schauen, wohin der vierte zeigt. An den Stellen, an denen der Teppich noch dickere Wolle hat, sind die Fasern dunkel – aber nur an der Oberfläche.

Ein Kommissar öffnet den Knoten, zieht den Faden heraus und legt ihn unter das Mikroskop. Die anderen warten.

»Ein schwarzes Pulver.«

Er gibt einen Tropfen Wasser auf den Objektträger und rührt die Faser vorsichtig darin herum.

»Das Schwarze und das Wasser verbinden sich nicht gut«, murmelt er. »Ich nehme etwas Öl.« Er wiederholt den Vorgang. »Das passt. Das Pulver ist Ruß.«

»Dann stand ein Ofen in der Nähe und beim Saubermachen ist Ruß in den Teppich geraten.«

»Dann wäre es kein Ruß, sondern Asche«, sagt der Kommissar. »Ruß ist keine Asche, sondern reiner Kohlenstoff. Vielleicht bedeutet es ja etwas, ich schreibe es auf.«

Eine Stunde später hat Justus von Kleist den Bericht vor sich auf dem Schreibtisch liegen.

Im Teppich befinden sich: Straßenstaub, Tabak, verklebte Kirschen, Milch- oder Puddingreste, eingetrocknetes Bier, Haare von einem schwarzen Hund, ein schwarzes Pulver – vermutlich reiner Ruß – und mehrere nicht identifizierbare Substanzen. Der Teppich ist in einem stark benutzten und schmutzigen Zustand, er könnte unter einem Tisch gelegen haben, von dem gespeist wurde.

Von Kleist wird nachdenklich. Der schwarze Fleck auf Friedas Leiche ist also vermutlich eine Spur von Ruß und vom Teppich auf ihren Körper gelangt. Reiner Ruß.

Sein Blick fällt auf die Zeitungen, die sich neben der Akte stapeln. Mit den Fingern streicht er über das Gedruckte. Erst sanft, dann stärker. Nach und nach verfärben sich die Fingerkuppen.

Das ist Druckerschwärze, fährt es von Kleist durch den Kopf. Besteht sie nicht hauptsächlich aus gereinigtem Ruß?

Er holt ein Lexikon aus dem Schrank.

Ruß besteht aus vollständig verbrannten Teilen von Holz, Torf, Steinkohlen und anderen organischen Stoffen, welche bei der Verbrennung derselben von Luftströmen emporgeführt werden und sich an den in der Nähe befindlichen Gegenständen festsetzen. Der von fremden Beimischungen gereinigte Ruß wird als schwarzer Farbstoff zur Bereitung der Buchdruckerschwärze verwendet. Hier dienen Harze und Öle aus mineralischen Rohstoffen als Lösemittel. Nach dem Druckvorgang verdampfen die Lösemittel und zurück bleibt der in Harz gebundene schwarze Ruß.

Die Leiche kennt einen Fingerknacker. Der behauptet, Charme zu haben. Eine Frau sieht genau hin und sagt dann aus. Erotik bei *Cosi fan tutte.*

Zum gesunden Menschenverstand gehört, dass man sich in problematischen Lagen etwas Muße verschafft. Justus von Kleist sitzt an seinem Schreibtisch, schließt die Augen und ruft sich das Bild der Frieda von Gaudy ins Gedächtnis. Flatterhaft, geschwätzig, lebenshungrig, hübsch, ohne schön zu sein. Und blond. In seinen Kopf schleicht sich eine Szene: Redakteur Lapalus und Frieda von Gaudy im Garten der Villa – in ein lockeres Gespräch vertieft. Vielleicht ist es zwischen den beiden nicht nur beim Gespräch geblieben? Lapalus' Einladung in die Kroll-Oper hat Frieda abgelehnt – Rachel hat erwähnt, dass der Redakteur es so berichtet habe. Doch das passt gar nicht zu Frieda, die kein Amüsement auszulassen pflegte. Da schlummert eine Aufgabe für Kommissar Escher.

Der begibt sich am späten Nachmittag mit einer Daguerreotypie der Frieda von Gaudy in die Oper. Dort sind die Angestellten dabei, das Haus für den Abend herzurichten. Es gelingt Escher, eine Art Personalversammlung einzuberufen, vor der er spricht.

»Ich danke Ihnen, dass Sie sich die Zeit nehmen, mich anzuhören«, beginnt Escher, nachdem er sich vorgestellt hat. »Die meisten von Ihnen haben sicherlich davon erfahren, dass in letzter Zeit einige Frauen ermordet worden sind. Zuletzt traf dieses Schicksal Frau Frieda von Gaudy. Wir versuchen zu rekonstruieren, wo sie sich in ihren letzten Tagen und Stunden aufgehalten hat. Möglicherweise hat sie kürzlich in diesem Haus eine Aufführung besucht. Wir verfügen glücklicherweise über eine Abbildung der Frau. Die habe ich mitgebracht und ich bitte Sie: Schauen Sie sich diese Abbildung an und versuchen Sie sich zu erinnern, ob Sie diese Frau gesehen haben.«

»Det Bild brauch ick nich ankieken«, ruft eine resolute Frau mittleren Alters von hinten. »Ick weeß doch, wer die Gaudy is und wie se aussieht, det arme Ding. Die war doch öfters hier und immer mit schnieke junge Herrens. Zuletzt vor drei Tagen, da hat se Loge jesessen und Schampus jehabt.«

Escher hat gefunden, was er suchte, löst die Versammlung auf und lädt die Frau auf einen Kaffee ein.

»Ich habe eine sehr gute Zeugin gefunden«, erzählt Escher, als er Justus von Kleist Bericht erstattet. »Erna Krawuttke ist als Garderobenfrau in der Oper tätig. Sie arbeitet manchmal auch als zusätzliche Bedienung auf Festen in den Villen der Berliner Oberschicht. Dort ist sie der lebhaften Frieda von Gaudy mehrmals begegnet. Die war ja sowieso eine auffallende Erscheinung und spielte sich stets in den Mittelpunkt. So ist es gekommen, dass die Krawuttke aufmerksam auf Frau von Gaudy geachtet hat, wenn die zuweilen in der Oper erschien. Ich brauchte ihr nicht einmal das Bild zu zeigen. Sie hat sich sofort erinnert.«

»Und woran genau?«, erkundigt sich Justus von Kleist.

»Die Gaudy war am Abend des Montag in der Oper. Man gab Mozart. *Cosi fan tutte.* Und sie war in Begleitung.«

»Kannte Frau Krawuttke den Begleiter?«

»Leider nein, aber wegen ihres Interesses an der Gaudy hat sie den Herrn wohl recht genau betrachtet und konnte detaillierte Angaben machen zu seiner Erscheinung.«

Escher holt seine Notizen hervor und gibt an: »Größer als ich, rank und schlank, Vollbart, hohle Wangen. Und sie würde ihn wiedererkennen.«

»Nun ja«, wendet von Kleist ein, »die Beschreibung ist zwar einigermaßen prägnant. Einen Kandidaten zum Gegenüberstellen haben wir damit wohl leider noch nicht.«

»Die Krawuttke hat noch etwas erwähnt. Ich weiß nur nicht, ob es weiterhilft.«

»Reden Sie, Escher.«

»Etwas Seltsames. Sie sagt, der Mann knackt mit den Fingern.«

»Oh«, macht Justus von Kleist. »Dann haben wir doch einen Kandidaten.«

Escher schaut von seinen Notizen auf.

»Ich kenne einen Fingerknacker«, erzählt von Kleist. »Kommen Sie, wir besuchen einen Redakteur der *Vossischen Zeitung*. Wo hält sich die Krawuttke zurzeit auf?«

»Sie muss noch in der Oper sein«, gibt Escher Auskunft.

»Welche Ehre«, begrüßt Henri Lapalus die beiden Polizeibeamten. »Ihre Gattin hat ihre ersten Schritte in der Berliner Journaille mit Bravour absolviert, Herr von Kleist. Wir sind sehr erfreut, eine so kluge und um das Allgemeinwohl besorgte Feder in unseren Reihen zu haben.«

»Ich danke verbindlichst für das Kompliment und werde es weitergeben, aber unser Besuch gilt einem anderen Thema.«

»Was kann ich für Sie tun?«, fragt der Redakteur und knackt mit den Fingern.

»Sie hatten doch Frau Frieda von Gaudy in die Oper eingeladen.«

»Ja, sie war eine so reizende Frau, ich hätte sie gern näher kennengelernt. Leider hat sie meine Einladung nicht angenommen.«

»So haben Sie es meiner Frau geschildert«, stimmt von Kleist zu. »Wir möchten Sie bitten, uns zu begleiten, wenn es Ihnen nichts ausmacht.«

»Begleiten?«

»Ja. Wir möchten Sie einer Dame vorstellen.« Justus von Kleist lächelt Lapalus verbindlich an.

Lapalus missversteht die Situation: »Das ist eigentlich nicht nötig. Ich bin für meinen Charme bekannt und habe keine Schwierigkeiten, mich in der Damenwelt selbst vorzustellen.«

Von Kleist lockt Lapalus weiter aufs Eis: »Kennen Sie denn Erna Krawuttke?«

»Nein, wer soll das sein? Der Name klingt nicht so, als würde sie in meinen Kreisen verkehren.«

»Ich habe eine starke Vermutung, dass Frau Krawuttke Sie kennt, Herr Lapalus.«

»Jetzt machen Sie mich neugierig.« Lapalus zieht die hohlen Wangen noch weiter ein und lässt die Finger knacken.

Von Kleist und Escher nehmen Lapalus in die Mitte und steigen mit ihm die Treppe zur Krollschen Oper hinauf.

»Ist Frau Krawuttke eine neue Sängerin?«, fragt Lapalus. »Dann sollte sie vielleicht einen Künstlernamen wählen.«

»Nein, keine Sängerin.«

»Herr von Kleist, einen guten Scherz schätze ich immer. Aber vielleicht ist es an der Zeit, dass Sie mir ernstlich mitteilen, was das hier eigentlich für eine Sache ist.«

»Die Sache, um die es geht, ist eine Lüge, Herr Lapalus«, mischt Escher sich ein. Von Kleist ergänzt: »Ganz recht, eine Lüge. Ihre Lüge vielleicht, Herr Lapalus.«

»Ich muss doch sehr bitten …«

Escher erspäht Erna Krawuttke und winkt sie heran: »Ah, da ist die Dame ja. Guten Tag erneut, Frau Krawuttke.«

»Huch, det isser ja«, reagiert Erna Krawuttke auf Lapalus' Anblick und zeigt mit dem Finger auf den mageren Redakteur.

Von Kleist übersetzt diese spontane Äußerung in eine protokollierbare Aussage: »Verstehe ich Sie richtig, Frau Krawuttke, dass Sie in diesem Herrn den Mann wiedererkennen, der Frau Frieda von Gaudy vor drei Tagen in die Oper begleitet hat?«

»Na klar, isser det«, antwortet die Garderobiere, »Trinkgeld hat er keens jejeben.«

Escher reicht ihr zwei kleine Münzen. »Vielen Dank, Frau Krawuttke. Es ist zwar nicht üblich, aber von mir bekommen Sie heute ein kleines Trinkgeld. Sie werden noch einmal Besuch von einem Polizisten bekommen, der Ihre Aussage aufnimmt«, kündigt er an.

»Det soll ma recht sein«, trompetet die Garderobiere und verschwindet.

»Tja, Herr Lapalus, so schnell und direkt gelingt es uns nur selten, die Lügen eines Zeugen aufzudecken.«

Lapalus wirkt ein wenig zusammengeschrumpft. Er reißt

sich zusammen und behauptet, er habe nicht gelogen. Frieda von Gaudy habe seine Einladung zunächst ausgeschlagen.

»Aber am nächsten Tag hatte sie es sich anders überlegt und ist dann doch mitgekommen.«

»Und wie kam es zu dem Sinneswandel?«, fragt Escher. »Hatte er mit Ihrem legendären Charme zu tun?«

»Was sollen diese Fragen? Es scheint fast so, als ob Sie mich verdächtigen, Frieda von Gaudy etwas angetan zu haben.«

»Wir rekonstruieren die letzten Tage der armen Seele«, antwortet Escher. »Sie sind nicht der Einzige, den wir befragen. Schade, dass Sie uns nicht sofort die Wahrheit gesagt haben. Also – erst wollte sie nicht in die Kroll-Oper und dann doch. Warum?«

»Können Sie in Frauenköpfe hineinschauen?«, fragt Lapalus.

»Nein. Ich will es auch nicht können«, meint Escher trocken. »Es würde mich völlig verwirren.«

Von Kleist grinst. Escher macht seine Sache gut. Er wirft ihm einen aufmunternden Blick zu.

»Den Sinneswandel der Gaudy haben Sie uns mit bewusster Lüge vorenthalten, Herr Lapalus. Wer die Polizei anlügt, macht sich verdächtig. Das ist Ihnen doch klar.«

»Ich habe das doch nur verschwiegen, weil ich der Frieda nichts getan habe!«

»Das ist unlogisch!« Escher wird ungehalten.

Lapalus knackt mit den Fingern. »Wenn ich es gesagt hätte, hätten Sie mich verdächtigt, und damit hätte ich Sie bei der Suche nach dem wirklichen Mörder behindert. Haben Sie doch ein Einsehen, meine Herren!«

»Papperlapapp. Sie waren also mit der Gaudy in der Kroll-Oper. Was ist danach passiert?«

»Wir haben anschließend die Garten-Restauration der Oper besucht. Der Abend war so mild.«

Escher nickt. »Ja, wir haben dieses Jahr einen ungewöhnlich heißen Sommer. Womit haben Sie beide sich denn abgekühlt?«

»Mit einigen Gläsern Bier. Und später sind wir jeder für sich unserer Wege gezogen«, erzählt der Redakteur.

»Seltsam. Ein Kavalier bringt seine Begleitung nach Hause. Worüber haben Sie gesprochen, während Sie Bier tranken?«, lässt Escher nicht locker.

»Sie hat geredet, ich habe zugehört«, sagt Lapalus.

»Was erzählte sie?«

Lapalus wirft einen schrägen Blick auf Justus von Kleist. »Sie redete über ihn.«

Der Polizeidirektor ist ganz Ohr.

»Sie meinen Herrn von Kleist?«, fragt Escher. »Was hat sie denn gesagt?«

»Wollen Sie das wirklich wissen?«, gibt Lapalus zurück.

»Reden Sie frei von der Leber weg, Herr Lapalus«, ermuntert ihn nun auch von Kleist.

»Sie hat es nicht verwinden können, dass Herr von Kleist eine andere geheiratet hat. Sie fühlte sich ihm wohl immer noch sehr verbunden.«

»Das war alles?«, hakt Escher nach.

»Sie hat sich ausführlich über die Ehefrau des Herrn von Kleist ausgelassen. Ich habe natürlich dagegen gehalten, denn Frau von Kleist ist eine wertvolle Mitarbeiterin unserer Zeitung.«

»Was hatte Fräulein von Gaudy gegen Frau von Kleist?«

»Sie fühlte sich ihr wohl unterlegen. Das wollte sie natürlich nicht wahrhaben. Da war sie schnell mit Sprüchen gegen die Juden bei der Hand.«

»Haben Sie mit Frieda von Gaudy Zärtlichkeiten ausgetauscht?«

Lapalus knackt mit den Fingern. »Ja.«

»Welcher Art?«

»Küsse. Und ich habe bei *Cosi fan tutte* meine Hand unter ihrem Rock gehabt.«

»Es kam an diesem Abend nicht zur Beiwohnung?«

»Nein. Ich sagte doch bereits, dass wir nach den Bieren unserer Wege gezogen sind.«

»Und wo führte Ihr Weg Sie hin?« Escher gibt keine Ruhe.

»In mein Bett. Es war schon spät. Und ich habe keine Zeugen dafür. Werde ich jetzt an die Wand gestellt und erschossen?« Lapalus regt sich auf.

»Noch nicht«, sagt von Kleist ernst. »Jetzt möchten wir uns die Redaktionsräume der *Vossischen Zeitung* ansehen.«

Die spitze Nase plaudert. Ein Teppich fehlt nicht. Wer war wann mit wem verlobt? Rosen brauchen Wasser und Schaumgold ist leichter. Das blaue Band macht einen Besuch und ein Kleid trifft ein.

Im Verlagshaus hat die Nachricht über Lapalus' Verwicklung in ein Verbrechen die Runde gemacht. Umso erstaunter sind die Angestellten, dass der Redakteur so schnell wieder auftaucht. Druckereileiter Eremias Spitznas hat allen erzählt, dass der große, gut aussehende Herr der Polizeidirektor sei, dessen Frau neuerdings für die *Vossische* schreibt.

Lapalus führt von Kleist und Escher durchs Haus. Nirgendwo auf den Fußböden ist eine Stelle zu entdecken, wo seit Kurzem ein Teppich fehlt.

»Ich möchte gern eine Probe von Ihrer Druckerschwärze nehmen«, sagt von Kleist. »Führen Sie uns bitte zu den Druckmaschinen.«

Spitznas fixiert Lapalus, doch der rührt sich nicht.

»Haben Sie uns nicht verstanden?«, hakt Escher nach.

Spitznas verbeugt sich tief. »Folgen Sie mir bitte, meine Herren.«

Lapalus schaut den dreien nach. Seine Finger knacken nicht mehr.

In Potsdam versorgt Kutscher Gruber Rachel von Kleist mit den neuesten Zeitungen.

Die *Preußische Allgemeine Zeitung* schreibt:

Ist es nicht eine Ironie des Schicksals, dass der frühere Verlobte der Freifrau von Gaudy die Aufgabe hat, die schreckliche Tat an ihr aufzuklären? Polizeidirektor Justus von Kleist hat die Verbindung nach einem Jahr Verlöbnis gelöst. Er ist jetzt mit einer reichen getauften Jüdin aus Westfalen verheiratet.

Und in der *Vossischen* heißt es:

Frieda von Gaudy gehörte zu den jungen verwöhnten Damen der Berliner Gesellschaft, die stets auf der Suche nach einer guten Partie und gierig auf Erlebnisse sind. Ist sie deshalb einem brutalen Mörder zum Opfer gefallen? Polizeidirektor Justus von Kleist, ihr ehemaliger Verlobter, hat nun die Aufgabe, den Mord an Fräulein von Gaudy und drei weiteren Frauen aufzuklären und den Täter seiner gerechten Strafe zuzuführen.

Rachel lässt die Zeitung sinken. Ich bin also eine reiche Jüdin, denkt sie, eine seltsame Bezeichnung. In den Augen der missbilligenden Öffentlichkeit sind Juden immer reich und verleihen Geld zu Wucherzinsen. Dass man den Juden seit Jahrhunderten den Zugang zu normalen Berufen verwehrt, wird nirgends erwähnt.

Sie hat auch etwas Neues erfahren: Justus ist mit Frieda offiziell verlobt gewesen. Das hat er ihr so nicht erzählt.

Rachel geht in den Garten. Die Rosen leiden unter der

Hitze und lechzen nach Wasser. Der Gärtner und ein Dienstmädchen des Hauses stehen schwatzend am Zaun. Sie bemerken Rachel und verstummen.

»Die Rosen müssen gewässert werden«, sagt Rachel freundlich. »Lassen Sie sich von dem Mädchen doch helfen. Dann können Sie sich in Ruhe weiter unterhalten.«

Das Mädchen bekommt einen roten Kopf und knickst.

»Et jibt jleich een Jewitter«, sagt der Gärtner. »Denn ham wa det Wasser umsonst.«

Wie bestellt zieht ein leichter Wind auf. Richtung Berlin ist der Himmel plötzlich grafitgrau.

»Sie haben recht. Nehmen Sie schnell die Kissen von den Gartenmöbeln.«

Der Gärtner und das Mädchen machen sich ans Abräumen.

Rachel will ins Haus zurück, doch dann sieht sie einen fremden Mann auf das Haus zukommen. Er hat die Kappe tief ins Gesicht gezogen.

»Holen Sie die Gendarmen!«, ruft sie dem Gärtner zu. »Schnell!«

Matuschke und Wimmer sitzen in der Küche und scherzen mit Ada Hertel. Als der Gärtner sie ruft, setzen sie ihre Mützen auf und stecken die Pistolen ins Halfter. Sie erreichen das verschlossene Tor noch vor dem Fremden.

Rachel beobachtet die Szene. Der Mann nimmt die Kappe ab und weist sich aus. Rachel erkennt ihn und ist beruhigt.

Matuschke geht – mit dem Ausweis des Mannes in der Hand – zu Rachel.

»Der Herr heißt Peter Delitz, gnädige Frau. Er möchte das Fräulein Jette Wehner sprechen.«

»Ich kenne Herrn Delitz. Lassen Sie ihn herein.«

Es ist dunkel geworden und die Schleusen des Himmels haben sich geöffnet. Unter den Linden ist Land unter. Die Menschen haben sich in die Häuser zurückgezogen, Pferdekutschen rattern über das Pflaster, so schnell es möglich ist, und in den Hauseingängen haben sich Spaziergänger untergestellt. Die Gärten der Schänken sind leer, der Regen prasselt auf Tischdecken und in Biergläser. Blitze zucken über den Himmel.

Von Kleist und Escher verlassen die Kutsche und laufen zu einer Haustür. Hier hat Frieda von Gaudy gewohnt. Ihre Wohnung soll noch einmal gründlich untersucht werden.

Escher hat einige Leinensäckchen für Beweismaterial dabei und Werkzeug, um die Wohnungstür öffnen zu können. Die Haustür ist nicht verschlossen. Die Männer treten ein.

Das Haus sieht von außen prachtvoller aus, als es im Inneren ist. Die Kacheln an den Wänden des Treppenhauses sind abgeplatzt, die Holzstufen quietschen und wackeln.

Friedas Wohnung liegt im Parterre. Escher prüft das Schloss. Von Kleist betätigt den Türklopfer der gegenüberliegenden Wohnung. Niemand rührt sich dort. Der Ermittler notiert sich den Namen. Ein Kommissar soll den Mieter oder Besitzer später zu Friedas Umgang befragen.

»Ich hab's«, sagt Escher und schiebt die Tür auf. Verbrauchte Luft schlägt den Männern entgegen. Ein Blitz erhellt die Wohnung. Von Kleist findet eine Gaslampe und zündet sie an.

»Für ein Fräulein Von-und-Zu hatte sie aber eine bescheidene Bleibe«, stellt Escher trocken fest. »Na ja, Unter den Linden ist trotzdem eine feine Adresse. Und darauf kommt es an.«

»Die Familie von Gaudy ist finanziell nicht auf Rosen gebettet«, erklärt Justus von Kleist. »Nicht alle Von-und-Zus sind reich, Escher.«

»Wenn sie dem König so lieb war, warum hat er ihr keine Apanage gewährt?«

»Beim Geld hört die Freundschaft auf«, entgegnet der Polizeidirektor. »Lassen Sie uns anfangen.«

Die Wohnung hat drei kleine Zimmer. Die Möbel sind alt und wertvoll – sie stammen aus besseren Zeiten. Escher zieht die Schubladen einer Kommode auf: Frauen-Firlefanz wie Kämme und Schleifchen, Briefe, Unterwäsche und ein blondes Haarteil.

Die Schatulle auf der Kommode enthält viel goldenen Schmuck.

»Nur Schaumgold«, erkennt Escher am Gewicht. »Die Sachen hat sie auf Ihrem Fest getragen. Und ich hab von Ferne gedacht, dass die junge Dame mit echtem Gold geschmückt ist. Da hat der Volksmund mal wieder recht. Es ist nicht alles Gold, was glänzt.«

»Sie sagen es, Escher. Packen Sie alles ein, was interessant sein könnte – besonders allen Schriftverkehr.«

Im Schlafzimmer steht ein breites Bett. Kissen und ein Plumeau – alles zerwühlt.

»Es ist zu dunkel im Moment«, sagt von Kleist. »Das Bettzeug muss am hellen Tag untersucht werden. Das holen wir nach.«

Escher packt die Leinensäckchen voll. Draußen versiegelt er die Wohnungstür. Es regnet noch immer heftig. Im Laufschritt gelangen von Kleist und Escher zur Kutsche zurück.

Peter Delitz sitzt zusammen mit Jette in der Küche der Villa Kleist. Ada Hertel beschäftigt sich im Raum und behält die beiden im Auge. Der Mann wirkt zwar nett, denkt sie, aber Vorsicht ist die Mutter der Porzellankiste.

Die Köchin stellt zwei Gläser mit Fruchtsaft auf den Tisch. »Wohl bekomm's«, murmelt sie.

»Danke, Ada«, sagt Jette. »Du brauchst dir keine Sorgen zu machen. Herr Delitz ist der Sohn meiner ehemaligen Wirtin. Er sucht den Mörder seiner Mutter und er vermutet ihn hier in der Gegend.«

»Das denken wir doch alle«, stimmt Hertel zu. »Der üble Bursche ist ganz besessen von der Jette.«

»Seit ein paar Tagen hat ihn niemand mehr gesehen. Vielleicht hat er es aufgegeben«, hofft das Mädchen.

Die ständige Angst hat Jette zugesetzt. Sie ist noch schmaler geworden und ihre Adern zeichnen sich blau unter der Haut ab. Ihr Blick ist müde und die Lippen sind aufgesprungen.

Peter Delitz dagegen strotzt nur so vor Kraft. Der junge Mann ist braun gebrannt, kräftig mit grünblauen Augen und einem energischen Kinn.

»In die Villa Kleist wird er sich nicht trauen, Fräulein Wehner«, meint Delitz.

»Das glauben Sie aber allein«, widerspricht Hertel. »Der war schon hier drinnen.« Sie erzählt die Geschichte von dem angeblichen Hausierer.

Die Zofe Sophie betritt die Küche. »Die Post hat det für dich abjejeben, Jette.« Sie reicht ihr ein Päckchen.

Jette betastet es. Es ist weich. »Vielleicht von Hannes«, sagt sie.

Wer ist Hannes?, fragt sich Peter Delitz.

Sophie ist neugierig und wartet, dass Jette das Papier aufreißt. Sie macht es und hält ein Kleid in den Händen.

»Det ist aba scheen!« Sophie macht einen langen Hals.

Jette wird kreideweiß.

»Was ist los?«, fragt die Köchin besorgt.

»Das Kleid gehört mir«, stammelt sie. »Das hat der Mann am Fluss mir damals weggenommen.«

»Sophie! Hol die Gendarmen«, befiehlt Ada Hertel.

Luftbriefe. Jemand malt einen, den er nicht kennt. Dunkle Haare im blonden Bett. Frische Kommissare fischen Motive.

Lieber Justus,
immer, wenn ich Zeit zum Träumen habe, küsse ich Dich und fahre mit meiner Hand durch Dein dunkles Haar. Du willst mich abwehren, doch Du kannst Dich nicht bewegen. Ich träume weiter und verliere Dich, jede Sekunde rückst Du weiter von mir fort. Jeder Augenblick ohne Dich ist verloren. Ich habe unendliche Gedanken an Dich, den ich liebe. Warum bist Du so abweisend? Ja, ich bin schuldig der Tändelei, aber ich bin durch Deine Abweisung so schrecklich gestraft, dass Du mich wenigstens anhören müsstest. Deine untröstliche Frieda.

Kleist ist verwirrt. Er hat diesen Brief von Frieda nie erhalten. Das Papier hat er aus einem Umschlag gezogen, der seinen Namen trägt, aber nicht abgeschickt worden ist. Von derlei Briefen gibt es viele. Er öffnet den nächsten.

Lieber Justus,
wir werden uns bald auf dem Ball der Gräfin von Reibnitz wiedersehen. Ich muss Dir gestehen, dass mein Herz

schon jetzt vor Freuden klopft ... Ich habe Hoffnung und schreibe Dir dieses Gedicht von meinem Onkel Franz.
Hoffnung schlummert tief im Herzen
Wie im Lilienkelch der Tau
Hoffnung taucht, wie aus den Wolken
Nach dem Sturm des Himmels Blau
Hoffnung keimt,
ein schwaches Hälmchen
Auch aus nackter Felsenwand
Hoffnung leuchtet unter Tränen
Wie im Wasser der Demant.
Deine Dich liebende Frieda.

Von Kleist verzichtet auf weitere Lektüre. Friedas ungesunde Passion für ihn hat er nie ernst genommen und sie für die überspannte Schwärmerei einer gelangweilten Frauensperson gehalten. Vor Jahren musste er sie sogar einmal zur Ordnung rufen, weil sie auf einer Gesellschaft behauptet hatte, er habe sich mit ihr verlobt. Leider ist ihr Wunschtraum zu einem Gerücht erwachsen, das sich noch immer hält, wie er der jüngsten Zeitungslektüre entnommen hat.

Kleist verlässt das Palais Schwerin. Er braucht frische Luft. Zu Fuß geht er zum Mühlendamm, um etwas Flüssiges zu sich zu nehmen. Das gestrige Gewitter hat kaum Erleichterung gebracht. Die Steine der Häuser strahlen weiter die Hitze ab, die Berlin seit Wochen heimsucht.

Peter Delitz hat in einer Kammer über den Pferdeställen übernachtet. Am Morgen sitzen er und Jette über einem Papier. Das Mädchen beschreibt den Mann vom Fluss und Delitz zeichnet nach ihren Angaben ein Porträt.

»Woher können Sie so gut malen?«, fragt Jette erstaunt.

»Ich bin Bauzeichner bei einem Architekten«, erklärt der junge Mann. »Bisher zeichnete ich zwar nur Perspektiven, Wände, Friese und Säulen und privat manchmal eine Landschaft. Aber warum sollte es mit den Menschen nicht auch klappen?«

»Das Gesicht war um das Kinn breiter. Und es hatte eine tiefe Furche in der Mitte der Stirn«, beschreibt Jette. »Die Haare fingen weiter oben an. Und die Ohren standen vom Kopf ab. Und beim zweiten Mal, als er hier im Haus als Hausierer auftrat, trug er einen Bart.«

Delitz setzt Jettes Angaben in Striche um. Der Crayon fliegt über das Papier. Jette sieht Delitz bewundernd zu. Wie geschickt er ist!

Delitz bemerkt ihre Blicke. Wer ist bloß dieser Hannes? Soll er sie nach ihm fragen?

»Ja, das gleicht ihm sehr«, ruft Jette begeistert aus. »Ich hole die Gendarmen. Jetzt haben wir ein Bild und können es herumzeigen.«

Matuschke und Wimmer sind ebenfalls angetan. Die Tage werden ihnen sowieso lang. Wenn sie schon nicht bei der Mördersuche in Berlin mitmachen können, haben sie nun die Möglichkeit, einen anderen Täter zu stellen.

»Und Sie passen auf das Fräulein Jette auf, Herr Delitz«, bestimmt Gendarm Matuschke. »Komm, Wimmer!«

Er steckt die Zeichnung ein. Sie satteln auf und machen sich auf den Weg, den Leuten in der Umgebung das Bild zu zeigen.

Der Mann vom Fluss hat sein Aussehen erneut verändert. Sein Rücken ist gebückt und er zieht ein Bein nach. Er trägt ein Bündel und benutzt einen Stock. Die Gendarmen reiten an ihm vorbei, ohne ihn zu beachten. Der Mann grinst in sich hinein.

Die Villa Kleist ist jetzt in Sichtweite. Das weiße Herrenhaus liegt in der Morgensonne. Ohne zum Gebäude zu schauen, schlurft er die Straße entlang, die am Tor vorbeiführt. Er steuert auf den Baum zu, von dem aus er einen freien Blick in den Park der Villa hat. Oben im Blätterdach nimmt er das Fernrohr aus dem Rucksack.

Er hat Glück. Jette – seine Jette – geht im Garten spazieren. Die Sonne lässt ihr blondes Haar leuchten, als habe sie einen Heiligenschein um den Kopf. Ihre Unschuld macht ihn verrückt. Sein Atem geht schwer.

Sie beugt sich nach vorn und riecht an einer gelben Rose. Ihr weißes Tuch rutscht von der Schulter und er sieht den Ansatz ihres Busens.

Er setzt das Fernrohr ab und öffnet den Gürtel seiner Hose.

Dann hört er sie rufen. Er nimmt das Glas wieder hoch und wartet. Ein Mann geht auf Jette zu und sie unterhalten sich. Jette lächelt ihr Gegenüber an. Er nimmt ihren Arm und führt sie ins Haus.

Den Mann im Baum überfällt eine heftige Wut. Wer ist dieser Kerl? Hat Jettes Verlobter Hannes sein elendes Dorf verlassen und ist gekommen?

Er wird es herausbekommen und den Druck auf Jette Wehner erhöhen.

Escher hat den Druckereileiter der *Vossischen Zeitung* einbestellt. Eremias Spitznas soll Auskunft geben über die Verbindung des Redakteurs Lapalus zu Frieda von Gaudy.

Spitznas ist es gewohnt, dass man ihn wegen seines lustigen Namens nicht für voll nimmt. Manchem Lehrling in der Druckerei ist das nicht gut bekommen. Doch bei den Polizeibehörden kann es nicht schaden, unterschätzt zu werden.

»Kennen Sie Frieda von Gaudy?«, beginnt Escher.

»Kennen ist zu viel gesagt. Ich habe sie mehrfach zu Gesicht bekommen. Wenn sie den Redakteur besucht hat. Das Fräulein wird mich allerdings kaum beachtet haben.«

Escher macht sich Notizen. »Berichten Sie genauer.«

»Der Herr Redakteur sandte ihr ein Blumengebinde mit einem Brief.«

»Woher wissen Sie das?«

»Ein Lehrling hat das Bouquet überbracht. Er hat es mir erzählt, als er wieder zurückkam.«

»Wann war das?«

»Erst vor ein paar Tagen«, antwortet Spitznas. »Und noch am selben Nachmittag kam die Gnädigste angerauscht.«

»In die *Vossische?*«

»Genau. Herr Lapalus holte sie am Tor ab.«

»Haben Sie sich nicht gewundert?«

»Doch«, antwortet Spitznas. »Der Herr Lapalus ist beileibe kein Adonis. Aber die Gaudy war wohl im Allgemeinen ein bisschen hitzig.«

»Hitzig?«

»Bei Katzen nennt man es rollig.«

Escher bleibt die Spucke weg. »Wissen Sie, was Sie da sagen?«

»Ja.« Spitznas grinst. »Ich soll doch die Wahrheit angeben, richtig?«

»Grundsätzlich schon. Sie glauben also, dass Fräulein von Gaudy mit Herrn Lapalus eine Liaison eingehen wollte?«

»Das war mein Eindruck. Und er war auch nicht abgeneigt. Obwohl …« Er stockt.

»Obwohl?«

»Eigentlich hat der Redakteur ja nur Augen für die gnädige Frau von Kleist. Aber wenn man die Taube auf dem Dach nicht erwischen kann, nimmt man den Spatzen, der freiwillig auf die Hand geflogen kommt.«

»Wie hat Herr Lapalus auf die Nachricht von Gaudys Tod reagiert?«

Spitznas verzieht das Gesicht. »Keine Ahnung. Ich arbeite im Keller und der Herr Lapalus zwei Etagen drüber.«

Im Bett der Gaudy findet Schwarz, der sich bei hellem Licht noch einmal in die Wohnung begeben hat, dunkle, kurze Haare und verräterische Flecken. Da die Tote naturblond ist, müssen die Haare wohl von einem Mann stammen, der neben oder auf ihr gelegen hat. Schwarz kennt die romantischen Briefe der Gaudy an den Polizeidirektor. Sie hat sich getröstet, denkt Schwarz. Aber mit wem? Lapalus hat dunkle Haare – Justus von Kleist auch und jeder zweite Mann in Berlin ebenfalls.

Mit einer Pinzette pickt er die Haare vom Kopfkissen und verpackt sie in einem Holzkästchen.

Die Vernehmungen im Haus haben nichts ergeben. Die alte Freifrau in der Wohnung gegenüber der Gaudy ist halb blind und hört schlecht. Ihr Dienstmädchen arbeitet nur ein paar Stunden bis zum Nachmittag und verlässt die Wohnung dann, um in einer Gaststätte zu kellnern.

Vier junge Kommissare beraten über den Brief, den der Täter in der Tasche der Gaudy hinterlassen hat. Sie wollen alles zusammentragen, was sie daran an Erkenntnissen und Vermutungen gewinnen können.

Der Brief ist mit blauer Tinte geschrieben. Das Papier kann man überall kaufen. Die Schrift ist verstellt oder der Täter hat mit der linken Hand geschrieben.

Es gibt keine orthografischen Fehler. Aber es sind ja auch Zitate, die der Briefeschreiber bemüht hat:

Ihr wisst noch nicht, dass die Frau eine Chimäre ist. Jenes dreigestaltige Ungeheuer, das geschmückt ist mit dem herrlichen Anblick des Löwen, aber entstellt durch den Unterleib der stinkenden Ziege, bewaffnet ist sie mit dem Schwanz einer giftigen Viper. Das will sagen, dass der Anblick schön ist, ihre Berührung aber grausig und der Umgang tödlich. Aber am schlimmsten ist bei der Frau die fleischliche Begierde. Der Schlund ihrer Gebärmutter ist unersättlich.

»*Hexenhammer*«, sagt ein Kommissar. »Herr von Kleist hat recht. Aber die folgenden Sätze hab ich dort nicht gefunden: *Nicht der Jude ist derjenige, der die Chimären in den Staub tritt. Nicht der Jude ist es, der ein solches Werk vollbringen kann. Ich habe dieses Werk begonnen und werde es vollenden.*«

»Er hält sich für einen Vollstrecker oder einen Künstler, der ein Werk gegen die Frauen vollenden muss, indem er den Schlund der Gebärmutter vernichtet«, glaubt der jüngste der Kommissare, der ein Faible für Psychologie hat. »Er hasst Frauen, doch er kann sie nicht ignorieren, weil er ein Mann mit fleischlichen Lüsten ist. Es hasst sich dafür und spiegelt diesen Hass zurück auf die Frau und ihre Geschlechtlichkeit. Deshalb verstümmelt er ihren Unterleib.

Den *Unterleib der stinkenden Ziege*, die *Unersättlichkeit ihres Gebärmutterschlunds.*«

»Wie kommt man nur auf solche widerlichen Begriffe?« Der dritte Jung-Kommissar schüttelt sich. »Ohne Zweifel hat es seinen Stolz verletzt, dass die Polizeibehörde ausgerechnet einem Juden sein hehres Werk zutraut.«

»Machen wir eine Aufstellung über die innere Person des Täters. Erstens ist er ein Mann. Zweitens kann er schreiben und hat auch einiges gelesen. Zum Beispiel den *Hexenhammer* und Schriften gegen die Juden. Drittens hält er sich für einen Heiligen Georg im Kampf gegen die Unmoral der Frauen. Er hat eine gestörte Sinnlichkeit. Viertens lebt er mitten unter uns und beobachtet die Reaktion der Behörden und der Öffentlichkeit auf seine mörderischen Taten. Vermutlich genießt er in seinen Kreisen sogar ein gutes Ansehen. Er hat seine Affekte unter Kontrolle und weiß, wie er auftreten muss. Aber – was – zum Teufel – macht er mit den Organen, die er den Körpern der Frauen entnimmt? Kannibalismus? Hexerei? Heidnische Rituale?«

Darauf weiß keiner der Jung-Kommissare eine Antwort. Sie fertigen ihren Bericht an und geben ihn in die Hauspost.

Die junge Frau macht eine Reise und verteidigt den Fingerknacker, darf jedoch nicht bleiben.

Tagelang hat Rachel von Justus nichts gehört. Sie weiß, dass er viel zu tun hat. In den Zeitungen steht einiges über die Ermittlungen, wobei vieles Spekulation und Wiederholung ist. So wie die Erwähnung der näheren Bekanntschaft ihres Mannes zu Frieda von Gaudy.

Die konservative *Preußische Allgemeine Zeitung* hat herausgefunden, dass sich die Befragungen zum Tod der Freifrau auch an einen Redakteur der Konkurrenzzeitung gerichtet haben, der Kontakt zu der Toten hatte.

Rachel tippt sogleich auf Lapalus und ist schockiert. Sie bittet Gruber, die Kutsche fertig zu machen. Nach dem Frühstück geht es los Richtung Berlin.

Gegen Mittag erreicht das Gefährt das Potsdamer Tor. Rachel lässt sich gleich zum Palais Schwerin bringen. Sie hofft, Justus anzutreffen, und hat tatsächlich Glück. Der Polizeidirektor ist zwar in einer Besprechung, aber sie darf in seinem Dienstzimmer warten.

Drei Räume weiter sitzt von Kleist mit seinen Kommissaren zusammen und tauscht Informationen aus. Der Redakteur Lapalus gehört weiter zu den Verdächtigen. Escher hat ihn am vergangenen Abend noch einmal ernsthaft befragt – auch zu den schwarzen Haaren im Bett der Gaudy. Doch Lapalus gibt an, nie im Bett der Dame gewesen zu sein. Niemand kann ihm das Gegenteil beweisen.

»Wir müssen Lapalus' private Wohnung durchsuchen. Der verschmutzte Teppich muss ja irgendwo gelegen haben«, sinniert Schwarz.

»Wir sollten uns nicht auf den Redakteur versteifen«, mahnt von Kleist. »Sonst machen wir nachher den gleichen Fehler, der den armen Rebenstein das Leben gekostet hat. Druckerschwärze gibt es nicht nur in Zeitungs-, sondern auch in Buchdruckereien und in den chemischen Betrieben, die den Ruß bearbeiten und zur Druckerschwärze umwandeln. Und an den anderen drei Frauen wurde kein Ruß festgestellt.«

Der Polizeidiener klopft und tritt ein.

»Depesche aus Köln«, teilt er mit und legt sie auf den Tisch.

»Was kann das sein?« Justus von Kleist greift nach dem Umschlag und reißt ihn auf. Die Kriminalkommissare schauen neugierig.

»Auf unsere Anfrage an die preußischen Polizeidienststellen, ob es dort ähnliche Morde gegeben hat, ist noch keine Antwort gekommen«, erklärt von Kleist der Runde. »Bis jetzt.«

Er liest die Nachricht.

»Vor vier Jahren gab es drei ähnliche Verbrechen in Köln«, verkündet er dann. »Das Muster scheint ähnlich gewesen zu sein. Die Opfer wurden überfallen, getötet und ausgeweidet. Dann brach die Serie plötzlich ab. Der Mörder wurde nie gefunden. In Köln gingen die Behörden davon aus, dass der Täter weggezogen oder gestorben sei.«

Ein Raunen geht durch die Reihen.

»Ich werde einen alten Freund in Köln telegrafisch bitten, sich vor Ort die Akten anzuschauen«, beschließt von Kleist. »Wir suchen also einen Mann, der vor wenigen Jahren von Köln nach Berlin gezogen ist. Vervollständigen Sie bitte das Dossier über Lapalus. Ich will wissen, mit wem er sich trifft, was er trinkt, was er isst und was er sagt. Und vor allen Dingen, wie lange er schon in Berlin ist und was er zuvor gemacht hat. Der Mann muss gläsern werden.«

Rachel ist in Justus' Stuhl eingeschlummert und bemerkt so nicht, dass er das Zimmer betritt. Er traut dem Bild nicht, das er sieht. Seine Frau ist da! Eine Welle der Zärtlichkeit überkommt ihn. Er setzt sich auf die Schreibtischkante und betrachtet sie.

Rachel öffnet die Augen. »Da bist du ja!«

»Ich freue mich sehr, dich zu sehen, Liebste.« Er umarmt sie und fährt mit den Händen durch ihr Haar.

»Tagelang hatte ich keine Nachricht von dir«, schmollt sie. »Nur die Zeitungen hielten mich einigermaßen auf dem Laufenden.«

»Ich hatte viel zu tun. Aber ich hätte dir schreiben sollen. Verzeih bitte. Ich muss mich ja nicht nur mit den Morden herumplagen, sondern auch mit anderen, nicht weniger ärgerlichen und zeitraubenden Dingen.«

»Die *Preußische Allgemeine* erwähnt einen Verdächtigen. Handelt es sich um Lapalus?«

»Er war einer der Letzten, die Frieda lebend gesehen haben. Und er hat gelogen. Mehr kann und darf ich nicht sagen. Und jetzt verrate mir, warum du hier bist.«

»Ich wollte prüfen, ob ich dich noch erkenne«, entgegnet

Rachel. »Und ich möchte bei der *Vossischen* einen neuen Artikel besprechen.«

»Was willst du?« Justus kann es nicht fassen.

»Ich fahre zu Lapalus.«

»Die Frau des Chefermittlers besucht einen Verdächtigen?« Kleist schüttelt den Kopf und geht im Zimmer auf und ab.

»Lapalus ist unschuldig.«

»Aha. Und was macht dich so sicher?«, will er wissen.

»Es passt nicht zu ihm. Er hat mit Frieda von Gaudy getändelt, ja. Das macht ihn noch lange nicht zu einem Frauenmörder. Viele Männer haben das mit ihr gemacht. Mein Gefühl sagt mir …«

»Dein Gefühl?« Justus lacht auf. »Wenn es nach Gefühlen ginge, liebste Rachel, dann hätte die Welt noch mehr Tyrannei und Unordnung und es gäbe noch mehr Ungerechtigkeit. Gefühle können trügen. Ich halte mich lieber an Beweise. Und es gibt einige Fakten, die den Redakteur verdächtig erscheinen lassen.«

»Und welche sind das – außer, dass er Frieda von Gaudy gekannt hat?«

»Das darf ich dir nicht verraten. Jetzt lass uns gehen. Gruber wartet sicher schon, dich wieder nach Hause zu bringen.«

»Ich will nicht!«

Justus fasst seine Frau bei den Schultern und schaut ihr in die Augen. »Bisher habe ich deinen Willen sehr geschätzt. Aber du treibst es gerade auf die Spitze, Rachel. Bedenke eins: Wenn Lapalus der Frauenmörder sein sollte, dann bist auch du in Gefahr. Du sollst nicht auf Caspers Tisch enden.«

»Lass mich in Berlin bleiben. Bitte. Vielleicht kann ich dir helfen.«

»Ich muss den Kopf frei haben. Es handelt sich um eine polizeiliche Aktion, bei der die Ehefrauen der Ermittler nichts zu suchen haben.«

»Warst du wirklich mit Frieda von Gaudy verlobt?«, ändert Rachel plötzlich das Thema. »Warum hast du mir das verschwiegen?«

»Rachel! Ich habe nichts verheimlicht. Es ist nur ein Gerücht. Frieda hat es in die Welt gesetzt und es hat die Runde gemacht. Ich war nie Friedas Verlobter.«

»Und warum behaupten die Zeitungen das?«

»Weil sie es nicht besser wissen oder wissen wollen«, antwortet Justus. »Ich muss doch dir nichts von der Sensationslust der Schreiberlinge erzählen, oder?«

Stumm wendet Rachel sich ab. Die Eheleute verlassen das Büro und gehen nach unten. Gruber wartet vor dem Palais Schwerin. Er bekommt Order, Rachel umgehend zurückzubringen nach Potsdam.

»Det jeht klar«, sagt Gruber. »Die Jäule mussten ja ooch wieder mal bewegt werden. Nu haben se jesoffen und jefressen und sind wieder in Form.«

Justus nimmt Rachel in den Arm. »Komm gut heim, Liebste. Und denk daran, dass meine Härte gegen dich in der Sorge um dein Leben begründet liegt.«

Immer noch wortlos steigt sie in die Kutsche. Auf den Stufen des Polizeipräsidiums dreht sich Justus noch einmal um. Doch die Kutsche ist schon losgefahren.

Jemand macht geheime Dinge in einem Baum. Das junge Mädchen schneidet Rosen und der Mann vom Fluss wird abtransportiert. Eine Frau packt aus.

Gruber hat die Pferde auf die Weide gebracht. Sie sollen sich von der gestrigen Tour ausruhen. Außerdem müssen sie neu beschlagen werden. Er schickt den Stallburschen zum Hufschmied.

Der Junge macht sich auf den Weg, kehrt dann aber um.

»Was ist los, Johann?«, fragt Gruber.

»Ick muss dir was zeigen. Kommst du mit innen Stall?«

Der Bursche geht voran, der Kutscher folgt.

»Da ist ein Blinken«, sagt Johann.

»Blinken?« Gruber versteht nicht.

»Auf dem großes Baum. Links. Ein helles Licht in den Blättern.«

»Hast du Erscheinungen?«, grinst Gruber. »Jott selba oder nur seine Frau Mutter?«

»Da tut eener sitzen. Mit eenem Fernrohr. Und det blinkt in der Sonne«, bleibt Johann ernst. »Und det Fernrohr ist uff die Villa jerichtet.«

Jetzt versteht Gruber. Die Villa wird beobachtet – und er ahnt, von wem. »Ick hol die Gendarmen. Und du jehst zum Hufschmied und guckst nicht zum Baum hin, kapiert?«

Johann nickt.

»Det hast du jut jemacht. Und tu nicht rennen!«

Johann und Gruber verlassen den Stall. Der Bursche entfernt sich vom Haus. Gruber geht langsam auf die Villa zu, verweilt an einer Wasserstelle und schaut sich vorsichtig um. Ja, Johann hat recht, ein helles kurzes Licht in der großen Linde.

Die Gendarmen sind nicht wie sonst in der Küche.

»Wo sind die denn?«, fragt der Kutscher die Köchin.

»Die sind auf der Arbeit und zeigen das Bild rum«, antwortet Ada. »Aber der Delitz ist da, falls du 'n Mann brauchst.«

»Und wo ist Fräulein Jette?«

»In ihrer Stube.«

»Und die Jnädigste?«

»Mensch, Kurt! Ist das 'ne Fragestunde?«

»Da sitzt een Kerl im Baum und beobachtet uns durch ein Rohr.«

Auch Hertel begreift den Ernst der Lage sofort. »Ich wecke die gnädige Frau.«

»Nee, lass det mal. Die Reise jestern war anstrengend.«

Gruber schildert der Köchin, wie der Bursche das Blinken entdeckt hat. »Ick brauch den Herrn Delitz. Und die Jette soll in den Garten gehen. Dann is der Kerl abjelenkt.«

»Du meinst, es ist dieser Mann?«

»Ja, det meen ich.«

Jette ahnt nichts, als Frau Hertel sie bittet, frische Rosen für das Esszimmer zu schneiden. Sie nimmt eine Schere, zieht Handschuhe an und läuft zum Rosenbeet.

Gruber informiert Delitz. Der ist Feuer und Flamme.

»Den greifen wir uns«, sagt der junge Mann. »Aber wir müssen vorsichtig sein, sonst haut er ab.«

»Der ist janz auf det Fräulein Jette erpicht. Du kannst am Jartenhaus vorbeischleichen und an den Büschen lang loofen. Nimm!« Er reicht Delitz einen Knüppel. »Ick bin dann ooch da, so schnell et jeht.«

Delitz überlegt. Wenn der Baumhocker tatsächlich der Mörder seiner Mutter sein sollte, lässt der sich nicht durch einen Holzknüppel aufhalten.

»Ich nehme lieber mein Messer«, sagt er. »Und ich brauche einen Strick, damit ich den Kerl fesseln kann.«

Von Kleist schreibt an jenem Morgen eine Notiz an einen alten Studienkollegen, der im Kölner Polizeipräsidium den Posten des Kriminalrats bekleidet. Er will mehr wissen über die drei toten Kölner Frauen und die Ergebnisse der Ermittlungen.

Ein Kurier bringt das Schreiben zur Sternwarte in der Dorotheenstraße. Von dort werden Depeschen über den optischen Telegrafen verschickt.

Auf dem Dach der Sternwarte sind sechs Telegrafenarme montiert, die jeweils vier Positionen einnehmen können. Über ein Code-System ist es möglich, über viertausend Zeichen darzustellen. Die Nachrichten werden jeweils von Station zu Station von den Telegrafisten weitergegeben und am Endziel von Inspektoren dechiffriert. Eine solche telegrafische Depesche von Berlin nach Köln braucht nur dreizehn Stunden – wenn sie bei Sonnenaufgang abgeschickt wird und vor Sonnenuntergang am Zielort eintrifft. Ein Reiter wäre eine Woche unterwegs.

Peter Delitz steht unter der alten Linde. Der Mann im Baum hat ihn noch nicht bemerkt. Er verfolgt Jettes Tun am Rosenbeet – mit dem Fernrohr vor dem Auge. Delitz sieht nur das Hinterteil des Mannes, den Rücken und die groben Stiefel. Am Fuß des Baumstammes liegt die Tasche des Fremden. Delitz versteckt sie hinter einem Busch.

»Komm da runter!«, schreit er dann und haut mit dem Knüppel gegen den Stamm.

Der Mann auf dem Baum reagiert schnell. Er lässt das Fernrohr fallen und springt nach unten – direkt auf Delitz zu. In seiner Hand blinkt ein Messer.

Doch Delitz ist vorbereitet. Er hat ebenfalls ein Messer in der Hand und weicht zurück. In den Augen des Baumhockers blitzt Mordlust. Er schreit auf, stürzt sich auf Delitz. Der weicht aus und der Mann strauchelt. Inzwischen ist auch Gruber angekommen. Er versetzt dem Kerl einen Schlag vors Kinn. Der fällt zu Boden und wird überwältigt.

Delitz und Gruber bringen den Mann auf das Grundstück der Kleists. Rachel befindet sich im Garten. Frau Hertel hat sie nun doch geweckt und informiert.

»Det isser, gnädige Frau«, sagt Gruber zufrieden und schubst den Voyeur gegen die Wand des Gartenhauses. »Det ist der Kerl, der det Fräulein Jette in Angst und Schrecken versetzt hat.«

»Jette Wehner soll kommen«, sagt Rachel. Sie betrachtet den Mann. Er entspricht nicht der Beschreibung, die von dem Mann am Fluss existiert. Dieser hier hat dunkles, volles Haar und einen Vollbart. Aber der Gesuchte hat ja sein Äußeres schon oft verändert.

Der Mann bleibt stumm, doch er wehrt sich gegen die Fesseln.

Gruber schlägt ihm die Kappe vom Kopf. Nicht nur die Kopfbedeckung fliegt weg, sondern auch eine Perücke.

Jette kommt dazu. Sie hat sich in einen Umhang gehüllt, als fröre sie.

»Das ist der Mann«, sagt sie mit fester Stimme. Dann weint sie. Peter Delitz nimmt sie in den Arm.

»Wie heißen Sie?«, fragt Rachel.

Der Mann schweigt.

Delitz wirft den Beutel auf den Rasen. »Das sind seine Sachen.«

»Wir warten auf die Gendarmen.« Rachel tritt zu dem Gefesselten. »Sie werden Ihre gerechte Strafe bekommen.«

Die Männer führen den Gefesselten in den Stall und machen ihn dort fest. Delitz bleibt bei ihm. Man kann ja nie wissen.

Wimmer und Matuschke sind unermüdlich. Sie zeigen das Bild, das Peter Delitz gezeichnet hat, in allen Kneipen der Gegend herum. Und ausgerechnet heute werden sie fündig. Der Name zu dem Bild lautet Ludwig Schwind. Das Kindermädchen eines Kneipenwirts erkennt ihn und weiß sogar, dass er in Haveldorf wohnt.

Die Gendarmen suchen die Adresse sofort auf und finden eine ärmliche Wohnung mit einer verhärmten Frau und einem schüchternen Kind vor. Die Frau fällt aus allen Wolken, als die Gendarmen ihr sagen, was ihr Mann getan haben soll.

Ludwig Schwind hat die Frau, die ihm einen Sohn geboren hat, nicht geheiratet. Im Dorf weiß das niemand. Sie gelten als Ehepaar und unter diesen als schlechtes Beispiel. Schwind ist nicht oft zu Hause und treibt sich herum. Ist er anwesend, haben Frau und Sohn nichts zu lachen. Besonders wenn Schwind getrunken hat – dann sind die Schreie der

Frau und das angstvolle Weinen des Kindes zu hören, und jeder im Dorf weiß, dass er wieder zuschlägt.

Sobald die beiden Gendarmen zurück sind in der Küche der Villa, sprudeln ihre Erkenntnisse aus ihnen heraus. Ada Hertel, Jette und Gruber hören gespannt zu.

»Den kriegen wir bald«, resümiert Matuschke.

Gruber grinst: »Det tut nicht nötig. Det Männeken is hier.«

»Was? Wo ist er?«

Gruber erzählt, wie der Mann auf dem Baum entdeckt und ergriffen worden ist.

Im Stall erfolgt dann ein erstes Verhör durch die Gendarmen. Ludwig Schwind weist alle Vorwürfe von sich.

»Ich hab doch nur auf einem Baum gehockt und nach der Jette geschaut. Die gefällt mir halt. Ich hab die lieb, ich würde ihr nie etwas tun. Anschauen ist doch nicht verboten.«

Die Gendarmen binden Schwind auf einem Pferd fest, das von Matuschke – ebenfalls hoch zu Ross – geführt wird. Von der Potsdamer Polizeistation aus soll der Gefangene in den nächsten Tagen nach Berlin in die Stadtvogtei geschafft werden.

Während des Transportes bestreitet Schwind erneut lautstark, Jette Wehner an der Havel bedrängt, Frauen geschändet und Emma Delitz aus dem Fenster geworfen und dadurch getötet zu haben. Ihm sei nur der Vorwurf des unbefugten Sitzens auf einem öffentlichen Baum und das Beobachten eines Mädchens anzulasten.

Matuschke kann das Gejammer nicht mehr hören und knebelt Schwind mit einem Tuch. Insgeheim befürchtet er, dass man dem Schwind nichts Ernsthaftes wird nachweisen können. Jette Wehner hat ihn zwar wiedererkannt, doch was hat er ihr getan? Kein Gericht wird den Mann wegen eines Kleiderdiebstahls aus dem Verkehr ziehen. Und Emma Delitz kann nichts mehr sagen, Marie Wichmann hat Berlin verlassen.

Die Polizeiwache in Potsdam hat mehrere Arrestzellen. Schwind wird vom Pferd geholt, entknebelt und weggesperrt.

»Ich bin unschuldig, Herr Gendarm!«, schreit Schwind Matuschke hinterher.

Doch der hört nicht hin – er will zurück zur Villa und endlich Adas gute Küche genießen.

Bier wird ausgeschenkt. Der Mann mit dem blauen Band verliebt sich. Noch eine Reise ins Weberdorf. Frisches Grün sprießt auf den Feldern. Ein Brief enthält Wahrheit.

Es ist tiefe Nacht. In den Lichthöfen der Petroleumlampen tanzen Mücken und Nachtfalter. Wimmer, Peter Delitz und Kurt Gruber sitzen vor dem Pferdestall auf einer Bank. Rachel hat Bier spendiert.

Matuschke gibt einen kurzen Bericht und setzt sich dazu. Gruber holt frisches Bier und einen vierten Krug.

Die Männer lassen jeder für sich den Tag Revue passieren.

Kurt Gruber ist von sich selbst begeistert. Er hat die Sache in die Hand genommen und sich als mutig und schlau erwiesen.

Matuschke grübelt noch immer über die Beweislage. Schwind hat allen Grund, sich über die Polizei lustig zu machen.

Wimmer ist wie Gruber mit sich im Reinen. Er hat die ihm gestellte Aufgabe erfolgreich gelöst und sich für eine Beförderung empfohlen. Ansonsten sehnt er das Ende des Einsatzes herbei. Seine Mutter ist krank und er will zurück zu ihr.

Die schönsten Gedanken hat Peter Delitz. Er hat sich in Jette verliebt. Ihr bewundernder Blick nach Schwinds Festnahme hat ihn ermutigt, ihr den Hof zu machen. Allerdings hat er nun, da der Täter gefasst ist, keinen Grund, länger in der Villa zu bleiben.

»Det ham wa jut jemacht«, beginnt Gruber. »Alle zusammen. Jetzt kriegt der Kerl det, was er verdienen tut.«

»Das wird sich zeigen«, seufzt Matuschke.

»Es gibt doch noch eine Frau, die ihn gesehen hat«, fällt Delitz ein. »Die Freundin vom Fräulein Jette. Der Kerl hat sie überfallen. Sie ist zwar aus Berlin fort, aber Fräulein Jette hat erwähnt, dass sie nach Nowawes gezogen ist.«

»Det ist doch umme Ecke!«, ruft Gruber aus.

»Dann reiten wir gleich morgen früh in dieses Dorf«, atmet Matuschke auf. »Und vernehmen das Mädchen. Bevor wir den Schwind nach Berlin bringen, soll sie sich den mal ansehen.«

Am nächsten Morgen lässt Rachel Lebensmittel in die Kutsche packen: Kartoffeln, Gemüse, Brot und Milch. Ada Hertel plündert die Vorratskammer nur widerstrebend.

»Mach Sie nicht so ein Gesicht, Frau Hertel«, lächelt Rachel. »In Nowawes haben die Menschen so großen Hunger, dass es einen zu Tränen rührt.«

»Ich hab gehört, dass der Fabrikant Mendelssohn ihnen wieder Arbeit gibt«, mault Hertel.

»Ja, aber erst seit einigen Tagen«, stellt Rachel klar. »Besorgen Sie neue Lebensmittel und dann ist es gut.«

Die Gruppe startet. Rachel, Jette Wehner und Peter Delitz sitzen im Landauer, die Gendarmen auf ihren Pferden.

Rachel fällt auf, dass sich die Landschaft verändert hat. Die Laubbäume zeigen bereits herbstliche Farben. Der Frühsommer war zu heiß und es gab insgesamt zu wenig Regen. Auf den abgeernteten Feldern sprießt neues Grün – herausgelockt durch das kürzliche Gewitter. Die Bauern haben Wintergetreide eingesät.

Endlich taucht das Dorf vor ihnen auf.

»Wir besuchen zuerst den Pfarrer. Das Haus neben der Kirche«, ruft Rachel Gruber zu. Der tippt an seine Kappe und nickt.

Im Ort werden sie neugierig beäugt, aber auch gefürchtet. Die Gendarmen in ihren Uniformen verheißen nichts Gutes. Kinder laufen weg und verschwinden in den niedrigen Häusern, wohl um ihre Verwandten zu warnen. Polizeidurchsuchungen wegen Diebstahls und Betrugs hat es in der Vergangenheit schon oft gegeben.

Pfarrer Steinmeyer ist überrascht, Rachel von Kleist wiederzusehen. Er begrüßt sie freundlich und erzählt: »Ihr Artikel in der *Vossischen* hat einiges bewirkt. Für zwei Wochen hatten die Weber Arbeit. Ein Armenverein wurde gegründet. Der lindert die schlimmste Not und kümmert sich um die Kinder, wenn die Eltern beim Straßenbau schuften. Was führt Sie heute nach Nowawes? Wollen Sie wieder Gutes tun?«

Rachel hört leichte Ironie in Steinmeyers Worten. »Ich habe tatsächlich einige Lebensmittel in der Kutsche. Dürfen wir sie im Pfarrhaus abladen? Und würden Sie die Verteilung übernehmen? Sie wissen am besten, wer es am nötigsten braucht.«

Steinmeyer stimmt zu und öffnet die Haustür. Jette, Delitz und Gruber schleppen die Gaben in den Flur.

»Und die Gendarmen?«, fragt der Pfarrer. »Was wollen die hier?«

»Wir müssen mit Marie Wichmann sprechen«, antwortet Rachel. »Sie wissen ja, was dem Mädchen in Berlin passiert ist. Der Mann, der ihr das angetan hat, ist vielleicht gefasst worden. Die Gendarmen wollen sie zu einer Gegenüberstellung mitnehmen.«

»Dann lassen Sie uns zum Haus der Wichmanns gehen. Zunächst ohne die Polizei.«

»Jette Wehner kann mitkommen – sie ist mit Marie gut bekannt«, entgegnet Rachel.

Jette und Rachel folgen dem Pfarrer zu einem niedrigen Gebäude. Marie Wichmann hat die Gruppe schon durchs Fenster bemerkt und Jette Wehner entdeckt.

»Jette!«, ruft Marie. Die jungen Frauen fallen sich in die Arme. Marie kann die Tränen nicht zurückhalten.

»Wie ist es dir ergangen, Jette?«, schluchzt sie.

»Mir geht es gut, du Liebe! Und das liegt an dieser Dame hier, Frau von Kleist.«

Steinmeyer mischt sich ein. »Marie, der Mann, der dir Gewalt angetan hat, ist vermutlich in Gewahrsam. Du sollst ihn identifizieren. In Potsdam auf der Polizeistation.«

Marie wird bleich. Jette berichtet kurz, wie Schwind festgesetzt wurde.

»Wir besprechen alles im Pfarrhaus bei Kaffee und Kuchen«, schlägt Steinmeyer vor. »Meine Haushälterin hat einen Apfelkuchen gebacken.«

»Wie geht es den Kopatscheks inzwischen?«, fragt Rachel den Pfarrer auf dem Weg dorthin.

»Etwas besser. Die Zeit wird die Wunden heilen. Die Kleinen gehen jetzt sogar in die Schule. Sie stellen sich recht geschickt an – wie ich gehört habe. Und der Herr aus Berlin hat auch geholfen.«

»Welcher Herr?«

»Na, der Redakteur von der *Vossischen*. Den kennen Sie doch.«

»Das freut mich«, meint Rachel überrascht. »Das hätte ich ihm gar nicht zugetraut.«

»Der Mensch ist oft besser, als man zuerst glaubt. Immerhin kannte er die Adele. Sie hat die Wäsche für ihn gemacht.«

In einer Gastwirtschaft in der Nähe des Sitzes der *Vossischen Zeitung* beobachtet Schwarz einen Mann. Er soll ein Freund des Redakteurs Lapalus sein, so ist es von einem Spitzel berichtet worden.

Schwarz hat sich etwas entfernt am Tresen niedergelassen. Er hofft, durch diesen Mann mehr über das Vorleben des Redakteurs zu erfahren. Offizielle Ermittlungen über die Meldebehörden sind im Gang, doch so etwas dauert seine Zeit.

Im Moment sitzt der Unbekannte an einem Tisch, liest Zeitung und spricht seinem Bier zu. Ab und zu schaut er auf seine Taschenuhr.

Tatsächlich betritt auch Lapalus die Kneipe. Er entdeckt den Freund und in seinem Gesicht zeigt sich ein Lächeln.

Sie reichen sich die Hände. Lapalus setzt sich mit dem Rücken zu Schwarz. Noch hat er ihn in dem verqualmten Raum nicht erkannt.

Eine Gruppe Studenten fällt durch die Tür. Die jungen Männer sind ziemlich betrunken, grölen und fordern Bier. Ihre Uniformen sind dunkelblau-silbern-schwarz und sie tragen dunkelblaue Mützen.

Schwarz identifiziert sie als trinkfreudige Mitglieder der

Landsmannschaft Normannia, eines neu gegründeten Corps, das ursprünglich *Cerevisia* – also Bier – hieß.

Die jungen Männer keilen Schwarz ein. Einige haben Schmisse im Gesicht. Formulieren können sie aufgrund ihres Bierkonsums nicht mehr korrekt, manche versuchen es dennoch. Die Trinksprüche auf Vaterland und König geraten durcheinander und den Adressaten nicht zur Ehre.

Schwarz wird zum Bier eingeladen. Er winkt ab und kämpft sich frei. Die Studenten protestieren laut.

Lapalus und sein Freund werden aufmerksam. Jetzt erkennt der Redakteur den Kommissar. Doch er bleibt gelassen.

»Setzen Sie sich doch zu uns«, schreit Lapalus ins Gegröle. Schwarz überlegt und folgt der Einladung dann. Die *Normannen* maulen noch ein wenig und geben dann Ruhe.

Das Schankmädchen stellt dem Polizisten ein Bier vor die Nase.

»Darf ich Ihnen meinen alten Freund Artus vorstellen?«, sagt Lapalus. »Mit bürgerlichem Namen Levin Schücking.«

Die Männer nicken sich zu.

»Und das, Artus, ist Kommissar Schwarz von der Königlich Preußischen Kriminalpolizei. Er hat die leichte Aufgabe, mich zu überwachen. Wie gut, dass ich nichts zu verbergen habe.« Lapalus gibt sich amüsiert.

»Hast du etwa einen frechen Artikel verfasst, lieber Henri?«, frotzelt Schücking. »Das Ober-Zensurgericht wird schon wissen, wie es mit einem Kerl wie dir umspringen muss.«

Schwarz hat genug von den ironischen Kommentaren. »Es geht um eine Mordsache, Herr Schücking. Ihr Freund könnte darin verwickelt sein – schuldig oder unschuldig.«

»Ach, das Mädchen«, nickt Schücking.

»Nein, kein Mädchen. Vier Frauen. Aber lassen wir das unschöne Thema. Was machen Sie beruflich, Herr Schücking?«

»Ich bin auch ein Schreiberling«, antwortet Schücking. »Aber nicht in Berlin.«

Schwarz bestellt drei weitere Bier. »Und in welcher Zeitung veröffentlichen Sie Ihre Werke?«

»Im Feuilleton der *Kölnischen Zeitung.*«

Köln. Schwarz horcht auf. »Dann kennen Sie beide sich aus Köln?«

»Nein. Vom Studium der Rechtswissenschaften in Heidelberg.«

»Und was führt Sie nach Berlin?«, macht Schwarz weiter.

»Merkst du, Artus, dass du dich mitten in einer Vernehmung befindest?« Lapalus wird nervös.

»Herr Schwarz übt doch nur seinen Beruf aus. Fragen stellen. Ähnlich wie Journalisten.«

»Mag sein. Aber wir gehören nicht zur Staatsmacht, sondern werden von ihr bekämpft«, erinnert Lapalus.

»Wie recht du hast, lieber Freund. Wie schrieb der Herr Marx vor Jahren in der *Kölnischen?* Das Zensurgesetz ist eine Polizeimaßregel, die nicht erreicht, was sie will, und nicht will, was sie erreicht.«

»Da hat Herr Marx recht«, stimmt Lapalus zu. »Die Zensur will nicht Vergehen strafen, sondern Meinungen. Das widerspricht der Freiheit des Menschen.«

»Zur Freiheit des Menschen gehört auch, dass er leben darf«, sagt Schwarz ernst. »Doch dieses Glück ist vier Berliner Frauen nicht lange gewährt worden.«

»Ich habe Frieda von Gaudy nichts angetan!«, braust Lapalus auf. »Suchen Sie Ihren Frauenmörder woanders!«

Die Gendarmen bringen Marie Wichmann noch am gleichen Tag nach Potsdam. Ohne jeden Zweifel erkennt sie ihren Peiniger. Mit einem Schrei entreißt sie Matuschke den Schlagstock und prügelt auf Schwind ein. Nur mit Mühe können die Gendarmen die wütende Frau bändigen.

Schwind hält sich den Kopf. Blut läuft in seine Augen.

»Ich erstatte Anzeige!«, brüllt er. »Die Frau ist ja toll im Kopf!«

Ungerührt reicht der Gendarm ihm einen Lappen. »Mach dich sauber, Bursche. Wenn das Blut auf den Boden fällt, darfst du die Zelle schrubben.«

Wimmer reitet umgehend zum Potsdamer *Telegrafenberg*, um eine Depesche zur Sternenwarte nach Berlin zu senden. Das Licht reicht gerade noch für das Abschicken der Nachricht.

In der Villa ist es still geworden. Das Personal ist zu Bett gegangen, Peter Delitz schläft in der Kammer über dem Stall und die Gendarmen wechseln sich noch immer bei der Nachtwache ab, obwohl Schwind aus dem Verkehr gezogen worden ist. Er könnte ja Komplizen haben oder Kumpane, die sich rächen wollen – so die Gendarmen.

Rachel ist noch wach. Sie kämpft seit einigen Stunden mit einem Gedanken. Lapalus hat nicht nur Frieda Gaudy gekannt, sondern auch Adele Kopatschek, die sich um seine Wäsche gekümmert hat. Vier Frauen sind tot, grübelt sie, und zwei davon hat Lapalus gekannt. Das muss Justus wissen. Ich muss ihm eine Nachricht zukommen lassen. Doch dann gerät Lapalus noch stärker unter Verdacht, grübelt sie weiter. Und ich halte ihn ja für unschuldig. Würde er die Kopatscheks mit Geld unterstützen, wenn er schuldig wäre?

Nein, entscheidet Rachel, das wäre eher ein Grund, sich fernzuhalten. Aber Wahrheit ist Wahrheit.

Rachel holt Schreibzeug. Sie berichtet ihrem Mann von der Festnahme Schwinds und schreibt dann:

Ich soll ja nicht mitmachen beim Ermitteln, aber ich habe etwas erfahren, was Du wissen solltest. Die tote Adele Kopatschek kannte Henri Lapalus. Sie hat für ihn gewaschen. In Nowawes erzählte mir der Pfarrer, dass Lapalus die Familie mit Geld unterstützt. Ich stelle mir die Frage, ob er das aus schlechtem Gewissen tut oder weil er ein guter Mensch ist. Ich glaube ja das Letzte, denn Lapalus ist bestimmt unschuldig. Aber wissen musst Du wohl von der Sache. Dreh Dir nur keinen Strick für ihn. Ich brauche ihn noch als Redakteur. Er soll meinen Eintritt in die Vossische *weiter begleiten. Für heute lege ich mein Herz in Deine Hand, wie immer, liebster Justus.*
Deine Frau Rachel

Zur gleichen Zeit erhält Justus von Kleist Wimmers Depesche: die Nachricht der Gendarmen von der Festnahme Schwinds. Kleist ist erleichtert, dass ein schwieriger Fall erledigt scheint.

Er schreibt eine Notiz an den Innenminister, räumt jedoch auch ein, dass die Ermittlungen zu den bestialischen Frauenmorden nur langsam vorangehen. Immerhin kann er berichten, dass nun bekannt ist, dass es in Köln ähnliche Morde gegeben hat.

Dunkle Schönheit und heller Verstand. Der hohe Polizist sendet herzliche Grüße an Herrn Heine in Paris. Eine Wäscherei wird besucht.

Justus von Kleist hat Levin Schücking zu einem Gespräch gebeten. Schücking wartet schon seit zwanzig Minuten vor dem Büro. Auch von Kleist kennt die Technik, einen Gesprächspartner warten zu lassen, um ihm klarzumachen, dass er nicht das Wichtigste ist an diesem Tag, und ihn dazu zu animieren, sich zu überlegen, was das Ganze soll. Vollständig unschuldig in allen Lebensbereichen ist niemand. Ein schlechtes Gewissen schärfen kann nicht schaden, wenn man nur einen unbestimmten Verdacht hegt oder blind nach Informationen fischt.

Schließlich bittet von Kleist den Schücking herein.

»Bitte entschuldigen Sie, dass ich Sie warten ließ«, beginnt von Kleist, »wir haben zurzeit einige unbequeme Probleme und da sind zuweilen dringende Dinge zu erledigen, die auch bei einem so bedeutenden Besucher keinen Aufschub dulden.«

»Sie spielen auf die Frauenmorde an?« Schücking ist kein Freund von Umwegen.

»Nun ja.« Von Kleist geht auf und ab. »Das ist in der Tat eins der wichtigen Dinge. Seit einigen Tagen leite ich die Berliner Polizei, und es gibt noch anderes, was in diesen Wochen Sorgen macht. Es ist ein Sack voller Flöhe. Mancher

Floh ist größer als die anderen und dazu gehört in der Tat die Frage des Frauenmörders.«

»Gibt es einen bestimmten Grund, aus dem Sie mich sprechen möchten?« Schücking wirkt etwas ratlos.

»Was ist der Grund Ihrer Reise nach Berlin?« Von Kleist setzt sich seinem Besucher gegenüber.

»Ich befinde mich zwischen Themen, Herr von Kleist. Meine Zeitung schickt mich nach Paris und ich möchte zuvor das geistige Klima Berlins aufsaugen, damit ich in der Fremde Genauigkeit walten lassen kann, wenn ich zum Beispiel Heine treffe. Ich sprach schon mit Varnhagen und natürlich mit Lapalus.«

Der Polizeidirektor nimmt seine Wanderung wieder auf und zieht Schücking ins Vertrauen: »Unsere Frauenmorde haben bestimmte unappetitliche Merkmale. Dazu gehören Verstümmelungen an den Körpern der Opfer. Und ähnliche Morde, insgesamt drei, hat es auch in Köln gegeben. Wir können deshalb nicht ausschließen, dass sich der Mörder früher in Köln aufgehalten hat und jetzt in Berlin seinem blutigen Geschäft nachgeht.«

»Ich bin erst seit dem vorigen Jahr in Köln«, wehrt Schücking ab. »Ich habe zwar von unappetitlichen Morden an Frauen gehört, aber die geschahen vor meiner Zeit. Man hat darüber nichts Deutliches geschrieben. In den Redaktionen wurde gemunkelt, dass den Leichen ihre Weiblichkeit herausgeschnitten wurde. Ist das hier auch so?«

Von Kleist seufzt. »Sie gehören der Presse an. Sie verstehen sicher, dass ich lieber frage als antworte.«

»Das normale Spiel, ich verstehe das gut«, kommentiert Schücking.

»Ihre Verbindung zu Herrn Lapalus?«

»Oh, ich kenne Henri schon aus dem Studium.«

»Hielt sich Herr Lapalus in Köln auf, als dort diese Morde passierten?«

»Ja. Er war auch mal Redakteur bei der *Kölnischen Zeitung* und das schon, bevor ich dort anheuerte. Henri betreute die Politik und ich das Feuilleton.«

»Wie steht Herr Lapalus dem weiblichen Geschlecht gegenüber?«

»Ich bitte Sie, Herr von Kleist!«, gibt sich Schücking empört. »Das ist doch Privatsache.«

»Privates gibt es bei insgesamt sieben Morden nicht«, sagt von Kleist. »Also?«

»Er hat ein normales Verhältnis zu Frauen.«

»Woran machen Sie das fest?«

»An seinen Liebschaften. Meines Wissens haben alle Damen den Kontakt zu Henri überlebt.«

»Ihres Wissens? Es gibt also keine Besonderheiten?«

»Doch.« Schücking scheint nachzudenken. »Seine Urteile über Frauen sind äußerst zutreffend.«

»Wie soll ich das verstehen?«

»Ihre Frau, Herr von Kleist, wurde von ihm als ›dunkle Schönheit mit hellem Verstand‹ bezeichnet«, grinst der Redakteur.

»Besser als umgekehrt«, meint von Kleist trocken.

Es klopft und der Gendarm tritt ein, ohne abzuwarten.

»Depesche aus Potsdam«, sagt er und übergibt von Kleist den Umschlag.

»Herr Schücking, ich danke für Ihre Zeit. Bleiben Sie länger in Berlin?«

»Noch eine Woche. Ich suche Kontakt zu politischen Quellen.«

»Da kann Ihnen Freund Lapalus doch sicher helfen«, lächelt von Kleist.

»Ja, das hat er schon. Aber ein Weg zu den jüdischen Vertretern fehlt mir noch.«

»Wenden Sie sich an Rabbi Feingold im Scheunenviertel. Sie können sich gern auf mich berufen.«

»Danke, Herr von Kleist«, sagt Schücking. »Mit so viel Entgegenkommen hätte ich gar nicht gerechnet.«

»Ja, wir Polizisten sind netter als unser Ruf. Ihnen viel Erfolg – auch für Ihre Reise nach Paris. Und grüßen Sie Herrn Heine. Ich hatte einmal das Vergnügen, ihn zu treffen. Auf einer Gesellschaft in Morgenthal. Ich hoffe, dass es ihm gesundheitlich wieder besser geht.«

Schücking ist erneut überrascht. Dass ein hoher Polizist mit einem jüdischen Schriftsteller verkehrt, dessen Bücher von den Zensurbehörden verboten wurden, hat er nicht erwartet.

»Und jetzt entschuldigen Sie mich bitte«, komplimentiert von Kleist den Journalisten hinaus.

»Es war mir ein Vergnügen, Herr von Kleist.«

Levin Schücking hat auf Justus von Kleist einen guten Eindruck gemacht. Aber Lapalus traut er nach wie vor nicht. Ist dieses Gefühl polizeilich bestimmt oder entspringt es der Eifersucht? Er weiß es nicht. In jedem Fall stört es ihn, wie Lapalus über Rachel spricht. ›Dunkle Schönheit mit hellem Verstand‹. Was bildet sich dieser Kerl eigentlich ein?

Schwarz und Escher erscheinen. Sie haben versucht, die Alibis des Redakteurs für die Zeiten zu überprüfen, als die vier Morde geschahen.

»Herr Lapalus war leider nicht besonders hilfreich«, erklärt Escher. »Angeblich hat er entweder gearbeitet, befand sich in einer Kneipe, an deren Namen er sich nicht mehr erinnern kann, oder er war zu Hause. Und am Abend, als Frieda von Gaudy ermordet wurde, will er allein im Bett gelegen und bis zum nächsten Mittag geschlafen haben.«

»Bis mittags?«

»Ja, die Journaille hat andere Arbeitszeiten als wir. Die Durchsuchung seiner Wohnung hat auch nichts ergeben. Keine Stelle, an der dieser verdammte Teppich gelegen haben könnte. Und auch sonst nichts, was uns weiterbringt. Keine Schlachtermesser und keine Töpfe mit weiblichen Organen«, mault Schwarz. »Bücher über Bücher – aber kein *Hexenhammer.* Dann noch das übliche Mobiliar und jede Menge Wäsche und Kleider.«

»Wir observieren ihn trotzdem weiter«, entscheidet Polizeidirektor von Kleist.

»Gerne. Er hat das natürlich längst bemerkt und winkt den Gendarmen gönnerhaft zu, wenn sie ihm folgen. Den Kollegen Schwarz hat er sogar zu einem Bier eingeladen«, verrät Escher.

»Das macht nichts«, sagt von Kleist. »Es ist gut, dass er weiß, dass wir ihn im Auge haben. Wenn er schuldig ist, wird er sich hüten, einen weiteren Mord zu begehen.«

Schwarz legt ein Papier auf den Tisch. »Das ist die Aufstellung seiner Aufenthalte der letzten Jahre. Auf den ersten Blick nichts Auffälliges. Er stammt aus kleinbürgerlichem Haus, der Vater war Schulmeister an der Saar, danach Studium der deutschen Philologie in Heidelberg mit guter Note, dann eine erfolglose Bewerbung bei der Universität, in Königsberg einige Monate als Privatlehrer bei einer reichen Familie. Das Arbeitsverhältnis endete, weil seine Beteiligung an verbotenen politischen Versammlungen bekannt wurde. Volontär bei der *Kölnischen Zeitung,* Aufstieg zum Redakteur. Dann – nach drei Jahren – Wechsel zur *Vossischen*.«

»Keine Straftaten an Menschen?«

Schwarz verneint. »Nichts, was aktenkundig geworden wäre.«

Es klopft. Ein Brief ist angekommen, den der Bote nur dem Polizeidirektor persönlich aushändigen will.

Justus von Kleist verlässt das Besprechungszimmer. Auf dem Flur steht Gruber.

»Von der jnädigen Frau an den Herrn Jemahl.« Der Kutscher reicht von Kleist den Umschlag. »Nur persönlich auszuhändijen.«

»Wartet meine Frau auf Antwort?«

»Nee, davon hat se nüscht jesagt.«

»Danke, Gruber. Und gute Heimfahrt.«

»Ick bleib noch hier. Die Jnädige hat mir bis morjen frei jejeben. Jibt ja keene Jefahr mehr.«

»Ich weiß schon von der Festnahme des Frauenschänders. Gut gemacht«, lobt von Kleist.

»Wenn Se mir noch brauchen, Herr von Kleist, dann finden Se mir morjen früh beim jroßen Stall gleich nebenan. Ick fahr janz früh wieda los.«

»Kommen Sie auf jeden Fall noch vorbei, bevor Sie fahren«, bittet von Kleist. »Ich möchte Ihnen etwas für meine Frau mitgeben.«

Gruber verabschiedet sich. Von Kleist reißt den Umschlag auf und überfliegt Rachels Mitteilung. Die Nachricht über die Bekanntschaft des Lapalus mit der toten Wäscherin Kopatschek hebt seine Stimmung.

Nicht nur die seine – auch die Kollegen, die sich im Besprechungszimmer eingefunden haben, sind interessiert.

Zwei Kommissare werden losgeschickt, in der Wäscherei weitere Informationen über Adele Kopatscheks Privatkunden zu sammeln. Schwarz und Escher erhalten den Auftrag, mögliche Verbindungen Lapalus' zu Jule Brand und Dorothea Müssing zu finden.

Philosophische Betrachtungen über das Verbrechertum. Der Mann vom Fluss bekommt Angst. Auch der Redakteur fühlt sich nicht wohl. Ein Mädchen wird belastet.

Schwarz sitzt schon früh morgens im Archiv der *Vossischen Zeitung* und blättert in den Bänden. Niemand weiß, dass er Kriminalkommissar ist, denn das Archiv kann jedermann besuchen. Ihn interessieren die Artikel, die Lapalus in den letzten Monaten geschrieben hat. Vielleicht hat er Jule Brand und Dorothea Müssing durch sein Geschreibsel kennengelernt. Lapalus hat nur die längeren Artikel mit seinem vollen Namen gezeichnet, die kleineren mit dem Kürzel *LAP.* Die Themen, die der Redakteur bearbeitet hat, sind breit angelegt.

Sein erster Artikel im April vor drei Jahren befasst sich mit den Berliner Scharfrichtertaxen. Die Verordnung, die das Polizeipräsidium bekannt gegeben hatte, enthält eine Auflistung der Gebühren für Staupenschläge, Hinrichtungen durch den Strang, das Beil und Rädern. Lapalus geißelt die Hinrichtungsmethoden in dem Artikel und bezeichnet sie als »tierisch«.

Auch medizinische Themen interessieren den Redakteur. Vor zwei Jahren ist er dabei gewesen, als ein junger Arzt der Charité namens Rudolf Virchow eine Witwe Zack seziert und so eine neue Krankheit namens Thrombose entdeckt hat, die zu einer tödlichen Verstopfung der Adern führen kann. Lapalus beschreibt das Aufschneiden der Witwe in allen Einzelheiten. Aber dies als Hinwies auf Mordlust zu werten, dürfte zu weit hergeholt sein, denkt Schwarz.

Auffallend an Lapalus' Artikeln ist die liberale Tendenz. So engagiert er sich immer wieder für die Armen und Elenden, wie sein Artikel über eine Versammlung der Spargesellschaft des 35. Armenkommissionsbezirks im vergangenen Jahr beweist.

Gegen Mittag hat Schwarz viel Wissenswertes gelesen. Hinweise auf die Täterschaft des Lapalus hat er jedoch nicht gefunden.

Vielleicht ist er doch unschuldig, denkt Schwarz. Seine Augen brennen und er ist durch das konzentrierte Lesen erschöpft. Er räumt die Bände wieder ins Regal, bedankt sich bei der Aufsichtsperson und verlässt das Gebäude.

Seine Kollegen haben in der Wäscherei nachgefragt. Adele Kopatschek hat hier jeden Tag zehn Stunden geschuftet. Der Lohn für solche Arbeit ist so niedrig, dass sie noch private Aufträge angenommen hat – wie viele Wäscherinnen. Von einer engeren Beziehung zu ihren Auftraggebern ist niemandem etwas bekannt. Das Mädchen wird als arbeitsam, ordentlich und sittsam bezeichnet, aber auch als verschlossen. Ist sie doch nur ein Zufallsopfer des Mörders?

Minister Ernst von Bodelschwingh hat Justus von Kleist erneut einbestellt. Die Festnahme des Frauenschänders ist zwar ein kleiner Erfolg, doch die Hauptsache – die Frauenmorde – ist nach wie vor ungeklärt.

Von Kleist betritt den Raum. Bodelschwingh kommt hinter seinem Schreibtisch hervor und schlägt seinem Besucher vor, mit ihm einen Spaziergang zu machen.

Sie verlassen das Palais Schwerin. Auf dem Molkenmarkt bauen die Händler ihre Stände auf, Frauen kreischen nach ihren Kindern, Karren quietschen und rumpeln über das Pflaster. Die Kutscher brüllen sich gegenseitig an und knallen mit den Peitschen.

»Das ist das preußische Volk, das wir beschützen sollen«, sagt Bodelschwingh. »Die Menschen haben ein Recht darauf. Aber dieses Volk bringt auch die Verbrecher hervor, unter denen es leidet und die es attackieren. Wir sehen hier vielleicht achtzig Menschen vor uns. Wie viele von ihnen sind wohl Verbrecher?«

»Was meinen Sie mit Verbrechen?«, fragt von Kleist. »Mord, Raub, Vergewaltigung? Oder auch revolutionäre Bestrebungen? Umstürzlerei? Republikanische Gedanken?«

»Nach dem Gesetz ist anderes Denken auch ein Verbrechen gegen König und Vaterland«, lächelt der Minister.

»Ja. Und das ist vor allem eins: falsch. Die Gedanken sind frei und müssen frei sein. Unser König hat uns eine Verfassung versprochen, in der die Rechte des Volkes formuliert werden. Doch leider hat er das Versprechen nicht gehalten.«

»Das Volk wird ihn bald dazu zwingen, Herr von Kleist. Es brodelt und brennt an vielen Ecken und Enden. Denken Sie an meine Worte, wenn es soweit ist.«

Sie gehen weiter Richtung Mühlendamm.

»Ich liebe solche Spaziergänge«, gesteht der Innenminister. »Und mich überrascht immer wieder, dass die meisten Menschen, die sich hier umhertreiben, guter Dinge sind. Trotz aller Probleme.«

»Das muss der Berliner Humor sein«, meint von Kleist. »Erst einen dummen Spruch loslassen und dann jammern.«

»Vielleicht hat die Natur uns Menschen auch eine sehr lange Duldsamkeit mitgegeben. Eine sehr lange, freilich keine ewige.«

Es wird immer voller auf den Straßen. Gassenjungs rufen Frauen ohne Begleitung anzügliche Worte hinterher, Dienstmädchen und Köchinnen schleppen Körbe mit Gemüse nach Hause, ein zusammengebrochenes Pferd wird in einen Ochsenkarren gebunden und weggeschafft.

»Kommen wir zu unserem Fall zurück. Sie haben den Redakteur Lapalus in Verdacht, nicht wahr?«, fragt Bodelschwingh.

»Es gibt Fakten, die gegen ihn sprechen«, entgegnet von Kleist. »Aber noch lange nicht so viele, dass man ihn als Täter bezeichnen könnte.«

»Er ist ein liberaler Schreiberling und in gewissen politischen Kreisen hoch angesehen. Sie verstehen, was ich Ihnen sagen will?«

Und ob Kleist versteht!

»Ich halte mich allein an Beweise. Es ist mir bei der Suche nach der Wahrheit gleichgültig, welcher Religion oder welchen Standes ein Verdächtiger ist. Und es kümmert mich auch nicht, welchen politischen Ideen er anhängt«, sagt von Kleist ernst.

»Gut so, Herr von Kleist. Ich wollte Sie nur über das unterrichten, was sich im Hintergrund abspielt. Sie haben weiterhin freie Hand. Ich habe mit Puttkamer gesprochen.« Der Minister kichert. »Seine Gesundheit lässt es noch nicht zu, das schwierige Amt des Polizeipräsidenten wieder auszuüben.«

Ludwig Schwind ist heute in aller Frühe aus Potsdam in die Berliner Stadtvogtei überstellt worden. In seiner Wohnung hat man erstaunlich viele Kleidungsstücke gefunden. Darunter solche, die der Beschreibung des falschen »Hannes« durch Emma Delitz entsprechen. Diese Kleidungsstücke sind sichergestellt worden und befinden sich nun in der Obhut Eschers.

Schwind ist nicht mehr so unbekümmert und hochfahrend wie direkt nach seiner Festnahme an der Villa Kleist. Die Zelle in Potsdam hat ihm vor Augen geführt, was Haft bedeutet, und es ist ihm klar geworden, dass er leicht einige Jahre Gefangenschaft vor sich haben kann.

Insgeheim ist er froh, dass wohl noch niemand auf die Idee gekommen ist, ihn mit den diversen Wasserleichen junger Frauen in Verbindung zu bringen, deren Tod er verschuldet hat. Um weitere Nachforschungen zu verhindern hat er sich entschlossen, alles zuzugeben, was man ihm nachweisen kann. Und er wird demütig auftreten, um gut Wetter zu machen. Zu Jettes Kleidern hat er sich eine Geschichte ausgedacht.

Als ihn Escher in der Stadtvogtei vernimmt, konzentriert er sich darauf, ganz genau auf die Worte des Kommissars zu achten. Leider weiß er nicht, ob Jettes Zimmerwirtin noch etwas gesagt hat, bevor sie starb. Und immerhin hat ihn nicht nur Jette Wehner erkannt, sondern auch Marie Wichmann. Allerdings war die ja so von Sinnen – das sollte ihm doch in die Karten spielen …

»Wollen Sie nicht einfach ein Geständnis ablegen?«, ermuntert ihn Escher. »Wir haben so viele Beweise und Indizien, dass Ihre Schuld zweifelsfrei feststeht.«

»Ich habe der Jette ihre Kleider geklaut, ich geb's ja zu.

Aber das war ganz ohne böse Absicht, einfach nur, weil sie so schön ist. Eine blöde Idee, ja, aber das ist doch kein Verbrechen, eher so was wie ein Streich.«

Escher wird streng: »Es ist zuerst schon mal Diebstahl. Und es kommt etwas hinzu, was überhaupt keine Kleinigkeit ist: Eine junge Frau im Unterkleid zurückzulassen, ist eine Gefährdung der jungen Person. Sagen Sie mir also nicht, dass Sie der Frau nichts angetan haben.«

»Ich war einfach so gefangen von ihrer Schönheit …«

»Reden Sie keinen Unsinn, Schwind. Den liebestollen Jüngling nehme ich Ihnen nicht ab. Und selbst wenn darin ein Körnchen Wahrheit sein sollte, entschuldigt das Ihre Handlungsweise nicht. Im Gegenteil.«

»Sie hat sich doch ganz von alleine ausgezogen! Damit hab ich nichts zu tun! Und wenn sich ein Mädchen so benimmt, hat es selbst gewissermaßen die Eröffnung zu einem Spiel gemacht. Jeder, der an der Stelle vorbeikam, konnte ihre prächtige und verführerische Gestalt anschauen. Sie hat doch gewollt, dass man sich ihr nähert.«

Schwind vergisst seine Vorsicht und fügt grinsend hinzu: »Sie hätten die da mal sehen sollen, Sie sind doch auch ein Mann.«

Escher haut mit der Hand auf den Tisch: »Hören Sie auf! Mit solchen Redensarten machen Sie sich keine Freunde!«

»Ich bin schon ganz brav, Herr Polizeikommissar«, schlüpft Schwind wieder in seine Demutsrolle. »Ich wollte sie nur unbedingt wiedersehen.« Lügen wie diese kann man nicht heraushören, weil genau das ja objektiv stimmt: Er wollte sie unbedingt wiedersehen.

»Wie hätte das Stehlen der Kleider Ihnen denn zu einem Rendezvous verhelfen sollen?«

»Ich wollte ihr die Kleider wiedergeben. Als Zeichen dafür, dass ich nichts Böses dachte. Sie sollte dann mit mir über die ganze Sache lachen.«

»Und wie wollten Sie die Dame finden?«

»Ich wusste, wo sie wohnte«, fährt Schwind fort, die zurechtgelegte Geschichte wiederzugeben.

»Sie kannten Fräulein Wehner?«

»Nein, aber da war dieser Brief in ihren Sachen. Ich glaub, ich erzähle das mal im Zusammenhang.« Schwind versucht einen bittenden Augenaufschlag.

»Da bin ich gespannt«, erwidert Escher.

»Also, ich komm da ganz unschuldig an die Havel und denk noch, dass es bald regnen wird, und da sehe ich dieses wunderschöne Mädchen, wie es fast ohne Kleider am Ufer steht. Ich war sofort wie geblendet und verzaubert. Dann geht das Mädchen ins Wasser und lässt seine Kleidung einfach liegen. Da hab ich mich hingehockt und auf die Sachen aufgepasst, damit keiner sie wegnimmt. Als der Regen kommt, lege ich meine Jacke über die Kleider, damit sie nicht so nass werden. Wie ich da so hocke, befühle ich den Stoff und da kommt mir etwas Papier in die Hand. Ich ziehe es raus – es ist ein Brief. Ich hab ihn gelesen. Ein Hannes hat dem Fräulein Wehner geschrieben, dass er sie heiraten will. Nun wusste ich ihren Namen und ihre Adresse. In dem Moment kommt sie wieder aus dem Wasser. In all ihrer Schönheit und Pracht. Ich lächle sie an.« Schwind verstummt.

»Sie versuchen, mir ein rührseliges Märchen aufzutischen, Schwind. Damit kommen Sie nicht weit.«

Schwind beschließt, schnell zum Ende zu kommen. »Jedenfalls hat sie mein Lächeln nicht gut aufgenommen. Sie hat meine Worte gar nicht mehr gehört, dass ich nur auf ihre

Sachen aufgepasst habe. Sie ist einfach wieder ins Wasser und weggeschwommen.«

»Sie hat Angst gehabt vor Ihnen, Schwind. Jeder normale Mensch wäre ganz schnell und ganz weit von den Kleidern weggegangen und hätte sich umgedreht.«

»Sie hätte ja nicht wegschwimmen müssen. Ich hab sie sogar noch gewarnt.«

»Gewarnt? Wovor denn?«

»Na, es hatte doch das Gewitter angefangen. Im Wasser kann man leicht vom Blitz erschlagen werden.«

»Sie waren also der weiße Ritter auf dem Pferd, der nur Gutes wollte für die Menschheit und ganz besonders für die hübsche junge Frau?« Escher kann es nicht fassen.

»Sie drücken das etwas spöttisch aus«, entgegnet Schwind eingeschnappt, »aber die Richtung stimmt schon. Ich wollte der Jette die Kleider natürlich persönlich wiedergeben. Ich hab mich dann öfter mal in der Nähe der Adresse aufgehalten und nach ihr geschaut, aber sie ist nicht aufgetaucht. Sie war einfach verschwunden.«

Bisher ist Schwind zufrieden mit seiner Geschichte. Er weiß, nun kommt die kritische Phase. Die tote Vermieterin und dann Marie.

»Sie haben sich der Vermieterin gegenüber als Verlobter von Jette Wehner ausgegeben.«

Mist, denkt Schwind. Hat die Alte also noch geredet. Jetzt wird es schwierig. Alles, was er nun sagt, muss zu dem passen, was die Frau erzählt haben kann, aber es muss ein ganz anderes Licht werfen auf die Dinge.

Schwind seufzt.

»Wissen Sie nicht weiter?«, fragt Escher.

»Ich habe nur ein schlechtes Gewissen«, sagt Schwind und

murmelt: »Wegen der armen Frau. Sie ist aus dem Fenster gestürzt.«

Escher verschränkt die Arme. »Wie hat denn der weiße Ritter versucht, die alte Frau vor einem Unglück zu retten, und wie ist sie dann doch aus dem Fenster gefallen?«

»Immer unterbrechen Sie mich«, beschwert sich Schwind.

»Nur zu, Herr Ritter.« Escher ist kurz davor, Schwind das Grinsen aus dem Gesicht zu schlagen. »Sie haben also die Frau Delitz aufgesucht und ihr erzählt, dass Sie der Bräutigam von der Jette sind?«

»Genau«, freut sich Schwind über das Stichwort. »Ich wollte ja nur wissen, wo sich das herrliche Mädchen aufhielt. Damit ich ihr ihre Sachen bringen konnte. Frau Delitz hat gesagt, dass Jette in der Villa Kleist ist. Sie war sehr erfreut und freundlich. Zuerst.«

»Zuerst?«

»Es war ein ganz nettes Gespräch. Sie hat mir erzählt, wie Jette den Nachmittag am Fluss erlebt hat, und ich bekam Gewissensbisse, weil ich die Kleine wohl doch erschreckt habe. Was mir sofort schrecklich leidtat. Dann hat sie mir ein Glas Wasser angeboten, und das war noch mal sehr nett von ihr. Auf dem Weg ist sie gestolpert. Zum Fenster hin. Ich hab natürlich versucht, sie festzuhalten. Aber ich hab sie nicht mehr fassen können und in der Hektik bin ich selbst gestolpert. So hat meine Hilfe leider als Stoß funktioniert.«

»Dann flog sie aus dem Fenster und starb später an ihren Sturzverletzungen. Frau Delitz hat die Sache ganz anders wahrgenommen.«

Schwind legt viel Herz in einen Seufzer. »Das tut mir sehr leid. Die Sache war eine höchst unglückliche Verknüpfung verschiedener Umstände, aber mein Gewissen ist rein. Ich habe Jette das Kleid dann mit der Post an die Villa geschickt. Damit ist doch klar, dass ich die Jette einfach nur liebe und alles ordnen wollte.«

»Kommen wir zu Marie Wichmann. Was ist mit der? Wahrscheinlich haben Sie die gar nicht vergewaltigt, sondern nur gerettet aus einer Situation der unbefriedigten Sexualbegierde?«

»Damit habe ich nichts zu tun. Ich kenne diese Person nicht.«

»Das Mädchen hat sie wiedererkannt!«

»Dafür kann ich nichts. Die junge Dame war doch völlig hysterisch. Vielleicht hat sie sich von Fräulein Wehner beeinflussen lassen. Oder sie verwechselt mich.«

Escher schüttelt den Kopf über solch eine Unverfrorenheit und fragt sich, wie er seine Notizen über diese Vernehmung in einen deutlichen und zusammenhängenden Bericht umwandeln soll. Er ruft den Schließer.

An diesem Tag finden viele Verhöre statt. Justus von Kleist wendet sich an Henri Lapalus.

»Was verbindet Sie mit Adele Kopatschek?«

»Sie hat sich um meine Wäsche gekümmert.«

»Warum haben Sie das nicht früher erwähnt?«

»War das denn wichtig?«

Justus von Kleist nimmt sein Gegenüber in die Mangel. Der Redakteur hat einiges von seiner Selbstsicherheit verloren. Mit hohlen Wangen, kalten Schweißperlen auf der Stirn und knackenden Fingern versucht er, die aufkeimende Angst zu bekämpfen.

»Soll ich nun der Sündenbock sein?«, fragt er heiser. »Nach Rebenstein bin ich jetzt wohl dran? Erst ein unschuldiger Jude und jetzt ich.«

»Erinnern Sie sich bitte, Herr Lapalus«, fordert von Kleist. »Sie waren in Nowawes, als meine Frau und ich Sie kennenlernten. Da war Adele Kopatschek schon tot. Wäre nicht ein Wort von Ihnen angebracht gewesen, dass Sie das Mädchen kannten?«

»Mir war damals die Wichtigkeit nicht bewusst«, krächzt Lapalus. »Außerdem ...«

»Was außerdem?«

»Sie hat nicht nur meine Wäsche gemacht.«

»Was denn noch?« Kleist ahnt, was nun kommt.

»Einige Male war sie in meinem Bett. Freiwillig und gegen Geld.«

»Sie wollen behaupten, dass dieses junge, sittsame Mädchen ihre Hure war?«

»Diesen unschönen Begriff würde ich nicht verwenden. Es hat sich so ergeben. Ich war immer gut zu ihr.«

»Ja, Sie sind ein guter Mensch, Herr Lapalus«, meint Kleist spöttisch. »Sie unterstützen ja sogar die Familie des Mädchens.«

»Ich bemühe mich, das Leid etwas zu lindern.« Lapalus knackt mit den Fingern.

»Halten wir also fest«, resümiert Justus von Kleist. »Sie haben von vier ermordeten Frauen schon mal zwei näher gekannt. Kannten Sie zufällig auch Jule Brand und Dorothea Müssing?«

Lapalus verneint.

»Sind Sie sicher? Die Kopatschek hat im Scheunenviertel gearbeitet, genau dort ging Jule Brand anschaffen.«

»Ich kenne keine Jule Brand«, wiederholt der Redakteur. »Doch selbstverständlich kann ich nicht ausschließen, ihr vielleicht einmal begegnet zu sein. Ohne zu wissen, wer sie ist. In den Scheunengassen stehen viele Dirnen und warten auf Freier.«

»Nehmen Sie häufiger die Dienste von Straßenmädchen in Anspruch?«

»Nicht häufiger. Nur zuweilen«, gibt Lapalus zu. »Ich bin Junggeselle und habe meine Bedürfnisse.«

»Frau Müssing wollte sich am Tag ihres Todes mit einem Herrn treffen, der nicht ihr Ehemann war. Waren Sie dieser Herr?«

»Eine Frau Müssing ist mir vollkommen unbekannt, Herr von Kleist!«

»Bevor Sie vor drei Jahren nach Berlin gezogen sind, haben Sie in Köln für die *Kölnische Zeitung* geschrieben. Zu dieser Zeit hat es dort ähnliche Morde an Frauen gegeben. Wissen Sie davon?«

»Ja. Aber ich habe den Vorfällen keine Beachtung geschenkt«, erklärt Lapalus. »Ich bin politischer Redakteur. Derlei Dinge stehen nicht im politischen Teil der Zeitungen.«

»Sie können gehen, Herr Lapalus«, sagt Justus von Kleist. »Halten Sie sich zu unserer Verfügung.«

Kalbsfüße auf dem Tisch. Ist der Mörder eitel? Wie man sich in die Nesseln setzt. Reizvolle Schädlinge mit schöner Farbe bestrichen. Zwei biblische Schwestern. Eine Lüge erscheint in den Zeitungen.

Von Kleists Studienkollege im Kölner Polizeipräsidium hat die wichtigsten Informationen über die drei Frauenmorde zusammengestellt und eine Depesche verfasst. Da die Telegrafisten nicht immer sattelfest sind in der Weitergabe der Informationen und deren Entschlüsselung, hat er zusätzlich noch einen längeren Bericht in die Post gegeben.

Kleist überfliegt die Depesche und notiert folgende Fakten: drei Frauen, die der Prostitution nachgingen, sind getötet worden. Es scheint sich um zufällige Opfer zu handeln. Die Überprüfung der bekannten Freier der Frauen ist ohne Ergebnis geblieben. Als Tatwerkzeug wurden ein oder mehrere scharfe Messer ermittelt, von denen aber keins gefunden wurde. Den Leichen wurden die Unterleibsorgane herausgeschnitten. Dass der Mörder über medizinische Kenntnisse verfügen muss – darauf sind die Kölner Kommissare auch gekommen. An zwei Leichen befanden sich zudem Spuren von Ruß, der von einem Kamin oder Ofen stammen könnte. Die Fundorte sind nicht die Tatorte, so resümieren die Kölner.

Ruß oder vielleicht Druckerschwärze, denkt Kleist grimmig. Alles Hinweise, aber keine Beweise. Ich muss den Mörder aus der Reserve locken. Wie nur?

Ihm kommt eine Idee.

In der *Rippe* gibt es jeweils zwei sogenannte Stammessen zur Auswahl. Heute sind es Kalbsfüße und Fisch mit zweierlei Soßen. Die Gastwirtschaft ist gut besucht.

Dr. Johann Ludwig Casper bestellt den Fisch, von Kleist die Füße mit Pellkartoffeln.

»Ihre Einladung zum Essen hat mich überrascht, Herr von Kleist. Nach kurzem Nachdenken weiß ich den Grund: Sie mögen meine angenehme Gesellschaft.«

»Welch brillante Analyse«, lächelt von Kleist. »Ich schätze Sie besonders als kompetenten Gesprächspartner zum Thema Mörderseelen. Ich komme mit den Ermittlungen zu den Frauenmorden nicht weiter.«

»Man munkelt, dass es einen Verdächtigen gibt«, entgegnet Casper und nimmt einen kräftigen Schluck aus dem Bierglas. »Der politische Redakteur der *Vossischen.* Viele halten das allerdings für eine Farce. Erst der Jude, jetzt ein Liberaler.«

»Das ist nicht ganz vergleichbar. Es gibt durchaus objektive Dinge, die gegen den Redakteur sprechen.« Von Kleist fasst die Verdachtsmomente zusammen.

»Als Rebenstein in der Stadtvogtei einsaß, hat der Mörder erneut zugeschlagen, um zu beweisen, dass kein einfacher Jude dieses Werk vollbringen konnte«, erinnert Kleist. »Er ist stolz auf das, was er anrichtet. Ich habe hier eine Abschrift des Briefes.«

Casper überfliegt das Geschriebene. »*Der Schlund ihrer*

Gebärmutter ist unersättlich«, zitiert der Rechtsmediziner und kratzt sich am Kinn.

»*Hexenhammer«*, erklärt Kleist.

Casper nickt. »Der Täter muss schlimme Erfahrungen mit Frauen und ihrer Körperlichkeit gemacht haben. Wahrscheinlich schon als Kind. Und als er dann ein Mann wurde, pendelte er zwischen Hass und Anziehung. Er begehrt die Frauen fleischlich und gesteht sich das nicht zu, weil er gelernt hat, sie zu verabscheuen. In der Tat – ein gequältes Wesen mit einer gespaltenen Seele.«

»Warum diese abgrundtiefe Bestialität?«

»Na, Herr von Kleist, beleidigen Sie die Tiere nicht!«, protestiert Casper. »Tiere kennen keine Lustmorde, diese Variante ist der Krone der Schöpfung vorbehalten, dem Menschen. Der Mörder bestraft die Frauen dafür, dass er sich zu ihnen hingezogen fühlt. Nicht geistig, sondern fleischlich. Und er schneidet ihnen aus dem Leib, was sie zu Frauen macht: den Schlund der Gebärmutter und die Sachen drum herum.«

Prompt werden die Kalbsfüße und der Fisch serviert. Die Männer starren das Essen an und schieben die Teller erst mal von sich.

»Der Mörder hat noch eine andere Charaktereigenschaft«, sinniert Kleist. »Er ist eitel. Nur er kann dieses Werk – wie er es nennt – zur Vollendung führen.«

»Richtig. Vielleicht macht diese Eitelkeit ihn unvorsichtig.«

»Ich habe eine Idee, wie ich den Mann provozieren könnte, und würde mit Ihnen gern die Folgen besprechen, die das haben kann, Herr Medizinalpolizist.«

»Ich fühle mich geehrt, Herr Fastpolizeipräsident«, grinst Casper. »Wir sollten uns jedoch erst die Speisen einverleiben, sonst werden Fisch und Füße kalt.«

Nach der Mahlzeit sitzt Justus von Kleist mit dem Rechtsmediziner beim Kaffee und erklärt die neue Idee.

»Halten wir also fest«, sagt Casper. »Sie geben bekannt, dass der Schwind die vier Frauenmorde gestanden hat. Er selbst wird in Einzelhaft gehalten und erfährt nichts davon. Für die Öffentlichkeit schmücken Sie das Ganze ein wenig aus, sodass der echte Mörder sich wertlos und unbeachtet vorkommt. Die Zeitungen berichten auf den ersten Seiten. Der Mörder fühlt sich um den Erfolg seiner Mission betrogen. Seine Eitelkeit ist verletzt. Die Frage ist, wie er reagiert. Sie möchten, dass er sich bemerkbar macht und sich dabei verrät.«

»Ganz recht. Das ist der Sinn der Aktion.«

»Er wird wahrscheinlich etwas unternehmen, um uns zu zeigen, dass Schwind nicht der Mörder ist. Was kann er machen?«, fragt Casper.

»Bekennerschreiben – oder noch ein Mord«, spekuliert Kleist sachlich.

»Das gefällt mir nicht«, zweifelt Casper. »Er wird sich irgendeine arme Frau schnappen und sie ausweiden. Sie zwingen ihn fast dazu.«

»Mir ist auch nicht wohl bei der Sache«, erklärt Justus von Kleist. »Aber wir befinden uns in einer Zwangslage. Wir fischen in trübem Wasser. Wir müssen den Täter dazu bringen, in Aktion zu treten. Sonst haben wir gar keine Chance, ihn zu stellen.«

»Und wo wollen Sie ihm auflauern? Berlin ist groß. Er hat im Scheunenviertel gemordet, aber nicht nur dort. So viele Polizisten gibt es nicht, dass Sie ein enges Netz knüpfen können.«

»Das ist die schwache Stelle des Plans«, gesteht Kleist. »Ich habe nur keinen anderen.«

Die Männer schweigen eine Weile.

»Wer außer Ärzten und Metzgern hat genügend anatomische Kenntnisse, um in einem See von Blut einzelne Organe herauszuschneiden?«, fragt von Kleist dann.

Casper bestellt noch einen Kaffee und stopft die Pfeife. »Noch nicht mal alle Ärzte haben die Nerven dazu. Die Chirurgen – ja, die können das. Doch selbst ich hätte Probleme, denn ich bin es ja gewohnt, unblutig zu operieren. Metzger – ja. Wenn sie auch Schlachter sind. Dagegen spricht der Bildungsstand des Mörders. Veterinäre behandeln zwar nur Tiere, aber Schweine, Kühe, Pferde und Ziegen sind anatomisch und organisch mit dem Menschen vergleichbar. Auch Bader haben medizinische Kenntnisse – sie versorgen Wunden, ziehen Zähne und richten Brüche. Scharfrichter kämen ebenfalls infrage.«

»Scharfrichter?« Kleist ist überrascht.

»Sehr richtig. In Preußen gibt es nur noch so wenige Hinrichtungen, dass diese Herren und ihre Familien von ihrem Lohn nicht leben können«, sagt Casper. »Also brauchen sie ein Nebengewerbe.«

»Frauenmord?«

»Langsam werden Sie sarkastischer als ich, Herr von Kleist!« Casper ist amüsiert. »Ein Scharfrichter hätte sehr gute Voraussetzungen, die Frauenmorde zu begehen, denn er muss viel über Anatomie lernen. Der Berufsstand des Henkers ist seit Jahrhunderten geächtet. Darin könnte ein Grund für die Taten liegen. Früher durften diese wackeren und nützlichen Handwerker noch nicht mal Wirtshäuser oder Badestuben benutzen oder den Gottesdienst besuchen. Erst seit dreißig Jahren gehören sie in Preußen zum bürgerlichen Stand.«

»Zu den eigenen Freunden möchte man sie nicht gerade zählen.« Kleist nickt. »Sollten wir also nach einem Henker suchen?«

»Ich kenne mehrere Scharfrichter, alles sehr angenehme Zeitgenossen. Sie behandeln sogar kranke Menschen – was uns studierten Medizinern natürlich ein Dorn im Auge ist. Zugleich machen sie auch das, wovor sich viele ekeln. Sie verwerten zum Beispiel Tierkadaver und verkaufen die Produkte – Hundefett gegen Sehnenschwäche. Und die Salbe hilft – ich weiß, wovon ich rede.« Casper reibt sich die Handgelenke.

»Wie so was fabriziert wird, möchte ich mir nicht vorstellen«, spöttelt Kleist. »Unser Mörder kann nicht nur schneiden, er ist auch gebildet. Passt das zu einem Henker?«

»Henker ist ein Lehrberuf. Mit Vorschriften und Regeln. Kenntnisse im Lesen und Schreiben sind unerlässlich. Besonders hübsch ist die Meisterprobe für Jung-Henker. Einem Verurteilten muss unter der Aufsicht des Meisters der Kopf abgeschlagen werden. Stellt sich der Lehrling dabei possierlich an, bekommt er den Meisterbrief und ich die Leiche für meine Studenten.«

»Und allen ist geholfen«, kommentiert Kleist trocken.

»Reizen wir also den Mörder zu Unvorsichtigkeiten. Doch bevor Sie tätig werden, sollten Sie sich höheren Orts Rückendeckung verschaffen.«

»Ich habe zurzeit einen guten Draht zum Innenminister.«

»Ich hörte davon«, grinst Casper. »Auch, dass Puttkamer mit schlechter Gesundheit zu kämpfen hat. Kann ich für den alten Bock schon mal einen Tisch im Sektionssaal frei räumen?«

Innenminister von Bodelschwingh empfängt Justus von Kleist mit gespannter Miene: »Ich hoffe, Sie haben Gutes zu melden. Setzen Sie sich doch.«

Von Kleist räuspert sich. »Leider haben wir nach wie vor nichts Konkretes. Es gibt keinerlei Täterbeschreibung. Die entwendeten Körperteile sind nirgends aufgetaucht. Wir überlegen, was für eine Art Mann das ist, der so etwas tut.«

»Sehe ich es recht, dass Sie keine Hoffnung haben, weiterzukommen? Wollen Sie von Ihrer Aufgabe zurücktreten?«

»Keineswegs. Sie gaben mir alle Vollmachten. Ich möchte das jetzt in Anspruch nehmen. Wir möchten etwas ausprobieren. Ich habe zusammen mit Herrn Casper von der Charité eine Idee entwickelt, die uns vielleicht voranbringen kann. Es handelt sich weder um eine normale Polizeiaktion noch ist es ungefährlich. Wir möchten die Öffentlichkeit anlügen und dadurch den Täter reizen. Doch wenn wir ihn reizen, kann das noch jemandem das Leben kosten. Das ist die Gefahr.«

»Bitte erläutern Sie genauer.«

Von Kleist folgt dem Wunsch.

Bodelschwingh hört aufmerksam zu und runzelt die Stirn.

Nachdem von Kleist verstummt ist, bleibt es eine Weile still.

»Mit so einer Sache setzen Sie sich tief in die Nesseln. Wenn das schiefgeht, müssen Sie damit rechnen, dass Sie für den Tod einer weiteren Frau verantwortlich gemacht werden.«

»Mein persönliches Schicksal ist unerheblich. Das Morden muss aufhören. Dem ordne ich alles unter.«

»Alles?« Bodelschwingh blickt Justus von Kleist fest an. »Wenn dieser Mörder so eitel ist, dass er Ihre öffentliche Lüge als persönliche Herausforderung erfährt, wird er morden. Auf der anderen Seite wird er sowieso weitertöten. Solche Charaktere lassen sich nur aufhalten, wenn man sie unschädlich macht. Ich werde alles tun, Ihnen den Rücken frei zu halten.«

Von Kleist weiht nun auch Escher und Schwarz in den Plan ein. Die beiden verstehen Hintergrund und Ziel, melden jedoch ebenfalls Skrupel an. Schließlich lassen sie sich überzeugen, dass dieser Weg die einzige Möglichkeit ist, dem Mörder näher zu kommen.

»Was ist mit Lapalus? Sollen wir ihn weiterhin observieren?«, will Schwarz wissen.

»Ich werde ihm offiziell mitteilen, dass die Ermittlungen gegen ihn nach dem Geständnis des Schwind eingestellt sind. Aber die Observation bleibt bestehen. Nun unbedingt dezent. Und jetzt informieren wir die Zeitungen. Der Schreiber soll kommen.«

Eine große Lüge geht ihren Weg. Die Folgen sind schrecklich und man besinnt sich auf die Bibel.

Die großen Berliner Zeitungen bringen die Nachricht über Schwinds Geständnis auf ihren ersten Seiten. Und sie zitieren Justus von Kleist:

Endlich können sich die Frauen auf den Straßen Berlins wieder sicher fühlen. Die grausame Mordserie ist beendet – der Täter wird seiner gerechten Strafe zugeführt. Es handelt sich bei dem Mörder um ein bedauernswertes menschliches Wesen ohne jede Moral, das sich durch seine Taten außerhalb jeder Barmherzigkeit und jedes gesellschaftlichen Lebens gestellt hat. Staat und König werden darauf mit aller Härte reagieren.

Der Plan geht so gründlich schief, wie es nur sein kann. Schon am Abend melden Gendarmen einen weiteren Mord. Dieses Mal nicht im Scheunenviertel, sondern im Hof eines Tanzlokals namens *Tivoli* auf dem Kreuzberg.

Das Opfer ist eine bekannte Prostituierte, die in ihren Kreisen *Schwarze Lea* hieß. Frauen wie Lea werden Tanzdirnen genannt, denn sie sind Stammgast bei den zahlreichen Vergnügungen, bei denen die Prostitution der beste Gast ist.

Tanzdirnen und ihre Freier zahlen am besten und verzehren am meisten – und zwar nur das Teuerste. Die Männer, die nach Mitternacht oder sonntagabends die entsprechenden Lokale besuchen, wissen, was die hübsch gekleideten Damen außer einem flotten Tanzbein sonst noch anzubieten haben.

Die Gendarmen haben Petroleumlampen aufgestellt und das Etablissement geschlossen. Sie achten peinlich darauf, dass niemand etwas verändert und etwaige Zeugen den Ort nicht verlassen.

Neugierige gibt es wie immer genug. Sie stellen sich auf die Zehenspitzen und versuchen, an den Polizisten vorbei einen Blick auf die Leiche zu werfen.

Von Kleist, Schwarz und Escher erscheinen.

»Schaffen Sie die Gaffer weg«, befiehlt Schwarz den Gendarmen.

Er tritt zu der Leiche. Die junge Frau liegt auf dem Rücken, die Arme nach oben über den Kopf gestreckt. Sie trägt ein hellblaues Kleid mit schwarzer Weste und einer Brosche mit rotem Stein. Die schwarzen Haare sind *à la chinoise* frisiert, was der aktuellen Mode entspricht. Es ist kein Blut zu sehen, doch es gibt keinen Zweifel, dass die Frau tot ist: Die Augen sind weit aufgerissen und schon angetrocknet.

»Im Ausschnitt steckt ein Papier«, stellt Schwarz fest. Mit einer Pinzette zieht er es hervor und verstaut es in einem Holzkästchen.

Eine schöne Frau, denkt von Kleist, sie hat eine gewisse Ähnlichkeit mit Rachel. Plötzlich wird ihm bang.

»Heben Sie den Rock an«, ordnet er mit rauer Stimme an. Gleich wissen wir, ob unser Mörder wieder zugeschlagen hat, denkt er.

Der Gendarm zögert. Escher schiebt ihn zur Seite und

entblößt den Unterleib der Toten. In der Bauchdecke steckt ein Messer. Der Griff liegt auf der Haut. Die Organe sind nicht herausgeschnitten worden.

»Sie ist innerlich verblutet«, seufzt Escher. »Aber es fehlt nichts.«

»Lassen Sie die Frau – so, wie sie sich jetzt befindet – in die Rechtsmedizin schaffen«, ordnet von Kleist an.

»Und das Messer?«, fragt der Gendarm.

»Das bleibt stecken und wird nicht angerührt.«

Escher macht sich an die Zeugenvernehmungen, während sich von Kleist und Schwarz in die Küche des Tanzlokals zurückziehen. Es riecht nach Alkohol, auf dem einzigen freien Tisch glänzen Bier- und Weinlachen. Schwarz holt das Kästchen hervor, zieht den Brief heraus und reicht ihn weiter.

Das Schriftbild ist Justus von Kleist bekannt. Er liest vor:

Was ist denn das Weib anderes als eine Vernichtung der Freundschaft, eine unentfliehbare Strafe, ein notwendiges Unglück, eine natürliche Versuchung, ein begehrenswertes Unheil, eine häusliche Gefahr, ein reizvoller Schädling, ein Weltübel, mit schöner Farbe bestrichen?
Ich habe Lea bekommen. Aber Rachel will ich. Rachel, die dunkle Schönheit mit leuchtender Vernunft.

Von Kleist ist bleich geworden. »Lea und Rachel«, murmelt er. »Die beiden Schwestern. So steht es in der Bibel.«

»Das ist eine Drohung gegen Ihre Frau, Herr von Kleist«, begreift Schwarz.

»Das sehe ich auch so. Der Mörder spielt auf die Geschichte aus dem Alten Testament an, dem Buch Genesis. Jakob verliebt sich in Rachel. Um sie heiraten zu können, dient er sieben Jahre bei ihrem Vater. Doch am Ende des Dienstes gibt der Vater ihm nicht Rachel, sondern Lea, ihre Schwester. Und Jakob arbeitet weitere sieben Jahre für den Mann, um Rachel auch heiraten zu dürfen. – Ich habe Angst um meine Frau.«

»Wohl nicht ohne Grund«, stimmt Schwarz zu.

»Ich habe den Mörder herausgefordert. Das war ein Fehler. Ich werde mich umgehend nach Potsdam begeben und meine Frau in Sicherheit bringen. Während meiner Abwesenheit leiten Sie und Escher die Untersuchungen. Ich komme zurück, so schnell es geht.«

Von Kleist lässt die Polizeikutsche vorfahren. Es ist schon tiefe Nacht, aber der Kutscher kennt den Weg. Im Morgengrauen erreichen sie die Glienicker Brücke.

Der hohe Polizist gesteht seine Schuld. Ein Kompliment wird wiedererkannt. Geschnürte Damen bekommen nicht genug Luft.

Matuschke schiebt Wache im Park der Villa Kleist. Der Hausherr ist froh, dass die Gendarmen trotz der Festsetzung Schwinds geblieben sind.

Matuschke erkennt von Kleist und salutiert, bevor er das Tor öffnet und die Kutsche hereinfahren lässt. Die Pferde dampfen.

»Versorgen Sie die Pferde und legen Sie sich schlafen«, sagt Kleist zum Kutscher.

Ada Hertel steht im Morgenmantel auf dem Rasen. Sie hat eine Pfanne in der Hand – die Waffe, die sie am besten beherrscht.

»Ich kümmere mich um den Mann, Herr von Kleist«, sagt sie. »Die gnädige Frau wird sich freuen, dass Sie da sind. Sie schläft nicht gut in der letzten Zeit.«

»Mein Schlaf lässt auch zu wünschen übrig«, entgegnet er.

»In der Zeitung liest man, dass der Mörder die schändlichen Taten zugegeben hat«, wundert sich die Köchin.

»Die Sache ist leider nicht ganz so einfach«, seufzt von Kleist.

Er legt Mantel und Weste ab, atmet durch und saugt den Geruch seines Hauses ein. Auch Rachels Zimtaroma liegt in der Luft.

Er möchte baden, bevor er sich zu ihr legt, den Schmutz der Stadt loswerden. Doch er ist zu müde. Er wird sich ins Arbeitszimmer begeben und dort nächtigen.

»Justus?« Rachel steht oben an der Treppe. »Justus! Du bist da!«

Sie fliegt auf ihn zu, nimmt zwei Stufen auf einmal und purzelt in seine Arme. »Endlich!«

Er umfasst sie, vergräbt das Gesicht in ihrem Haar.

»Du siehst erschöpft aus, Liebster«, sagt sie mit Sorgenblick. »Komm ins Bett.«

Justus schläft bis zum Mittag durch. Dann sitzt er mit Rachel im Schatten des kleinen Gartentempels bei einem späten, aber kräftigen Frühstück. Rühreier mit Speck, Landbrot, goldene Butter und Obst. Die Sonne brennt heute nicht so heiß wie in den letzten Tagen, eine leichte Brise spielt mit dem schneeweißen Tischtuch. Rachel nippt an ihrer Limonade.

Sie lächelt. »Ich sehe gern zu, wenn du isst, Justus.«

»Ich habe es nötig. Gestern war ein furchtbarer Tag. Erneut ist eine Frau gestorben. Und ich bin daran schuld.«

»Unsinn, Justus. Du bist überarbeitet. Wie kannst du daran schuldig sein, wenn jemand Frauen tötet? Du bist doch die Kraft, die sich dem Mörder entgegenstellt.«

»Diesmal nicht. Ich habe einen schrecklichen Fehler gemacht.« Justus schiebt seinen Teller weg.

»Der Schwind hat doch alles gestanden, Justus. Die Zeitungen waren gestern voll davon.«

»Das war eine Lüge, Rachel.«

Justus erklärt ihr die List, die er angewandt hat.

Rachel ist sprachlos und starrt ihn an. Sie fragt nach: »Dann hast du den Mörder tatsächlich herausgefordert, weiterzumorden?«

»Es ist noch viel schlimmer.« Justus weiß gar nicht, wie er es sagen soll. Aber er darf es ihr nicht verschweigen. »Der Mörder hat an der Leiche eine Botschaft hinterlegt. Und darin steht, dass er nun auf dich losgeht. Auf dich, meine Frau.«

Rachel ist fassungslos. »Auf mich?«

»Ja, er hat es etwas verrätselt. Trotzdem ist es eine klare Botschaft.«

»Wie … verrätselt?«

»Die Frau, die er gestern getötet hat, wird in ihren Kreisen *Schwarze Lea* genannt. Eine jüdische Prostituierte, die eine gewisse Ähnlichkeit mit dir hat. In dem Brief, den er ihr beigegeben hat, schreibt er ganz klar: *Ich habe Lea bekommen. Aber Rachel will ich. Rachel, die dunkle Schönheit mit leuchtender Vernunft.* Das bist du. Es ist nicht nur dein Name. Du wirst auch beschrieben.«

»Das ist doch nur die Lea-Rachel-Geschichte aus der Bibel.«

»Nein, Liebste. Jemand hat dich vor Kurzem genau so beschrieben.«

»So? Wer soll das denn gewesen sein?«

»Ich mag es dir gar nicht sagen.«

»Justus!«

Kleist seufzt. »Ich sehe schon, ich komme aus dem Verhör nicht raus. Es war Lapalus. Er hat dich Schücking gegenüber als *dunkle Schönheit mit hellem Verstand* bezeichnet.«

»In dem Brief steht doch *leuchtende Vernunft*, oder habe ich dich missverstanden?«

»Stimmt. Aber die Ähnlichkeit der Formulierungen ist nicht zu übersehen. Der Mörder hat es vielleicht zufällig gehört und sich zu eigen gemacht.«

Rachel lächelt. »Das ist ein schönes Komplimente, lieber Justus. Ich fühle mich geschmeichelt und werde Lapalus bei Gelegenheit danken. Dem Mörder danke ich, wenn ich ihn treffen sollte.«

»Rachel! Dies ist eine viel zu ernste Sache, um darüber zu scherzen. Ich mache mir große Sorgen. Und habe einen Vorschlag.«

»Meine Antwort ist Nein, Justus.«

»Wie bitte?«

»Die Antwort ist Nein, lieber Justus«, wiederholt sie.

»Auf welche Frage denn?«

»Nicht auf eine Frage, sondern auf deinen Vorschlag. Ich fahre nicht nach Morgenthal.«

»Du kannst Gedanken lesen«, staunt Justus. »Aber du musst hier weg. Die Bedrohung ist ernst.«

»Nein. Im Gegenteil. Ich muss hierbleiben. Wenn der Mörder auf mich losgeht, wie du sagst, ist das doch die beste Gelegenheit, ihn zu fassen und endlich unschädlich zu machen.«

Schwarz und Escher haben die Zeugenbefragungen im Umfeld des Tanzlokals abgeschlossen. Sie erwähnen niemandem gegenüber, dass Lea Katz von dem berüchtigten Frauenmörder getötet wurde – denn der sitzt ja in der Person von Ludwig Schwind im Gefängnis.

Sie erfahren, dass Lea das *Tivoli* in den vergangenen Monaten fast jeden Abend besucht hat. Sie unterschied sich von anderen Tanzdirnen durch eine zur Schau getragene Unnahbarkeit und durch ihre ungewöhnliche Aufmachung. Ihr schwarzes, glänzendes Haar war zu einer Geisha-Frisur geschlungen und mit perlmutternen Kämmen und Haarnadeln geschmückt. Ihr groß geblümtes Kleid hatte Ähnlichkeit mit einem Kimono. Lea drängte sich nie jemandem auf, saß still an ihrem Platz und wartete, dass sie zum Tanzen aufgefordert wurde. Darauf musste sie nie lange warten. Sie hatte stets nur einen Freier pro Abend und kehrte anschließend nicht zurück ins *Tivoli.* Die anderen Mädchen dagegen – so berichtet der Wirt – bedienen in der Regel mehrere Männer in einer Nacht.

Am Abend ihres Todes ist Lea nicht im *Tivoli* erschienen. Der Mörder hat sie vorher abgepasst. Und da sei noch ein großer, schwarzer Hund mit weißer Brust gewesen, erzählt schließlich ein Zeuge. Er habe neben der Leiche gesessen, sie beschnüffelt und sei weggelaufen, als man auf die Tote aufmerksam wurde.

Polizeischutz für die junge Frau. Eine Gesellschaft verhält sich nicht freundlich. Der Rabbi ist betrübt und verlangt die Leiche. Verschobene Rippen und schwarze Lungen. Woher kommt das Messer? Ein Schatten beobachtet die junge Frau.

Justus von Kleist nimmt Rachel mit nach Berlin und bringt sie in die Dienstwohnung. Die Concierge bereitet er auf mögliche Fremde vor, die das Haus beobachten oder sogar betreten könnten.

»Vor dem Haus stehen zwei Gendarmen. Sie werden jede unbekannte Person festsetzen, die sich unberechtigterweise nähert. Und wenn Sie etwas Verdächtiges bemerken, sprechen Sie die Männer an.« Den Gendarmen befiehlt er, Rachel nicht aus den Augen lassen, falls sie das Haus verlassen sollte.

»Sei vernünftig«, sagt Justus, als er sich von seiner Frau verabschiedet. »Ich werde dich am Abend abholen und wir gehen zusammen mit Schwarz und Escher in eine Gastwirtschaft. Bitte bleib so lange in der Wohnung.«

»Ich mache alles so, wie du sagst«, verspricht sie. »Ich habe genug mit meinem neuen Artikel zu tun.«

»Du schreibst wieder etwas?«, fragt Justus mit leichter Unruhe. »Worüber denn diesmal?«

»Über die Schädlichkeit des Schnürens«, erklärt sie. »Die Frauen werden krank dadurch.«

»Ich habe zwar mit Freude bemerkt, dass du dich diesem albernen Modediktat nicht unterwirfst, aber dass dieses Thema auch zu einem Artikel taugt, hätte ich nicht erwartet.«

»Man muss die Frauen davor bewahren!« Sie nimmt die Hände ihres Mannes, führt sie zu ihrer Taille und atmet tief ein.

»Du solltest mit Casper darüber sprechen«, meint Justus. »Er sieht die Auswirkungen des Schnürens fast jeden Tag auf seinem Tisch in der Charité und ist ebenfalls ein entschiedener Gegner dieses Unsinns.«

»Er hat mich überhaupt auf die Idee gebracht. Auf unserem Fest wechselte ich ein paar Worte mit ihm über dieses Thema.«

Kleists Hände liegen noch immer um ihre Taille. »Ich würde jetzt gern noch bleiben, um dein Atemvolumen zu testen. Leider muss ich ins Palais Schwerin. Man wartet bestimmt schon auf mich.«

Damit hat von Kleist recht. Rabbi Salomon Feingold wartet auf den Polizeidirektor. Von Kleist ist überrascht und bittet den Geistlichen in sein Arbeitszimmer.

»Lieber Herr Feingold«, sagt von Kleist. »Ich freue mich, Sie zu sehen. Längst hätte ich mich bei Ihnen melden sollen. Der Mord an Salomon Rebenstein war ein solches Unglück!«

»Unser Volk ist Ungerechtigkeit und Gewalt gewöhnt«, sagt Feingold bitter. »Und jetzt hat es wieder ein Mitglied unserer Gemeinde getroffen. Lea Katz.«

»Die *Schwarze Lea.*«

Feingold nickt. »Sie war eine von uns. Und wir haben schwere Schuld auf uns geladen.«

»Wie das?«

»Ihre Familie war sehr ordentlich und vermögend. Der Vater hatte einen kleinen exquisiten Porzellanhandel. Zur Stammkundschaft gehörten die vornehmsten Häuser Berlins. Einige dieser Familien haben die Katzens quasi im Abonnement mit Geschirr versorgt, und wenn es eine Hochzeit gab, war es selbstverständlich, dass das junge Paar von der Firma Katz ausgestattet wurde.«

Justus von Kleist hört aufmerksam zu. »Bei solchen Voraussetzungen waren die Aussichten eines Kindes auf eine gute Entwicklung doch exzellent. Wie kann es dann sein …«

»Es geschah ein Unglück. Die Porzellanhandlung brannte aus, kurz nachdem Katz eine sehr kostbare Lieferung erhalten hatte.«

»Ich ahne, was kommt«, seufzt der Polizeidirektor. »Das Geschäft war versichert, nicht aber die Lieferung.«

»Der Wert der Ware überstieg die versicherte Summe bei Weitem. Der Kunde hatte Vorkasse geleistet und Katz konnte weder liefern noch die Summe zurückgeben. Es sprach sich herum.«

»O je«, unterbricht von Kleist. »Das Rückgrat des Porzellanhandels, die Stammkundschaft, verschwand praktisch über Nacht. Habe ich recht?«

Der Rabbi nickt. »Der Mann war am Ende. Da hat er sich an uns gewandt.«

»An wen genau?«

»An die *Gesellschaft der Freunde.* Katz brauchte Geld. Er hatte mit seiner Bank verhandelt und eine Bürgschaft hätte ihn gerettet. Das Risiko erschien uns zu groß. Wir haben ihn im Stich gelassen.«

»Und der Tochter des Hauses blieb da nur der Weg auf die Straße?«

»Nein, so war es nicht. Die kleine Lea war ein ganz reizendes und sehr hübsches Kind. Aufgeweckt und freundlich zu jedermann. Als sie herangewachsen war, scherte sie sich wenig um Konventionen. Sie ließ sich von niemandem dreinreden. Schon gar nicht von ihrer Familie. Und sie mochte Männer.«

»War sie ein Flittchen?«

»Das wäre zu hart. Sie hatte einige Liebhaber, doch nie nebeneinander. Schließlich wollte ihre Familie nichts mehr von ihr wissen. Die Männer waren verrückt nach ihr. Sie war eine blendende Erscheinung. Ein wunderschönes Antlitz, makellos seidige Haut, große dunkle Augen und ein von der Natur verliehener Schönheitsfleck an der Wange. Üppig gelocktes schwarzes Haar. Und eine Gestalt mit allen Attributen, die ein Mann sich wünschen mag. Erinnern Sie sich an die Tänzerin Lola Montez?«

»Die vor zwei oder drei Jahren vor unserem König tanzte?«

»Eben die. Das ist der Typ Frau, zu dem Lea Katz heranwuchs.«

»Ich dachte anfangs, Sie vergleichen die Erscheinung der Lea mit der meiner Frau.«

»In der Sache würde ich gern zustimmen, allein möchte ich Ihrer Gattin nicht zu nahe treten. Darum wählte ich Frau Montez als Vergleich. Und Lea machte es wie die Frau Montez: Sie tanzte. Freilich nicht auf der Bühne, sondern in Vergnügungslokalen. Zum Beispiel in den Lokalen vor dem Oranienburger Tor. In dieser Zeit begann sie, für fleischliche Gefälligkeiten Geld zu nehmen.«

»Wie traurig. Sie hat es demnach nicht aus wirtschaftlicher Not getan, sondern gewissermaßen aus Leichtsinn?«

»Das sehen Sie ganz richtig. Dabei hatte sie nun auch eine

dauerhafte und ernste Beziehung zu einem Tischler. Der wollte sie trotz ihres Lebenswandels heiraten. Allerdings war er eifersüchtig auf ihre Begegnungen mit den Galanen und verprügelte Lea immer wieder.«

»Da hat sie sich von diesem Mann getrennt?«, folgert von Kleist.

»Im Gegenteil. Je mehr der Tischler sie misshandelte, desto mehr schien sie an ihm zu hängen. Sie hat sich sogar christlich taufen lassen, um der Heirat alle Widerstände zu nehmen. Auch da haben wir sie im Stich gelassen.«

»Wie meinen Sie das?«

»Wir hätten sie in der Gemeinde behalten müssen, doch niemand hat mit ihr gesprochen. Menschen sind Menschen durch Menschen. Wir haben uns nicht wie Menschen benommen, sondern sie einfach gehen lassen.«

»Im Christentum nennt man das Nächstenliebe.«

»Ganz recht, Herr von Kleist. So nennen wir es auch. Der jüdische Glaube ist der Vater des christlichen.«

»Wo Nächstenliebe fehlgeht, ist es oft Gleichgültigkeit oder Trägheit des Herzens, die uns wegschauen lässt«, stimmt von Kleist zu. »Zuweilen wissen wir einfach nicht, dass jemand in Not ist.«

»Wir wussten es, und darum haben wir auch in diesem Punkt Schuld auf uns geladen.«

Justus von Kleist denkt an die Rolle, die er in Bezug auf Leas Tod spielt. »Ist Schuld nicht ein zu großes Wort für einen Mangel an Zuwendung?«

»Vielleicht. Der Tischler blieb grob zu ihr und heiratete sie nicht. Lea hat ihren Weg fortgesetzt. Immerhin wurde sie sorgfältiger in der Wahl ihrer Liebhaber und achtete darauf, dass sie vermögend waren. Nie kam sie mit der Polizei in Konflikt.«

»Möge sie in Frieden ruhen.«

»Ja. Wir würden sie gern auf unserem Friedhof bestatten, wenn die erforderlichen Untersuchungen abgeschlossen sind«, verkündet Feingold.

Rachel schreibt an ihrem Artikel über das Schnüren.

Die Schnürbrüste, auch Korsetts genannt, vernichten das Ebenmaß des weiblichen Körpers und beeinträchtigen den Organismus. Zu dieser Ansicht kommen inzwischen viele berühmte Ärzte. Doch nur wenige Frauen stört es, dass sie Schmerzen erleiden, um einem Ideal zu entsprechen, von dem niemand weiß, wer es erfunden hat.

Die meisten Schnürbrüste sind hinten mit Stäben versehen, die auf die Rückenwirbel drücken. Diese werden mit der Zeit geschwächt und daraus entsteht eine schlechte Haltung. Irgendwann ist es dann so weit: Frauen legen ihre Schnürbrust ab, das Rückgrat ist nicht mehr stark genug und kann den Oberkörper nicht aufrecht halten.

Nach Auskunft von Prof. Dr. Casper von der Charité können folgende Beeinträchtigungen durch diese überflüssigen tyrannischen Fesseln entstehen: Vertreibung der Brustknochen aus ihrer Lage, Buckel, Unfähigkeit zum Säugen, Schmerzen in der Brust und am gesamten Knochengebäude, Entzündung der Lunge, Vereiterung, Bluthusten, Magenkrampf, Leberleiden, Milzschmerz und Fehler bei der Periode.

Doppelt schädlich sind aber die Schnürbrüste beim Tanze, wo ein rascheres Atemholen eine bedeutend größere Ausdehnung des Brustkastens erfordert.

Rachel ist nicht zufrieden mit dem Artikel. Es fehlen persönliche Äußerungen von betroffenen Frauen und weitere Erläuterungen von Casper in direkter Rede. Sie wird Casper ja hoffentlich bald treffen.

Sie legt den Stift beiseite und bereitet sich für den Abend vor: ein schlichtes, cremefarbenes Kleid, darüber eine Weste aus schwarzer Seide. Ihr Haar ist zu einem Chignon geschlungen und wird mit einem Kamm aus Elfenbein zusammengehalten.

Ja, Lea Katz könnte ihre ältere Schwester gewesen sein, denkt Justus, als er sie so sieht.

»Ich habe Hunger!«, teilt sie ihrem Mann mit.

»In der *Rippe* warten bestimmt schon Schwarz und Escher auf uns«, lächelt Justus. »Zu essen gibt es dort reichlich – richte dich auf ein deftiges Mahl ein.«

»Ich komme aus Westfalen«, entgegnet sie, »deftiges Essen ist mir also vertraut. Du glaubst ja gar nicht, was dort in den Gastwirtschaften alles angeboten wird. Da wird von einem Tier alles verwertet, gekocht, gebraten oder gedünstet, was du dir nur vorstellen kannst.«

»Ich erinnere mich gut daran. Oft hat mir nur ein scharfes Getränk die Nachtruhe gesichert.«

Das Ehepaar verlässt die Dienstwohnung. Draußen überprüft er mit schnellem Blick die Straße. Keine Gefahr. Die Gendarmen sind an ihrem Platz.

Justus hakt seine Frau unter und sie spazieren auf den Molkenmarkt.

Die Berliner nutzen den milden Abend für harmlose Vergnügungen. Die Stimmung ist entspannt. Sogar die Eckensteher und Gassenjungs sind friedlich.

»Guten Abend, die Herrschaften!«, sagt eine Stimme.

Rachel und Justus drehen sich um. Da steht Johann Ludwig Casper und ist sichtlich erfreut.

»Gnädige Frau«, er verbeugt sich und haucht einen Kuss auf Rachels Hand.

»Wie schön, Sie zu treffen, Herr Casper«, sagt Rachel. »Ich habe heute mehrfach an Sie gedacht.«

»Wie komme ich denn zu der Ehre?« Er blinzelt durch die Brillengläser.

»Ich schreibe gerade etwas über diese elenden Schnürbrüste und ihre schädlichen Auswirkungen auf den Körper der Frauen«, klärt Rachel ihn auf. »Meine Versuche, mich an unser Gespräch auf dem Fest zu erinnern, waren nur halbwegs erfolgreich und ich würde das Thema gern mit Ihnen vertiefen.«

»Stehe selbstverständlich zu Diensten«, entgegnet Casper.

»Wir sind auf dem Weg zur *Rippe*«, sagt Justus von Kleist. »Dort warten die Kommissare Schwarz und Escher. Wollen Sie sich uns vielleicht anschließen?«

Casper überlegt. »Wenn ich nicht bei wichtigen Gesprächen störe«, meint er dann.

»Keineswegs. Ich möchte meiner Frau Berlin näherbringen. Und dazu gehört ein kräftiges Essen in der *Rippe* mit Bier und Schnaps.«

»Das hört sich gut an.« Casper nickt.

»Dann folgen Sie uns«, bittet von Kleist.

In der *Rippe* haben Schwarz und Escher schon einen Tisch besetzt. Er steht in der Nähe eines offenen Fensters, sodass für Frischluft gesorgt ist.

»Mein übernächster Artikel handelt von der Schädlichkeit des Tabakrauchens und der damit verbundenen Belästigung unschuldiger Menschen«, muffelt Rachel.

»Was der Frau ihr Korsett, ist dem Mann seine Pfeife«, seufzt Casper. »Wenn Sie wüssten, wie die Lungen der Männer aussehen, die das Rauchen nicht lassen können. Sie sind schwarz, geschrumpft und durch Teer so stark verklebt, dass man nur mit einem besonders scharfen Skalpell …«

»Keine Einzelheiten bitte«, wehrt Schwarz ab und zieht an seiner Pfeife.

Casper grinst.

In der *Rippe* verkehren hauptsächlich Männer. Die wenigen Frauen sitzen am Tresen, schäkern mit den Besuchern. Sie gehören nicht zur allerbesten Berliner Gesellschaft, heben aber die allgemeine Stimmung durch ihre Fröhlichkeit.

Eine Kellnerin nimmt die Bestellung auf. Bratkartoffeln, Sülze, ungarisches Gulasch, verlorene Eier, Aal, Buletten.

»Und Bier!«, fordert Schwarz.

»Limonade für die Dame?«, fragt das Mädchen.

»Nein, ich trinke auch Bier«, sagt Rachel. »Zu Sülze und Aal passt keine süße Limonade. Schaffst du mich unbeschadet ins Bett, falls ich zu tief ins Glas schaue, Justus?«

Der Angesprochene verspricht es. Die Männer amüsieren sich.

»Kann ich Sie kurz dienstlich und allein sprechen, Herr von Kleist?«, fragt Casper.

Justus schaut auf Rachel, sie nickt. »Deine Kollegen passen auf mich auf, Liebster. Und ich bleibe hier ganz brav sitzen.«

Casper und von Kleist gehen vor die Tür.

»Ich habe morgen früh Fräulein Katz auf dem Tisch«, informiert der Arzt den Polizisten. »Ich nehme an, Sie nehmen an der Sektion teil?«

»Ja, das werde ich. Können Sie schon etwas zu dem Messer sagen?«

»Solche Messer gibt es in jeder ordentlichen Berliner Küche.«

»Es gibt erneut einen Brief.« Von Kleist gibt den Inhalt wieder.

»Ja, der Mörder scheint wütend auf Sie zu sein. Dass Sie einem tumben Menschen wie Schwind zutrauen, ein solches Werk zu schaffen – das peinigt ihn bis aufs Blut.«

»Er will mich bestrafen. Indem er sich an meiner Frau vergreift.«

»Der Tod Ihrer schönen Frau, Herr von Kleist, wäre der Höhepunkt seines kranken Plans. Sozusagen seine Vollendung«, sagt Casper. »Sie verbindet das Weibliche und das Jüdische. Beides hasst der Mann. Und sie ist die Frau des Mannes, der ihn jagt, ihn verhöhnt und sein Werk nicht anerkennt.«

Das Essen steht auf dem Tisch. Die warmen Speisen dampfen. Rachel schaut ihren Mann prüfend an. Seine Wangen sind verschattet.

Polizeidirektor von Kleist wendet sich an Schwarz. »Könnten Sie morgen früh einmal schauen, ob Sie auf den Straßen einen kundigen Messer- und Scherenschleifer auftreiben?«

»Sind Ihre Messer stumpf?«

»Nein, meine eigenen Messer halte ich schon scharf. Ich gehe ganz leidlich um mit dem Wetzstein. Ich möchte das Messer, mit dem die Katz getötet wurde, einem Fachmann zeigen. Vielleicht kann er sagen, wo es gefertigt wurde.«

»Da muss ich nicht lange suchen«, entgegnet Schwarz. »Ich kenne einen wahren Künstler. Der hat einen spezialisierten kleinen Laden am Hamburger Tor.«

»Es wäre schön, wenn der Mann morgen früh in der Charité vorbeischauen könnte. Herr Casper bewahrt das Messer bei der Leiche.«

Rachel seufzt. Es wird Zeit, dass diese verfluchte Sache ein Ende hat, denkt sie. Das Thema beherrscht unser ganzes Leben. Ihr Blick fällt durch das Fenster zum Molkenmarkt. Noch immer herrscht viel Betrieb, doch das Publikum hat sich geändert. Kinder und Frauen sind nach Hause gegangen. Die Nachtschwärmer haben auf dem Platz das Kommando übernommen.

Rachels Blick bleibt an einer Gestalt hängen. Unter den gegenüberliegenden Arkaden steht ein Mann, halb von einer Säule verborgen, und schaut zu ihr herüber. Etwas Bedrohliches geht von ihm aus. Rachel weicht aus seinem Blickfeld und drückt sich in den Stuhl.

Niemand bemerkt etwas. Kurze Zeit später hat sie sich wieder gefangen und glaubt an eine Einbildung. Sie reißt sich zusammen und verwickelt Casper endlich in ein Gespräch über das Schnüren. So bekommt sie noch ein paar Anregungen für den Artikel. Doch ganz bei der Sache ist sie nicht.

Ein Kater muss nicht immer schnurren. Der hohe Polizist lernt etwas über das Aufschneiden. Gott soll kleinen Seelen gnädig sein.

Rachel blinzelt, stöhnt und mag gar nicht aufstehen.

»Was ist mit dir, Liebste?«, fragt ihr Mann voller Sorge.

»Zu viel Bier, Justus. Kopfweh. Es passiert mir ja selten. Darum ist es auch schlimmer, wenn es so ist.«

Justus lacht. »Du wirst dich wieder erholen, ich gebe gleich Anweisung, dir etwas Saures zu bringen. Ich muss weg. In die Morgue. Casper erwartet mich.«

Rachel hält die Hände über die Augen. »Du kannst ruhig ganz leise sprechen, ich höre dich sehr gut, sogar sehr viel besser als sonst.«

»Du Arme! Wenn ich gegen Mittag zurückkomme, speisen wir in einer Weise, die deine Lebensgeister wieder weckt.«

Bei der Concierge bestellt Justus im Vorbeigehen »einige Spreewaldgurken für meine Frau und ganz viel Wasser«.

Casper folgt seiner Routine. »Wie war Ihr Frühstück?«, begrüßt er den kommissarischen Polizeipräsidenten.

»Ich frühstücke später mit meiner Frau. Sie muss sich noch von dem gestrigen Abend erholen.«

»Brauchen wir trotzdem einen Eimer?«

»Nein danke, verehrter Medicus. Lassen Sie uns anfangen.«

»Folgen Sie mir.«

Casper deckt die Leiche auf.

Diese Ähnlichkeit, denkt Kleist einmal mehr.

Casper ahnt, was in Kleist vorgeht und versucht, ihn abzulenken. »Wissen Sie eigentlich, seit wann wir Leichen aufschneiden?«

»Wenn mich die Erinnerung nicht trügt, seit mehreren hundert Jahren.«

»Man weiß es sogar ganz genau. Es war 1302. Eine Leiche, die schwarz verfärbt war. Man vermutete Giftmord und hatte einen Verdächtigen. Die Obduktion ergab, dass der Tod eine natürliche Ursache hatte. Der Fall erregte große Aufmerksamkeit, weil durch das Aufschneiden ein Fehlurteil verhindert wurde. Die Nützlichkeit des Verfahrens war sofort offensichtlich. Heute sind übrigens die Österreicher führend in der Gerichtsmedizin. Warum das so ist, weiß der Himmel.«

»Interessant«, murmelt Kleist und starrt auf die Leiche.

»Die äußere Begutachtung habe ich schon gestern erledigt«, erklärt der Rechtsmediziner. »Nichts Auffälliges. Bis auf die Bauchwunde. Der Stich wurde mit großer Kraft ausgeführt. Das Heft hat sich um den Einstich herum abgedrückt. Der Mann verfügt entweder über sehr starke Kräfte oder er wurde von Wut geleitet. Jetzt lege ich den Y-Schnitt an, Herr von Kleist. Schauen Sie ruhig weg, solange ich am Säbeln bin.«

Kleist nimmt das Angebot an, betrachtet einige der konservierten Objekte in den Gläsern, was ihn auch nicht gerade entspannt. Er versucht, die Geräusche, die die Instrumente bei der Sektion machen, zu ignorieren.

»Aha. Wie ich vermutete. Sie ist innerlich verblutet. Massen von Blut im Bauchraum. Und … o je. Das hatte ich nicht erwartet …«

Kleist wendet sich der Leiche zu. »Was haben Sie gefunden?«

»Sie ist … war … schwanger. Die Gebärmutter ist deutlich vergrößert. Ich werde nachsehen müssen. Halten Sie das durch?«

»Keine Sorge. Nur zu.«

Der Arzt nimmt ein Skalpell und macht an anderer Stelle eine Inzision in die Haut der Gebärmutter. Dann vollendet er den Schnitt mit einer Schere und spreizt schließlich die Öffnung mit den Fingern, um Einsicht zu gewinnen.

»Zwillinge. Ein Mädchen und ein Junge. Etwa im dritten Monat.«

Kleist sieht die kleinen Föten. Sie haben schon Finger und Zehen. Und Gesichter.

»Zwei Leben, die es nicht in diese Welt geschafft haben«, murmelt Casper. »Gott sei ihren kleinen Seelen gnädig.«

Er ist doch nicht so abgebrüht, wie er immer tut, denkt Kleist. Aber solch ein Anblick ist auch schwer zu ertragen, wenn man kein Vieh ist.

»Könnte er die Organe deshalb nicht entfernt haben, weil sie schwanger war?«, mutmaßt Kleist.

Casper überlegt. »Dann müsste er die Schwangerschaft erkannt haben. Das gelingt allerdings nur wirklichen Fachleuten. Ich glaube eher, dass er gestört worden ist.«

Ein Labordiener tritt ein und meldet das Eintreffen des Messerhändlers. Von Kleist lässt sich das Messer aushändigen und folgt dem Diener.

Als der Polizeidirektor den Vorraum der Sektion betritt,

ist der Messerexperte in die Betrachtung der Gläser mit den eingelegten Exponaten vertieft. Sein Gesicht hat eine leicht grünliche Farbe.

»Vielen Dank, dass Sie uns aufsuchen. Ich hätte gern Ihre fachmännische Meinung zu diesem Messer.«

Der Mann nimmt das Messer und macht zuerst die Nagelprobe. »Sehr gut geschärft«, sagt er.

»Das ist eine Mordwaffe. Können Sie Besonderheiten erkennen oder etwas über die Herkunft sagen?«

Der Mann prüft das Messer von allen Seiten und biegt die Klinge. »Ein sehr gutes Messer aus unserer Zeit. Oft benutzt und oft geschliffen. Gehärteter Gussstahl. Nicht gefaltet. Ich würde auf Solingen tippen, aber es sind keine Punzen drauf. Es könnte auch aus Sheffield stammen.«

»Wo werden solche Messer verwendet?«, fragt von Kleist.

»In der Küche. Damit schneidet man Fleisch. Braten oder auch Würste.«

»Ein Ausbeinmesser?«

Der Fachmann schüttelt den Kopf. »Nein, dafür ist es zu groß und zu gerade. Die Ausbeinmesser haben einen kürzeren Griff, eine gebogene Klinge und liegen besser in der Hand.«

Von Kleist bedankt sich bei dem Mann mit ein paar Silbergroschen und begibt sich wieder in den Sektionssaal.

Die Zwillingsföten befinden sich inzwischen in einer Schale. Casper steht gebeugt über ihnen.

Kleist ist schockiert. »Wollen wir sie nicht lieber im Bauch der Mutter lassen – dort, wo sie hingehören?«, fragt er mit leichter Schärfe in der Stimme.

Casper reagiert nicht. Er starrt die kleinen Körper unverwandt an.

»Herr Dr. Casper!«, macht sich Kleist noch einmal bemerkbar. »Fassen Sie sich!«

Endlich reagiert der Arzt. Mit verschleiertem Blick schaut er Kleist an.

»Ja, natürlich«, sagt er mit brüchiger Stimme. »Entschuldigen Sie. Ich war abwesend und in Gedanken. Ich lege sie wieder zu ihrer Mutter.«

Er nimmt die Schale mit den Kindern, zögert. »Das Messer hat das kleine Mädchen durchbohrt. Mitten durch das winzige Herz ist der Stich gegangen.«

Kleist spürt sein Blut vom Kopf in die Füße fallen. Er muss sich an einem der Seziertische festhalten.

In seinem Kopf toben die Gedanken durcheinander. Sein sehnlichster Wunsch nach einem kleinen Mädchen zusammen mit Rachel. Lea Katz, die seiner Frau so sehr ähnelt. Der Mörder, der sowohl die Frau als auch die Kinder tötet. Und er selbst, Polizeidirektor Justus von Kleist, hat den Mord provoziert! Der Brief des Mörders. Die Sätze: *Ich habe Lea bekommen. Aber Rachel will ich. Rachel, die dunkle Schönheit mit leuchtender Vernunft.*

»Ist Ihnen nicht wohl, Herr von Kleist?«, fragt Casper besorgt.

»Eine kurze Schwäche«, erklärt Kleist und lässt den Tisch los. Er bemerkt, dass die Schale nun leer ist. Casper hat der Mutter die Kinder zurückgegeben.

»Machen Sie die arme Frau für die Beerdigung fertig. Die jüdische Gemeinde wird sie abholen lassen und in Ehren begraben.«

Auf dem Rückweg ersteht Justus von Kleist fünf rote Rosen von einer Blumenhändlerin. In einer Bäckerei kauft er vier

Schrippen. Sie sind noch warm. Doch etwas stört seine Vorfreude auf Rachel. Er kann ihr jetzt noch nicht gegenübertreten. Ziellos geht er die Straße auf und ab – versunken in Gedanken. Ihm ist kaum bewusst, dass er auch noch eine halbe italienische Salami und einige Scheiben Schweizer Käse ersteht sowie einen Klumpen Butter.

Rachel, die dunkle Schönheit mit leuchtender Vernunft – so schrieb der Mörder. Henri Lapalus hat Ähnliches über sie gesagt. So hat es Schücking in der Vernehmung behauptet. Genau gesagt lauteten seine Worte *Rachel, die dunkle Schönheit mit hellem Verstand.*

Leuchtende Vernunft versus *heller Verstand.* Der Unterschied war Rachel sogleich aufgefallen. Hat dieser Unterschied etwas zu bedeuten?

Lapalus kann Lea Katz nicht getötet haben, denn er wird ständig observiert. Ein neuer Gedanke entsteht in von Kleists Hirn: Gibt es nur einen Mörder oder können es auch zwei sein? Das würde die Schnelligkeit erklären, mit der die Taten vollbracht werden. Einige Opfer waren noch warm, als sie entdeckt wurden. Und trotzdem hat niemand etwas beobachtet. Der eine begeht die Tat, der andere steht Schmiere.

Kleist nimmt sich vor, die Überlegung später mit Schwarz und Escher zu besprechen.

Rachel wartet. Er sollte sich fassen und ihr gegenüber schweigen. Dann erblickt er sein Spiegelbild in einer Schaufensterscheibe. Voll bepackt mit den Tüten und den Blumen. Er muss lachen und strebt mit schnellen Schritten dem Molkenmarkt zu.

Rachel ist dem Rat der Concierge gefolgt und hat außer den sauren Gurken und viel Wasser ein kaltes Bad genommen.

Der Kopfschmerz ist vergangen, aber ihre Augen sind noch empfindlich. Sie hat die Vorhänge halb geschlossen. Als Justus eintritt, herrscht gedämpftes Licht in dem kleinen Raum. Rachel sieht in dieser Beleuchtung sehr besonders aus mit ihrem offenen Haar und dem Morgenmantel.

Justus überreicht ihr die Rosen: »Die Blumen der Liebe für die Frau meines Herzens.«

Rachel ist gerührt. »Und dazu der köstliche Duft frischen Backwerks. Der Tag entwickelt sich viel erfreulicher, als er begann. Ich finde die Idee einer Stadtwohnung immer attraktiver.«

Sie stellt die Rosen in eine Vase. Justus setzt Wasser auf, holt Teller und Besteck und richtet das Frühstück an.

»Das sieht aber lecker aus«, lobt Rachel. »Ich denke, heute ziehe ich Tee dem Kaffee vor.«

»Ich schließe mich gern an.«

Sie essen. Rachel mit gutem Appetit, Justus eher zögerlich, aber sie bemerkt es nicht.

Mit sanfter Stimme sagt sie: »Ich glaube, ich habe eine wundervolle Nachricht, Justus.«

Justus hört die Worte, allein ihm fehlt der Sinn dafür. Seine Gedanken sind in der Morgue bei Casper. Und bei der neuen These. Gibt es einen Komplizen?

»Justus? Hörst du mich?«

Damit dringt sie durch zu ihm.

»Entschuldige, Liebste«, Justus reibt sein Gesicht und schüttelt sich. »Für mich hat der Tag nicht gut begonnen.«

Rachel betrachtet ihren Mann und sieht die Erschöpfung in seinem Gesicht. »Gestern Abend, beim Essen in der *Rippe*, fiel mir auf, dass du schon lange nicht mehr richtig fröhlich warst.«

»Ach, Rachel. Normalerweise kann ich den Beruf und mein anderes Leben ganz einfach trennen. Nun gibt es diese Drohung, die sich direkt auf dich richtet. Und du willst nicht ausweichen an einen sicheren Ort. So wird alles doppelt schwer.«

»Darum möchte ich dir etwas Schönes mitteilen, lieber Justus. Ich glaube, wir bekommen ein Mädchen.«

Justus ist sprachlos und starrt seine Frau mit großen Augen an.

»Ganz sicher bin ich noch nicht, aber ich fühle, es wird ein Mädchen sein. Ab sofort ist Schluss mit dem Biertrinken.«

Vor Justus' Augen taucht das Bild der toten Zwillinge auf. Das Messer ging durch das Herz des Mädchens. Ist das ein unheilvolles Zeichen?

»Du freust dich nicht?«, wundert sich Rachel befremdet.

»Doch, ich freue mich. Doch ich habe auch Angst«, stöhnt Justus. »Um dich und das Kind.«

»Warum das? Ich bin gesund, das Kind hat genug Platz, denn ich schnüre mich nicht ein. Es ist alles gut.«

»Ich muss dir etwas berichten und du musst sehr stark sein, Rachel.«

»Du weißt, dass ich das bin.«

Justus erzählt ihr von der Obduktion, den Zwillingen und dem Stich durch das Herz des ungeborenen Mädchens.

»Wie schrecklich«, flüstert Rachel.

»Ja, schrecklich. Ich kann mich nicht so einfach freuen auf eine kleine Tochter, wie es dem Anlass gebührt. Ich habe heute gesehen, auf welch furchtbare Weise so eine Tochter vernichtet wurde. Da draußen plant ein Mensch, dir das Gleiche anzutun, was er Lea Katz angetan hat. Lass uns in die Toskana fahren, noch heute.«

Rachel legt ihre Hand auf seine: »Das geht nicht. Ich kann mich doch in diesem Zustand nicht wochenlang in einer Kutsche durchschütteln lassen. Und du kannst deine Aufgabe hier nicht im Stich lassen. Zusammen sind wir stark.«

Justus' Hand bleibt wie tot liegen. »Es ist Hybris, wenn du hierbleibst. Du forderst das Schicksal heraus. Das ist noch niemandem gut bekommen. Nicht einmal Ödipus oder Napoleon.«

»Daran mag etwas Wahres sein. Tatsächlich ist es ganz falsch, Justus. Es gibt in der Geschichte auch Gegenbeispiele. Zum Beispiel David gegen Goliath. Das Schicksal wird nicht uns ereilen, sondern es ist das Schicksal dieses Mörders, dass du ihn zur Strecke bringen wirst.«

Gibt es einen Komplizen? Die junge Frau hat unschönen Besuch. Der helle Verstand kommt ins Spiel. Kleider im Flur und ein dummer Zettel. Sind Morde Kunstwerke? Jemand bekommt frommen Besuch.

»Ein Komplize?« Schwarz schaut skeptisch.

Doch Escher kann der These etwas abgewinnen. »Der eine tötet die Frau, der andere steht Schmiere. Und hilft ihm beim Einpacken der Organe. Und wenn einer von beiden verdächtigt wird, bekommt er vom anderen ein Alibi.«

»Wenn ich der irre Mörder wäre«, wirft Schwarz ein, »dann würde ich mein Schicksal nicht von der Schweigsamkeit eines Mitwissers abhängig machen. Das wäre mir zu riskant.«

»Du bringst ja auch keine Frauen um, Schwarz«, grinst Escher. »Du denkst anders. Zumindest noch.«

»Gehen wir die Fälle noch einmal durch«, schlägt von Kleist vor. »Und berücksichtigen wir die neue These.«

»Jule Brand. War sie wirklich ein Zufallsopfer?«, beginnt Schwarz. »Dem Gerücht, sie habe einen jüdischen Gönner, sind wir nicht ernsthaft nachgegangen. Wer könnte dieser Mann sein, falls es ihn wirklich gibt?«

»Wir haben also einen unbekannten Mann im Fall Brand«, stellt Escher fest. »Kommen wir zu Adele Kopatschek. Hier kennen wir den Mann, der zuletzt eine Rolle spielte. Außer dem Mörder natürlich. Der Redakteur Lapalus. Im Fall Müssing gibt es den unbekannten Verehrer. Bei Frieda von Gaudy ist wieder Lapalus im Spiel. Und bei Lea Katz?«

»Wir sollten die Taten anders gewichten«, sagt von Kleist nachdenklich. »Bei zwei Opfern – nämlich Gaudy und Katz – haben wir einen Brief des Täters gefunden. Gaudy und Katz waren für ihn etwas Besonderes: Frieda vielleicht, weil sie dem Adel angehörte, und Lea Katz möglicherweise wegen ihres Glaubens.«

»Aha!«, entfährt es Schwarz. »Der eine Mörder tötet also die interessanten Frauen und mystifiziert das Ganze, indem er Briefe schreibt, der Komplize bleibt in den unteren und mittleren Ständen und lässt das Briefeschreiben sein. Und wer von den beiden führt das Messer?«

»Lapalus hat mit dem Mord an Lea Katz jedenfalls nichts zu tun«, sagt Escher. »Wir haben ihn rund um die Uhr überwacht.«

»Dann arbeiten die beiden ab und zu für sich allein«, meint Schwarz. »Zumal Lea Katz andere Verletzungen hatte, als die Frauen davor.«

»Wer kann so schneiden?«, murmelt von Kleist. »Ärzte, Bader, Scharfrichter, Metzger, Tierärzte. Wer noch?«

»Auch Soldaten kommen infrage«, sinniert Escher. »Die haben gelernt, anderen ein Bajonett in den Leib zu rammen, ohne mit der Wimper zu zucken.«

Von Kleist nickt. »Das vergrößert die Gruppe der Verdächtigen.«

»Er wird bald einen Fehler machen«, prophezeit Schwarz. »Und dann sind wir zur Stelle.«

»Wo befindet sich Frau von Kleist?«, fragt Escher.

»In der Dienstwohnung. Sie hat ein wenig Kopfweh.«

Schwarz und Escher schauen sich an.

Von Kleist ahnt, was die beiden denken. »Das Haus wird von der Straße aus beobachtet und ist innen abgesichert.«

»Er wird es trotzdem versuchen – und das ist dann unsere Chance. Eine andere haben wir im Moment nicht«, meint Escher.

»Ich weiß. Der Mörder muss gefasst werden, aber ich habe Angst, meine Frau zu gefährden – zumal sie …« Kleist stockt.

Escher und Schwarz schauen ihn erwartungsvoll an.

»Rachel ist vermutlich schwanger.«

»Herzlichen Glückwunsch!«, kommt es unisono.

»Lea Katz war auch schwanger«, sagt von Kleist ernst. »Mit Zwillingen. Der Mörder hat eins der Kinder durch einen Stich ins Herz getötet.«

Ludwig Schwind sitzt in Einzelhaft und hat ebenfalls Angst. Seit Tagen hat niemand mit ihm gesprochen – auch die Schließer nicht. Sie schieben das Essen durch die Klappe und verschwinden wieder. Auf den Hof darf er nicht. Was hat er getan, dass man ihn so behandelt? Es gibt Schlimmere als ihn in der Stadtvogtei.

Wenn seine Zelle kontrolliert wird, kommen sie zu zweit. Einer bleibt in der Tür stehen – die Pistole schussbereit. In den ersten Tagen hat Schwind versucht, die Wärter mit derben Scherzen zu Reaktionen zu zwingen, doch sie haben nicht einmal das Gesicht verzogen.

Er fühlt sich krank. Ruft nach einem Arzt. Ein Wärter kommt, schaut Schwind an, schüttelt den Kopf und geht.

»Ich will einen Pfarrer sprechen«, schreit der Häftling

durch die Klappe. »Schickt mir einen Pfarrer! Ich will mein Gewissen erleichtern.«

Der Direktor der Stadtvogtei sendet eine Nachricht ins Polizeipräsidium. Er will vom Polizeidirektor wissen, wie er sich verhalten soll. Einen Pfarrer hat er noch nie einem Insassen verweigert.

Von Kleist erhält den Brief und diskutiert Schwinds Wunsch mit Schwarz und Escher. Die beiden sind dagegen.

»Er soll seinen Pfarrer bekommen«, entscheidet von Kleist. »Wir werden ihm einen aussuchen. Gibt es unter unseren neuen Kommissaren jemanden, der sich auf barmherzige Sprüche versteht und der in einen Talar passt?«

»Ich suche einen und werde ihn finden«, grinst Escher. »Welche Anweisungen soll ich ihm geben?«

»Dass er den Schwind reden lassen soll. Und kein Wort über das falsche Geständnis. Wir brauchen Zeit.«

»Es ist ein Umschlag für Ihren Mann abgegeben worden, Frau von Kleist«, ruft die Concierge durch die Tür.

»Ich erwarte nichts«, gibt Rachel zurück.

»Es wird wohl dienstlich sein«, sagt die Frau. »Öffnen Sie doch bitte.«

Rachel zögert kurz. Dann schließt sie die Tür auf.

Sie schaut in die angstweiten Augen der Concierge. An ihrer Kehle blitzt die Klinge eines Messers. Rachel will die Tür wieder zuschlagen, doch der Mann schubst seine Geisel ins Zimmer und folgt nach. Er verriegelt die Tür von innen. Die Frau flüchtet in eine Zimmerecke.

Rachel flieht hinter den Schreibtisch. Ich muss Distanz halten, denkt sie. Und ruhig bleiben. Sie lässt einen Brieföffner in ihre Hand gleiten.

Der Eindringling ist mittelgroß und in ein weites Cape gehüllt. Sein Gesicht ist nicht zu erkennen, denn er trägt eine grinsende Harlekin-Maske.

»Was wollen Sie?«, fragt Rachel ruhig.

»Ich will Sie mir einmal genau anschauen, Rachel«, flüstert der Mann.

»Das haben Sie doch schon«, entgegnet sie. »Als ich in der *Rippe* zu Abend aß. Sie standen an der Säule gegenüber.«

»Kompliment, dass Sie das bemerkt haben. Aber mein Besuch hat noch einen anderen Zweck. Ihrem Mann, dem überheblichen Polizisten, will ich zeigen, dass ich immer und überall an ihn und an Sie herankomme.«

»Ich richte das meinem Mann gern aus«, sagt Rachel. »Oder sagen Sie es ihm doch selbst. Er wird sicher gleich hier erscheinen.«

»Nein. Das wird er nicht. Er ist im Polizeipräsidium beschäftigt«, flüstert der Mann. »Sagen Sie ihm, er soll den Schwind freilassen und den Zeitungen die Wahrheit sagen.«

»Welche Wahrheit?«

»Das weißt du nicht, Rachel? Wo ist dein heller Verstand?« Der Harlekin kommt näher.

Rachel bringt den Brieföffner in Position. Die Concierge schluchzt leise.

»Und wenn er den Schwind nicht freilässt?«

Die Harlekin-Maske zittert. »Dann werden wir beide Hochzeit feiern. Bluthochzeit, schöne Rachel«, kichert der Eindringling. »Danach wird der berühmte Herr von Kleist keine Freude mehr haben an seiner Gattin.«

Er geht zur Tür, zieht den Schlüssel ab, öffnet den Riegel, geht hinaus und schließt von außen ab. Die Concierge sinkt zu Boden.

Rachel läuft zum Fenster, reißt es auf und schaut zur Straße. Doch keine Person mit einem schwarzen Cape flüchtet und weder ein Pferd noch eine Kutsche setzen sich auffallend in Bewegung. Die Gendarmen sind allerdings da. Kleinschmidt und Langhein stehen unten am Haus und palavern entspannt mit zwei jungen Frauen. Von Ferne nähert sich Kleist.

Rachel ruft und gestikuliert. »Justus!«

Kleinschmidt wird aufmerksam und ruft hinauf: »Brauchen Sie etwas?«

»Der Mörder war eben hier. Er hat uns eingeschlossen!«

Erschrocken greift der Gendarm nach seiner Pfeife, bläst hinein, schreit »Los!« und läuft zum Eingang des Gebäudes. Langhein folgt. Auch Kleist rennt.

Justus von Kleist ist aufgebracht. »Wie konnte das passieren?«

Langhein und Kleinschmidt weisen alle Schuld von sich. Die Concierge atmet schnell und beißt in ihr Taschentuch.

Langhein behauptet: »Wir haben alle Personen kontrolliert, die ins Haus wollten. Es waren alles welche, die wir kennen. Fremd war uns nur eine Frau. Und die war harmlos.«

»Und wer war diese harmlose Frau?« Von Kleist hat Mühe, nicht zu schreien.

»Eine Freundin der Concierge. Ich habe die Fremde selbst ins Haus begleitet. Die Concierge öffnete ihre Tür und ließ die Frau rein. Da schien mir alles in Ordnung und ich habe mich wieder an den Eingang begeben.«

»Was war das für eine Frau?«, wendet sich von Kleist an die Concierge.

Diese braucht einige Zeit, bevor sie antworten kann. »Das war keine Frau. Es sah nur so aus. Das war ein Mann. Er trug einen Schutenhut und hatte ein Cape an. Zuerst hab ich auch gedacht, dass es eine Frau sei. Er hat geflüstert, dass er mir Grüße ausrichten soll, und ist einfach reingekommen … an mir vorbeigegangen. Dann hat er die Tür geschlossen, mich gepackt und mir ein Messer an die Kehle gesetzt.«

»Oh, wie schrecklich«, stöhnt Rachel.

»Wie ging es weiter?«, will Kleist wissen.

»Ich sollte an die Tür von Herrn von Kleist klopfen und seiner Frau sagen, dass ein Umschlag abgegeben wurde für ihren Mann. Ich hatte Angst. Es tut mir sehr leid.«

Von Kleist ist nachsichtig: »Niemand macht Ihnen einen Vorwurf. Beruhigen Sie sich. Es ist ja nichts passiert. Gehen Sie zurück in Ihre Wohnung, nehmen Sie etwas Baldrian und kommen Sie erst mal zu sich.«

Die Concierge presst das Taschentuch an den Mund und schleicht sich hinaus.

»Wo ist die angebliche Frau abgeblieben?«, fragt von Kleist die Gendarmen.

»Durch den Eingang ist sie nicht wieder raus«, sagt Langhein.

»Dann hat sich der Kerl in Luft aufgelöst, oder was?«, fragt von Kleist zornig. »Schwarz, prüfen Sie bitte die Ein- und Ausgänge.«

Der Kommissar geht hinaus und kommt schnell wieder zurück. In der Hand hält er einen Schutenhut, die Maske und ein dunkles Cape.

»Das lag in einer Ecke im Flur. Ich kontrolliere noch die Hintertür.«

Von Kleist schickt die Gendarmen wieder zurück auf die Straße.

»Wir müssen unsere Bewachungstechnik anders organisieren«, sinniert Escher. »Wie hätte dieses Eindringen verhindert werden können?«

»Darf ich dazu etwas sagen?«, fragt Rachel.

»Natürlich, ich bin gespannt«, sagt Justus von Kleist.

»Ich verstehe ja nichts davon, aber der gesunde Menschenverstand würde doch Folgendes sagen: Entweder muss man die Kontrollen am Hauseingang verschärfen oder der Ring der Bewacher muss viel enger gezogen werden. Wenn die Bewachung direkt vor der Wohnungstür gestanden hätte, hätte der Trick mit der Concierge nicht funktioniert.«

»Dann wäre es jedenfalls nicht so einfach gewesen. Aber ein zum Bösen entschlossener Mann mit einem Messer ist nicht so einfach zu bändigen. Besonders nicht, wenn zwei Gendarmen ihren Dienst nicht ernst nehmen.«

Schwarz kehrt zurück. »Die Hintertür war verschlossen. Aber der Schlüssel steckte von außen.«

»Der ist einfach so hinausspaziert?«, fragt Rachel.

»Die Gendarmen haben das Gebäude nur gegen das Eindringen und nicht gegen das Hinausgehen gesichert. Die beiden Dummköpfe haben die Hintertür einfach abgeschlossen und einen Zettel angebracht. Hier ist er.« Schwarz liest vor: »*Aus polizeilichen Sicherheitsgründen muss diese Tür bis auf Weiteres verschlossen bleiben. Benutzen Sie den Vordereingang*. Leider haben Langhein und Kleinschmidt dann den Schlüssel von innen stecken lassen.«

»Der Mörder lacht bestimmt immer noch«, meint Rachel trocken.

Am Sonntagmorgen hat sich die Concierge erholt. Sie hat ein so schlechtes Gewissen, dass sie sich beim Frühstück besondere Mühe gibt.

Escher und Schwarz sind erneut zu Gast und greifen munter zu. »Gehen wir durch, wer es nicht gewesen sein kann«, eröffnet Justus von Kleist das Gespräch. »Hast du etwas an der Stimme erkennen können oder an der Mundart?«

»Nein, Justus. Wenn jemand flüstert, hört man keine Stimme. Jedenfalls hat der Mann nicht berlinert.«

»Kann es Lapalus gewesen sein?«

Rachel schüttelt den Kopf. »Lapalus ist viel größer als der Flüsterer. Und magerer. Er war es mit Sicherheit nicht. Ich muss noch etwas gestehen. Er hat mich vorgestern beobachtet, als wir in der *Rippe* zu Abend aßen.«

»Wie bitte?« Justus ist perplex.

»Das Fenster war doch geöffnet. Ich schaute hinaus und entdeckte einen Mann. Der stand dort und sah zu uns herüber. Ich habe mir nicht viel dabei gedacht. Es waren so viele Menschen auf dem Molkenmarkt und ich glaubte, ich werde langsam hysterisch. Der Eindringling gestern hat es zugegeben, als ich es ihm auf den Kopf zusagte.« Sie beißt in eine eingelegte Gurke.

»Wenn du das Verhalten des Kerls beschreiben müsstest, was würde dir einfallen?«, fragt Justus.

Sie überlegt. Die kleine Falte zwischen den Augenbrauen zeigt sich. Justus lächelt. O Gott, wenn ihr etwas geschehen wäre, denkt er und verdrängt die Vorstellung gleich wieder.

»Er redet gern und mag es, sich selbst darzustellen.«

»Was ist mit Schücking?«, wirft Schwarz ein. »Journalisten haben einen Hang zur Eitelkeit und Selbstdarstellung. Und wenn Lapalus der zweite Täter wäre …?«

»Wir werden Lapalus und Schücking morgen noch einmal befragen«, bestimmt Justus von Kleist. »Doch wir nennen es nicht Vernehmung, sondern einen freundlichen Besuch.«

»Darf ich mit?«, fragt Rachel. »Dann kann ich mit Herrn Lapalus gleich über meinen Artikel reden.«

Von Kleist überlegt. Er wird Rachel nicht aus den Augen lassen. »Ich habe nichts dagegen«, sagt er dann. »Deine Anwesenheit wird unsere freundlichen Absichten unterstreichen.«

»Ich schreibe gleich einen Brief und lass ihn zur *Vossischen* bringen«, kündigt Rachel an. »Ich melde mich einfach an. Dann treffen wir Lapalus bestimmt.«

»Wenn Schücking dort sein sollte, schau ihn dir genau an«, bittet von Kleist. »Vielleicht erkennst du seine Stimme als die des Mörders. Oder irgendetwas anderes. Bewegungen vielleicht. Kleine Gesten.«

»Ich will es versuchen«, verspricht sie.

»Was ist mit der Forderung des Mörders, Schwind freizulassen?«, fragt Schwarz.

Von Kleist schüttelt den Kopf. »Das wird nicht geschehen. Schwind soll weiterhin als der Frauenmörder gelten. Wir brauchen ihn in der Rolle, um den wahren Täter zu reizen.«

»Ich habe ihm übrigens einen jungen Kommissar geschickt, der aus einem Pfarrhaushalt stammt«, berichtet Escher. »Der wird wissen, was zu tun ist.«

Platz für Schnürbrüste? Ein Knall verändert alles. Die junge Frau wird von fremden Armen getragen. Der helle Verstand taucht wieder auf. Mit der jungen Frau soll gespielt werden. Was ist eine Bluthochzeit? Reden ist mehr wert als Gold. Ein Hund führt.

Henri Lapalus sitzt mit seinem Druckereileiter Spitznas zusammen und bespricht die aktuelle Ausgabe der *Vossischen.* Er gibt sich erfreut, als er das Ehepaar Kleist und die Kommissare Schwarz und Escher erblickt.

»Glückwunsch zur Festnahme des Mörders, Herr von Kleist«, lächelt Lapalus. »Die Berliner Frauen sind jetzt sicherer unterwegs.« Seine Finger knacken.

Von Kleist glaubt, eine leise Ironie in Lapalus' Glückwünschen wahrzunehmen.

»Ja, ich bin auch froh, dass wir die Mordfälle aufgeklärt haben. Der Mann wird bald seine gerechte Strafe bekommen«, erwidert er.

»Wir hätten gern Ihren Kollegen Schücking gesprochen«, meldet sich Escher zu Wort. »Ein paar Fragen blieben noch unbeantwortet.«

»Schücking ist heute früh nach Paris aufgebrochen«, erklärt Lapalus. »Wusste er denn von offenen Fragen?«

»Nein.«

»Da kann ich Ihnen nicht helfen«, bedauert Lapalus.

»Vielleicht doch. Wo war Herr Schücking vorgestern Nachmittag?«

»Das weiß ich nicht«, antwortet Lapalus. »Es war doch Samstag. Abends haben wir allerdings Abschied gefeiert und sind in einigen Schankwirtschaften eingekehrt.«

»Um wie viel Uhr ist er aufgebrochen?«, fragt Escher.

»Noch vor Sonnenaufgang.«

»Schade«, ruft Rachel aus. »Ich hätte Herrn Schücking gern kennengelernt. Mein Mann erzählte so interessant von ihm.«

»Vielleicht ein andermal, gnädige Frau«, flötet Lapalus. »Sie schrieben, dass Sie wieder einen Artikel vorbereitet haben. Welches Thema behandelt er denn?«

»Die Schädlichkeit der Schnürbrüste.«

Spitznas kichert. Lapalus sieht ihn überrascht an. »War noch etwas zu besprechen, Eremias?«

»Ich glaube, wir haben alles. Soll ich für Frau von Kleists ›Schnürbrüste‹ Platz frei halten?« Spitznas ist noch immer amüsiert.

»Nein. So dringend ist das nicht. Oder werden sich die Berliner Frauen nach der Lektüre sofort die Kleider vom Leib reißen?«, versucht sich Lapalus an einem Witz.

»Mit so viel Erfolg rechne ich *ad hoc* nicht«, lacht auch Rachel.

Spitznas verbeugt sich und verschwindet.

Rachel zieht das Papier aus dem Beutel. »Hier ist mein Geschreibsel. Prüfen Sie es und entscheiden dann.«

»Ich habe keinerlei Zweifel an seiner Qualität, gnädige Frau.« Lapalus nimmt den Artikel und legt ihn vor sich auf den Schreibtisch.

Schwarz und Escher schauen sich an und jeder weiß, was der andere denkt: Schon wieder sind wir keinen Schritt weitergekommen.

Plötzlich ein ohrenbetäubender Knall. Die Wände zittern und gleich darauf schreien Menschen. Wieder knallt es.

»Das ist eine Explosion«, stellt Schwarz fest. »Was kann da in die Luft geflogen sein, Lapalus?«

»Wir müssen hier raus!«, ruft Escher.

Lapalus ist bleich geworden.

Schwarz reißt die Tür auf und geht zur Treppe. Doch die ist zerstört und führt ins Leere. Von unten ist Flammenschein zu erkennen. Schwarz weicht zurück.

»Was lagert in diesem verdammten Haus, das explodieren kann?« Er schüttelt den Redakteur.

»Schießpulver«, stammelt Lapalus. »Unten in der Druckerei.«

Qualm zieht in den Raum und die Explosionen hören nicht auf.

Von Kleist geht zum Fenster.

»Das Haus brennt von unten nach oben«, stellt er fest. »Wir müssen durch das Fenster auf die Straße, solange die Flammen noch nicht alles vernichtet haben. Rachel, zieh dein Kleid aus. Wir müssen ein Seil herstellen. Geben Sie mir die Schere auf Ihrem Schreibtisch!«

Lapalus reicht dem Polizisten das Werkzeug.

Rachel entkleidet sich bis auf das Unterkleid. Sie zittert vor Furcht.

»Hab keine Angst«, versucht sich Justus an beruhigenden Worten. »Ich werde dich hier rausbringen. Vertrau mir.«

Rachel nickt, doch sie hört Justus' Stimme nur wie durch Watte.

Schwarz und Escher schneiden Rachels weiten Rock in grobe Streifen und knoten sie aneinander.

Von Kleist schaut nach unten zur Straße. Noch glüht die Fassade nicht. Der Qualm wird immer dichter.

»Wir haben das Seil fertig«, meldet sich Schwarz.

Kleist prüft es und sagt: »Zuerst meine Frau!«

Er befestigt das Seil am Fensterkreuz, hebt Rachel auf die Brüstung und schaut ihr in die Augen. »Du bist eine mutige Frau. Halt dich gut fest, Liebste, mit beiden Händen, stemm beide Füße gegen die Wand und lass dich langsam nach unten gleiten. Hand unter Hand. Wenn du unten bist, läufst du vom Haus weg. Es könnte explodieren.«

»Und was ist mit dir?«, weint sie.

»Ich komme nach. Los jetzt!«

Rachel beißt die Zähne zusammen. Kleist prüft noch einmal die Knoten, reicht ihr die Kleidergirlande und hebt sie auf die Fensterbank. Langsam und mit zitternden Knien lässt sie sich aus dem Fenster gleiten. Lapalus und Schwarz halten das provisorische Seil, Kleist verfolgt den Abstieg. Es gelingt ihr, Balance zu halten. Solche Turnereien hat sie zum letzten Mal mit acht Jahren in Morgenthal gemacht.

Aus einem Fenster im Erdgeschoss, dessen Scheibe geplatzt ist, schlägt heißer Qualm, nebelt sie ein und nimmt ihr den Atem. Sie hustet, lässt das Seil los, rutscht und fällt.

Justus schreit auf. »Rachel! O Gott.«

Rachel liegt reglos am Boden. Aus der Menschenmenge tritt ein Mann hervor, beugt sich über Rachel, hebt sie auf die Arme und trägt sie davon. Kleist lässt sich als Zweiter an den Kleidern seiner Frau hinab, kommt auf dem Boden an und hält Ausschau nach Rachel. Doch sie ist nirgends zu sehen.

Als Lapalus, Escher und Schwarz unten sind, schickt er die Kommissare auf die Suche. Escher und Schwarz sind betroffen. Ein unbekannter Mann unterwegs mit der ohnmächtigen Frau von Kleist! Sie wagen nicht, an das Schlimmste zu denken.

Die Feuerwehr kann das Gebäude nicht retten. Das bisschen Wasser reicht nur für die Kühlung der Nachbarhäuser.

Zwei Stunden später ist das Haus der *Vossischen* nur noch eine qualmende Ruine.

Von Kleist irrt durch die Straßen und fragt nach seiner Frau. Niemand hat sie gesehen oder kann sich an einen Mann erinnern, der eine Frau weggetragen hat.

Verzweifelt kehrt er zu der Brandruine zurück. Schwarz und Escher haben ebenfalls keinen Erfolg gehabt. Sie haben in einem Nebenhaus Position bezogen und führen die ersten Vernehmungen durch. Fragend schauen sie von Kleist an, doch der schüttelt den Kopf und lässt sich auf einen Stuhl fallen.

»Wo war das Schießpulver gelagert?«, fährt Escher mit der Vernehmung fort.

»In der Druckerei«, antwortet Lapalus.

»Warum lagert in einer Druckerei derart hochexplosives Material?«

Lapalus schweigt.

»Reden Sie!«

»Das Schießpulver wurde nur vorübergehend dort deponiert«, antwortet der Redakteur.

»Wem gehört es? Wozu war es da? Los, Mann!« Schwarz ist mit der Geduld am Ende.

Schließlich gesteht Lapalus, dass er bestimmten Kreisen erlaubt habe, das Pulver dort zu deponieren.

»Was sind das für Kreise?«

Lapalus schweigt.

»Das ist Hochverrat!«, ereifert sich Escher.

»Lassen wir das zunächst beiseite. Wissen wir schon, wie viele Tote und Verletzte es gibt?«, fragt von Kleist.

»Fast alle Mitarbeiter des Verlages konnten das Haus verlassen. Drei haben zu viel Rauch eingeatmet. Aber – es gibt einen Vermissten«, antwortet Schwarz.

»Wen?«

»Der Druckereileiter fehlt. Spitznas. Er arbeitete genau dort, wo das Schießpulver explodierte. Der arme Mann wird seinem Schöpfer wohl in vielen Einzelteilen gegenübertreten. Wir konnten noch nicht in den Keller, um nach seinen Resten zu suchen. Das Haus glüht noch und wird unter Umständen völlig einstürzen.«

Justus von Kleist bemerkt, dass Lapalus beim Namen Spitznas aufhorcht. Ohne zu wissen, warum, besteht von Kleist darauf, mit dem Redakteur allein zu sprechen.

Schwarz und Escher sind verwundert, verlassen aber den Raum.

»Also, Lapalus, die Zeit der freundlichen Gespräche sind vorbei. Sie wissen mehr, als Sie zugeben!«

»Ich weiß nicht, was Sie meinen«, stammelt der Redakteur.

»Sie deponieren Schießpulver in der Druckerei, das sich plötzlich entzündet. Hat Spitznas es in Brand gesetzt? Und wenn ja, warum?«

Lapalus windet sich.

»Reden Sie!«

»Spitznas ist nicht tot«, flüstert Lapalus. »Ich habe ihn vom Fenster aus erkannt. Er stand unter den Menschen, die sich vor dem Haus versammelt hatten, um es brennen zu sehen.«

»Er lebt also«, stellt von Kleist fest. »Was wissen Sie noch? Hat er sich meiner Frau genähert?«

»Sie selbst standen doch neben mir, als Ihre Frau sich an dem Seil hinabließ.«

»Eben! Ich sah einen Mann, der meine Frau hochhob! Doch in dem dichten Qualm konnte ich ihn nicht erkennen. Also?«

»Es könnte Spitznas gewesen sein, ja. Aber er wollte sie bestimmt nur in Sicherheit bringen.«

»Das glauben Sie doch selbst nicht! Es waren genug Leute da, die hätten helfen können. Wo könnte Spitznas meine Frau hingebracht haben? Was hat er mit ihr vor?«

Lapalus schweigt. Die Fingerknochen knacken. »Er verehrt Ihre Frau. Er nannte sie eine ›dunkle Schönheit mit hellem Verstand‹.«

»Mir wurde zugetragen, Sie hätten meine Frau so bezeichnet!«

»Das entspricht der Wahrheit. Ich finde den Satz so zutreffend. Ich habe die Worte übernommen, weil sie mir so gefielen.«

Kleist greift den Redakteur am Kragen und schüttelt ihn. »Wo wohnt der Kerl?«

»Ich weiß es nicht.«

Von Kleist lässt die Mitarbeiter der *Vossischen* zusammenrufen und fragt nach Spitznas' Wohnung. Der Lehrling schließlich hat eine Ahnung. Er ist Spitznas einmal zufällig vor einem Wohnhaus in der Nähe des Brandenburger Tors begegnet.

»Führ uns zu dem Haus!«, befiehlt von Kleist.

Der Lehrling geht voran. »Sie kommen auch mit!« Kleist zieht Lapalus vom Stuhl.

Von Kleist, Schwarz und Escher prüfen ihre Pistolen und folgen dem Jungen.

Er ist zufrieden mit sich. Sein Plan ist aufgegangen. Die allgemeine Panik nach der Explosion des Pulvers hat ihm Rachel in die Hände gespielt. Natürlich hätte sie ums Leben kommen können – aber das musste er riskieren.

Der Kutscher, der ihn und seine Beute gefahren hat, hat absichtlich nicht genau hingesehen, wer bei ihm eingestiegen ist. Der Fahrpreis, den er erhalten hat, hat seinen Blick getrübt.

Rachel von Kleist! Nun liegt sie ohnmächtig auf dem Bett. Entzückt betrachtet er sie. Ihr schwarzes Haar schimmert bläulich in dem Licht, das durch die Fenster fällt. Das weiße, durch Ruß verschmutzte Unterkleid scheint einen Ton dunkler zu sein als die Farbe ihrer Haut. Ist sie tot?

Er nähert sich ihr, betrachtet das Dekolleté und sieht, dass sie atmet. Gut, denkt er, sie wird bald aufwachen und dann kann ich mit dem Spiel beginnen.

Es dämmert bereits. Der Lehrling findet das Haus nicht wieder. Die drei Polizisten befragen Passanten, klingeln an Wohnungen, beobachten Fenster. Auch Lapalus beteiligt sich.

Die Männer stellen immer wieder die gleichen Fragen: Wer hat eine ohnmächtige junge Frau in einem Unterkleid auf den Armen getragen und in ein Haus geschleppt? Kennen Sie einen Herrn Spitznas und wo wohnt er? Sind ein Mann und eine Frau im Unterkleid aus einer Kutsche gestiegen und in einem Haus verschwunden?

Justus von Kleist wird immer verzweifelter. Sein Mund ist trocken und er hat Kopfweh. Sein Herz schmerzt. Er ist felsenfest davon überzeugt, dass der Mörder Rachel in seiner Gewalt hat. Aber ist es wirklich Spitznas? Was, wenn wir an der ganz falschen Stelle suchen? Der kann auch geflüchtet sein, weil er von dem Pulver wusste, vielleicht die Explosion verursacht hat oder aus ganz anderen Gründen.

Von Kleist nimmt sich noch einmal Lapalus vor: »Kannte Spitznas Frieda von Gaudy?«

Lapalus nickt. »Sie hat mich doch in der Redaktion besucht. Dabei hat er sie kennengelernt. Er hat sich sehr um ihre Aufmerksamkeit bemüht.«

»Was heißt das?«

»Er hat ihr die Druckerei gezeigt und sie mit Komplimenten überhäuft.«

»Wie hat Fräulein von Gaudy reagiert?«

»Sie hat ihn gefoppt.«

»Gefoppt?«

»Sie hat seine Komplimente lächelnd angenommen und sich später über ihn lustig gemacht. Und … er hat es mitbekommen und war erzürnt. Schon damals dachte ich, dass er Frieda vielleicht …« Lapalus stockt.

»Dass er sie getötet hat?«, schreit Kleist. »Warum haben Sie nichts gesagt?«

»Ich konnte ihn doch nicht einfach so beschuldigen. Außerdem hatte ich Angst. Spitznas hat beste Verbindungen in dubiose Kreise.«

»Was für Kreise?«

»Geheime Gesellschaften. Sie haben mit dem Satan zu tun.«

»Wie heißen diese Vereine?«

»Einen genauen Namen kenne ich nicht. Ich weiß nur, dass einer dieser Geheimbünde gegen Juden, gegen Christen, gegen Muslime und gegen Frauen ist. Diese Leute wollen alle Religionen zerstören, damit der Satan den Sieg über die Welt davonträgt.«

»Hat Spitznas solche Thesen verbreitet?«

»Nur, wenn er dem Alkohol zugesprochen hat. Sonst hat er sich zurückgehalten. Er hasst die Menschen mehr, als dass er sie liebt. Und Frauen sind für ihn gierige Bestien, die die Männer verderben wollen.«

Das passt zu den Briefen, denkt von Kleist.

»Haben die Geheimbündler das Schießpulver in der Druckerei versteckt?«

Lapalus nickt.

»Wie ist Spitznas zur *Vossischen* gekommen?«

»Er stammt aus dem Rheinland. Ich habe ihn mitgebracht, als ich von Köln nach Berlin gezogen bin.«

»In Köln gab es ebenfalls Frauenmorde! Sie wussten davon und haben es nicht für nötig gehalten, uns zu informieren?« Kleist ist außer sich.

»Ich sagte doch schon, dass ich Angst hatte.«

»Sie werden zur Verantwortung gezogen, wenn meiner Frau etwas passiert«, kündigt Kleist in hartem Ton an. »Sie hatten genug Anhaltspunkte, die uns hätten weiterhelfen können. Sie haben es vorgezogen, zu schweigen. Das wird Sie teuer zu stehen kommen.«

Rachel erwacht. Sie lässt die Augen geschlossen, sucht nach Erinnerungen an das, was geschehen ist. Langsam kommen die Bilder wieder: die plötzliche Explosion. Die Wärme des Feuers und Justus' Idee, aus ihrem Kleid ein Seil herzustellen. Dann die höllische Hitze, die aus dem unteren Fenster schlug und sie zu Fall brachte. Der Sturz und die Ohnmacht.

Wo befindet sie sich? Es ist nichts zu hören. Wäre Justus bei ihr, würde sie das fühlen. Ihr Mann ist nicht da. Da ist sie sich sicher.

Hoffentlich hat der Sturz dem Kind nicht geschadet. Sie horcht in sich hinein. Keine Schmerzen im Unterleib. Ein gutes Zeichen. Sie atmet tief.

»Du wirst wach, Rachel«, sagt eine kichernde Stimme.

Das Blut in ihren Adern gefriert.

»Wach endlich auf, Rachel!« Eine Hand greift in ihr Haar.

Sie stöhnt, will die Hand wegschlagen, doch ihre Arme sind ans Bettgestell gefesselt. Mühsam richtet sie sich auf.

»Spitznas! Sie sind das?« Eine plötzliche Wut überdeckt ihre Angst. »Haben Sie all diese Frauen umgebracht, Sie Ungeheuer?«

Spitznas mustert sie. »Die anderen zählen nicht mehr, schöne Rachel«, grinst er hämisch.

Ich muss Zeit gewinnen, denkt sie, den Mann in ein Gespräch verwickeln. Er ist eitel und liebt die Selbstdarstellung. Justus wird mich suchen und je länger ich Spitznas beschäftige, desto mehr Zeit hat Justus, mich zu finden.

»Warum haben Sie mich hierher gebracht? Wollen Sie mich abschlachten, wie die anderen Frauen?«

Kichern. »Das wird sich zeigen, Rachel. Ich kann dir versprechen, dass du dir den Tod wünschst, bevor ich mit dir fertig bin.«

»Wie sind Sie so schrecklich geworden, Herr Spitznas? Warum hassen Sie die Weiblichkeit?«

»Eine Henne, die kräht, und ein Weib, das geil ist, sind üble Vorboten: Man schneide beiden den Hals ab«, doziert Spitznas.

»Niemand ist Frauen gegenüber herablassender als ein

Mann, der seiner Männlichkeit nicht ganz sicher ist«, höhnt Rachel. »Haben Sie damit etwa Probleme?«

»Sei vorsichtig, Rachel. Unser Spiel kann schneller beendet sein, als du es dir vorstellen kannst.«

»Erzähl mir etwas über dein Leben, Spitznas!«, geht auch Rachel zum Du über. »Du warst bestimmt ein sittsamer kleiner Junge, der noch im Alter von zehn Jahren im Bett seiner Frau Mama schlafen durfte.«

»Was fällt dir ein, du jüdische Hure?« Er geht auf sie zu, will sie packen, doch sie versetzt ihm einen kräftigen Tritt.

»Nun erzähl schon!«, reizt sie ihn weiter. »Oder hast du Angst, dass mich deine Schäbigkeit entsetzt?«

Er greift in ihr schwarzes Haar und reißt ihren Kopf zurück. Ihre Blicke treffen sich. Spitznas erkennt keine Angst in ihren braunen Augen, sondern nur Hohn.

Er lässt sie los. »Ich bin in einer schmutzigen Gosse gefunden worden«, stößt er hervor. »Meine Mutter hat mich weggeworfen.«

»Deshalb musstest du doch nicht schmutzig bleiben. Immerhin hast du überlebt, weil dir wohl jemand geholfen hat.«

»Ich kam zu den Patern ins Waisenhaus.«

»Auch das ist kein Grund, zum Ungeheuer zu werden.«

»Du hast keine Ahnung.«

»Woher weißt du so gut mit den Messern umzugehen?«, macht Rachel weiter. »Haben die Pater dich in die Küche geschickt?«

»Ich hab eine Lehre gemacht – beim Totmacher.«

»Totmacher?«

»Der Henker von Köln war ein guter Lehrer.« Er kichert wieder.

»Der Hund!«, schreit der Lehrling. Von Kleist, Escher und Schwarz schrecken zusammen.

»Da!«

Ein riesiger schwarzer Hund mit halb langem Fell und weißer Brust läuft über die Straße, schnüffelt hier und da, scheint aber ein Ziel zu haben.

»Das ist der Hund von Spitznas«, bestätigt Lapalus. »Er hat ihn manchmal in die Druckerei mitgebracht.«

»Das ist gut! Wir folgen dem Tier«, befiehlt von Kleist. »Vielleicht führt er uns zur Wohnung.«

Es ist nicht leicht, dem Tier zu folgen, ohne es zu verschrecken. Die Männer bleiben dran. Schließlich erreicht der Hund sein Ziel und setzt sich vor eine Haustür.

»Das Handwerk des Henkers ist nicht ehrenhaft, aber notwendig.« Rachel greift nach dem Thema, um Spitznas am Reden zu halten. »Warum hast du es erst gelernt und übst es nun nicht aus?«

»Dunkelschöne Rachel mit dem hellen Verstand, dein Spiel geht nicht auf. Unsere Bluthochzeit ist nahe. Dann wirst du erkennen, wie ich es ausübe.«

»War es nicht herzlich bei den Patern?«

»Es war alles andere als herzlich.«

»Warum gehst du auf Frauen los und nicht auf Geistliche?«

Spitznas hebt die Stimme. »Die Frau ist das Dunkle in der Welt. Das Schwarz der Soutane symbolisiert diese Dunkelheit nur. Es ist kein Zufall, dass die Frauen kein Kirchenamt haben. Was sollen sie damit? Die Priester sind ihre Schergen. Der Geburtskanal ist der Eingang zur Hölle. Und die Soutane ist sein Symbol. Weißt du, was ein Symbol ist, schöne Rachel?«

»Dazu reicht mein heller Verstand grad so aus. Aber so eine Soutane ist wohl eher eine Allegorie als ein Symbol.«

»Werd nicht aufmüpfig. Du hast zu wenig Angst für meinen Geschmack.«

»Keine Angst zu haben ist der Fluch des hellen Verstandes, Spitznas.«

»Man hat dir wohl nicht erzählt, was ich mit den Frauen gemacht habe, die man meine Opfer nennt?« Er kichert wieder.

»Es soll da einige unappetitliche Einzelheiten geben. Es stand darüber nichts in den Zeitungen.«

»Und dein Gatte war sicher zu zartfühlend, dir davon zu berichten.«

Spitznas achtet darauf, dass Rachel ihn nicht noch einmal treten kann und nähert sich ihr. Er flüstert in ihr Ohr: »Ich habe den Frauen die verderbliche Bosheit herausgeschnitten.«

»Wo soll die sich denn befinden?«

»Zwischen den Beinen und dann hinauf bis zum Nabel.«

»Du hast den Frauen ihre Weiblichkeit weggeschnitten?«

Spitznas tänzelt durch den Raum. »Bravo, helle Rachel. Und du musst lernen: Alle Religion ist Geschlechtersache!«

»Das ist doch der pure Unsinn!«

»Rachel, liebe schöne Rachel, warte ab. Bei unserer Bluthochzeit kann es keine Rücksicht geben. Sie ist die Krone meiner Mission. Eigentlich führe ich die Entnahme post mortem durch. Bei dir muss ich es anders machen. Es wird eine Vivisektion. Und du wirst dadurch zur Befreierin der Menschheit. Alle Religion wird sterben.«

Rachel drängt die Bilder zurück, die in ihr Hirn wollen. Ich muss reden, reden und nochmals reden. »Spitznas, wenn du wüsstest, wie lächerlich das alles ist, was du dir da ausdenkst!«

»Du wirst es nicht erleben, Rachel. Wenn du erst geopfert bist, werden Religion und Kirche sterben, einfach sterben, und die Vernunft wird endlich siegen. Leider wird der unsterbliche Immanuel Kant es nicht mehr erleben. Du wirst die heilige Mutter der Vernunft sein. Dir gebührt eine Hülle aus Seide und kein schmutziger, alter Teppich. Man wird dir Denkmäler setzen. Und ich setze dich auf diesen Thron. Bald, ganz bald.«

»Was hast du mit den … Eingeweiden gemacht, die du von den Frauen mitgenommen hast?«

»Ich kann es dir zeigen, dunkle Schönheit.«

»Kannst du es nicht einfach sagen?«

»Ich habe Feuer mit Feuer vertrieben, im Namen der Vernunft, Rachel. Ich habe diese blutigen Urgründe des Bösen auf einem Altar des Verstandes geopfert. Nur das Feuer kann die Menschheit reinigen von dem schlammigen und schleimigen Schlund des Verderbens in der Begierde des Weibes nach Macht. Die Verblendung der Menschen ist unendlich und erst dein Opfer wird die Reinigung vollbringen.«

»Was haben diese Pater dir nur angetan?«

Spitznas antwortet nicht. Die Erinnerung an das Erlebte scheint lebendig, denn seine Lippen zittern.

»Wie soll die Menschheit fortleben, wenn alles, was mit Geburt zu tun hat, auf deinem Altar der Vernunft verbrannt wird?«

»O nein, Rachel! Der Schlund ist nur dann das Übel, wenn etwas hineinsoll. Wenn etwas herauswill, ist es ganz anders, fast heilig.«

»Dein letztes Opfer war guter Hoffnung, Spitznas. Und ich bin es auch.«

Der Hund hat die Ohren gespitzt und sitzt vor Tür. Die Männer haben sich gegenüber postiert.

»Wir sollten das Haus stürmen«, schlägt Schwarz vor. »Und alle Wohnungen durchsuchen.«

»Auf keinen Fall«, winkt von Kleist ab. »Wenn meine Frau noch lebt, wird er sie töten, sobald er sich entdeckt glaubt.«

»Der Köter soll mal bellen«, wünscht Schwarz. »Dann kommt Spitznas bestimmt zur Tür, um zu sehen, was ist, und wir können ihn schnappen.«

Der Hund wirft den Männern einen langen Blick zu, reagiert aber sonst nicht auf sie.

»Wir müssen näher ans Haus«, sagt von Kleist. »Für den Fall, dass er den Hund ins Haus lässt. Escher, Sie passen auf Lapalus und den Jungen auf.«

Schwarz und Kleist schleichen sich auf Umwegen zur Tür, ohne dass sie von einem der Fenster aus gesehen werden können.

Der Hund bemerkt die Annäherung, hebt die Pfote und kratzt an der Tür. Zuerst sachte, dann heftiger. Schließlich bellt er tief und kurz.

Kleist und Schwarz halten den Atem an.

Der Hund bellt heller und zorniger. Kleist bemerkt ältere Kratzspuren im Holz der Tür. Das Tier scheint zu wissen, was es anstellen muss, um ins Haus zu kommen.

Rachel hört das entfernte Bellen. Spitznas scheint irritiert.

»Dein Höllenhund?«, fragt sie spöttisch. »Darf er bei den Morden zusehen? Oder hilft er dir gar?«

»Deine Scherze helfen dir nicht, Rachel.«

Er nähert sich ihr wieder, nimmt ein Tuch, legt es über ihren Mund und knotet es hinter ihrem Kopf zu.

Spitznas' Hände riechen nach altem Tabak und sie muss sich fast erbrechen.

Als er merkt, dass sie würgt, verlässt er grinsend das Zimmer. Sie horcht mit geschlossenen Augen: seine Schritte im Flur. Das irre Kichern. Sie hat Angst, schreckliche Angst. Wenn er zurückkommt, denkt sie, bringt er mich um. Und das Kind, das Justus so ersehnt. Was habe ich getan, dass mir das geschieht? Justus, wo bist du nur?

Jetzt hallen Spitznas' Schritte im gekachelten Treppenhaus.

Der Hund wedelt mit dem Schwanz. Er hört seinen Herrn. Spitznas öffnet die Tür und erhält sofort einen harten Schlag in den Magen. Mit einem Schrei taumelt er zurück. Kleist schlägt noch einmal gezielt zu. Spitznas geht in die Knie.

»Verschnüren Sie ihn gut, Schwarz!«, brüllt Kleist und stürmt ins Haus. Nur eine Wohnungstür ist offen. Er stürzt hindurch in den dunklen Flur und öffnet eine Tür nach der anderen. Nichts. Es riecht nach altem Essen und Schimmel. Am Ende des Flurs schimmert Licht unter einer Tür hervor.

Kleist atmet durch. Er wird auch diese Tür öffnen und vielleicht ein Bild sehen, das sich für den Rest seines Lebens in seine Seele einbrennt und ihn jeder Lebensfreude berauben wird.

»Soll ich zuerst hinein?«, fragt Escher, der gefolgt ist.

Justus von Kleist schüttelt den Kopf und stößt die Tür auf.

Herbst mit gelben Rosen. Der hohe Polizist soll noch höher steigen. Weinberge an der Mosel können auch verführerisch sein.

Vier Wochen später. Es ist Oktober. Die Hitze des Sommers hat kühlem Wind Platz gemacht. Die Rosen im Park der Villa Kleist sind fast verblüht, nur die gelben Teerosen aus England halten sich noch.

Justus von Kleist knipst eine ab und steckt sie seiner Frau ins schwarze Haar.

Sie lächelt und umarmt ihn.

»Spitznas hat die Todesstrafe erhalten. Vor Gericht hat er alle Morde zugeben und sich als Märtyrer bezeichnet. Er wird morgen Bekanntschaft mit der Guillotine machen.«

»Er ist geisteskrank. Darf man kranke Menschen einfach so töten?«

»Das Gesetz sieht es so vor. Vor Gericht geht es um Rache, Sühne, Vergeltung. Nicht um Genesung.«

»Ich weiß. Inzwischen denke ich, dass er mich nicht getötet hätte. Weil ich schwanger bin. Das hätte ihn abgehalten.«

»Gut, dass wir es nicht haben darauf ankommen lassen«, entgegnet er.

Rachel zieht ihre Stola fester um die Schultern. »Lass uns ins Haus gehen«, schlägt sie vor. »Jette Wehner will sich verabschieden. Sie zieht mit Peter Delitz nach Berlin. Die beiden haben sich nicht gesucht, dafür aber gefunden. Zurück bleibt ein trauriger Bierbrauer im Vogtland.«

»Die beiden passen gut zusammen. Und noch eine gute Nachricht habe ich für Fräulein Wehner: Ludwig Schwind ist zu lebenslangem Kerker mit Zwangsarbeit verurteilt worden. Er ist der Todesstrafe entgangen, weil er alles gestanden hat. Auch Vergehen, die man ihm nicht nachweisen konnte. Der junge Kollege, der den Pfarrer gespielt hat, hat wohl erfolgreich auf ihn eingewirkt. Schwind wird niemandem mehr Gewalt antun.«

»Du hast die Fälle exzellent gelöst. Aber wie geht es dir mit Lea Katz?«

»Ein Teil der Schuld bleibt für immer bei mir. Die Zeitungen sind immer noch darüber zerstritten, ob diese List gerechtfertigt werden kann. Auch wenn wir inzwischen wissen, dass Spitznas die Lea Katz schon seit Langem als Opfer ausgewählt hatte. Ich habe die Dinge im Zusammenhang aufgeschrieben und dem Minister anheimgestellt, mich abzulösen. Um die Geheimgesellschaft des Spitznas' kümmert sich eine Sonderkommission. Die wird schon herausbekommen, wer hinter diesen kranken Gedanken steckt. Bis zu einer Entscheidung privatisiere ich.«

»Wie lange wird das dauern, Liebster?«

»Die nächsten vier Wochen. Mindestens«, antwortet er. »Der Innenminister will mich dem König als Polizeipräsident vorschlagen. Ich soll mir den Vorschlag durch den Kopf gehen lassen.«

»Und was willst du tun? Möchtest du Polizeipräsident werden?«

»Ich bin mir noch nicht sicher. Vielleicht sollte ich mich lieber um unsere Weinberge an der Mosel und meine beiden

Frauen kümmern.« Er legt seine Hand auf ihren Bauch, der sich noch nicht wölbt.

»Ich bezweifle, dass dir das auf Dauer gefällt«, lächelt sie. »Wir könnten nach Berlin ziehen. Wenigstens müsstest du als oberster Polizist die Mörder nicht mehr höchstpersönlich niederschlagen.«

»Nicht? Schade! Das kann erfrischend sein«, erinnert er sich.

»Wir haben vier Wochen Zeit, uns zu entscheiden«, sagt sie. »Und wir werden den richtigen Weg finden!«

Nachbemerkung

Einige der handelnden Figuren sind nicht frei erfunden, sondern haben reale Vorbilder:

Samuel Bleichröder (1779 – 1855) war ein deutsch-jüdischer Bankier und Gründer des Bankhauses Bleichröder. Er verkehrte als Salonjude mit dem preußischen Königshaus und finanzierte von 1845 an den Ausbau der Rheinischen und der Köln-Mindener Eisenbahn.

Ernst von Bodelschwingh der Ältere (1794 – 1854) war 1846 preußischer Innenminister. Als er sich mit der königlichen Politik nicht mehr arrangieren konnte und es 1848 zur Märzrevolution kam, zog er sich aus der Politik zurück.

Johann Ludwig Casper (1796 – 1864) war ein Pionier der deutschen Rechtsmedizin. Nach ihm ist auch die *Casper-Regel* benannt, die sich mit Fäulnisveränderungen an Leichen befasst.

Adolph von Kleist (1793 – 1866) war Präsident des Berliner Kammergerichts und Vizepräsident des Obertribunals. Er und seine Schwester Luise ›Lulu‹ waren Jugendfreunde von König Friedrich Wilhelm IV.

Eugen von Puttkamer (1800 – 1874) war 1846 Polizeipräsident von Berlin. 1847 wurde er zum Regierungspräsidenten in Frankfurt/Oder ernannt, kehrte er aber 1848 als Oberregierungsrat im Innenministerium wieder nach Berlin zurück.

Levin Schücking (1814 – 1883) war ein deutscher Schriftsteller und Journalist. Er leitete ab 1845 das Feuilleton der *Kölnischen Zeitung* und reiste 1846 im Auftrag der Zeitung nach Paris. Dort traf er mehrfach mit Heinrich Heine zusammen. Guter Freund von Annette von Droste-Hülshoff.

Franz Karl Ludwig Steinmeyer (1811 – 1900) war von 1843 bis zur Revolution im Jahre 1848 Pfarrer im Weberdorf Nowawes. Er war der Auffassung, dass zu einem menschenwürdigen Leben geregelte Arbeit mit gerechtem Lohn gehört. 1848 bat er den König um seine Abberufung und lehrte anschließend als Professor an der Berliner Universität.

Eine wichtige historische Person tritt in der Geschichte namentlich nicht auf:

Ernst Dronke (1822 – 1891), Publizist, hat 1846 das Buch *Berlin* veröffentlicht. Dabei handelt es sich um eine frühsozialistische Bestandsaufnahme einer Großstadt während der Industrialisierung. Nach dem Erscheinen von *Berlin* wurde Dronke wegen Majestätsbeleidigung, Beleidigung des Berliner Polizeipräsidenten und Kritik an den Landesgesetzen zu zwei Jahren Haft verurteilt. Wir haben einige seiner Beschreibungen in dem Roman verwendet.

So begann es in Morgenthal ...

Gabriella Wollenhaupt
Leichentuch und Lumpengeld
Historischer Roman
Originalausgabe
ISBN 978-3-89425-607-4

1845, vor der deutschen Revolution: Im preußischen Morgenthal wird der Fabrikant Emil Hartenau ermordet. In seiner Tasche steckt ein demagogisches Gedicht. Ist der Mord politisch motiviert?

Der Sonderermittler Justus von Kleist wird aus Berlin in die Kleinstadt geschickt. Er trifft auf eine bunte Gesellschaft: Da gibt es Marlene Grünblatt und ihren Salon, Redakteur Immermann mit seinen tendenziell revolutionären Ansichten, die Witwe Lilly Hartenau und ihren verhassten Stiefsohn, den aufständischen Weber Harry Roth und, nicht zu vergessen, Rachel Grünblatt, die schöne und gelangweilte Tochter der Salonière.

Doch trotz tatkräftiger Unterstützung des Gendarms Kürten und modernster Ermittlungsmethoden kommen von Kleists Nachforschungen nur schleppend voran – und es geschieht ein zweiter Mord ...

»Die Grappa-Erfinderin kann also auch anders, aber nicht minder gut.« Nordkurier

»Amüsant zu lesen, spannend, lehrreich ist die komplexe Mordgeschichte.« Westfälische Rundschau

»Unterhaltsame Kost zum Gang der deutschen Geschichte.« Der Nord-Berliner

»Sowohl Krimiliebhaber als auch Freunde des Vormärz kommen auf ihre Kosten.« FVF – Forum Vormärz Forschung, Jahrbuch

»Ein pralles Sittengemälde einer historisch so wichtigen Zeit.« Emskopp – Das Magazin für Kultur im Emsland

»Ein ironischer Blick auf eine Gesellschaft zwischen Biedermeier, Revolution und Industrialisierung.« Ruhr Nachrichten

grafit

Grappa-Krimis von ...

Grappas Versuchung
Der erste Krimi mit Maria Grappa
ISBN 978-3-89425-034-8
Reporterin umkreist charmanten Bösewicht.

Grappas Treibjagd
Der zweite Krimi mit Maria Grappa
ISBN 978-3-89425-038-6
Wer ist der geheimnisvolle »Onkel Herbert«?

Grappa macht Theater
Der dritte Krimi mit Maria Grappa
ISBN 978-3-89425-042-3
Geheimbund kontrolliert Kulturleben in Bierstadt.

Grappa-Baby
Der neunte Krimi mit Maria Grappa
ISBN 978-3-89425-207-6
Die menschliche Reproduktion zwischen Himmel und Hölle

Zu bunt für Grappa
Der zehnte Krimi mit Maria Grappa
ISBN 978-3-89425-224-3
Provence: Ein Toter im Melonenfeld

Flieg, Grappa, flieg!
Der zwölfte Krimi mit Maria Grappa
ISBN 978-3-89425-256-4
Wilde Tiere, tote Callboys und aggressive Neonazis

Grappa und die acht Todsünden
Der dreizehnte Krimi mit Maria Grappa
ISBN 978-3-89425-267-0
Tödliches Festmahl für sieben Männer und Frauen

Grappa im Netz
Der vierzehnte Krimi mit Maria Grappa
ISBN 978-3-89425-278-6
Der OB ist verschollen und untreue Ehemänner werden gemeuchelt.

... Gabriella Wollenhaupt

Grappa und der Tod aus Venedig
Der fünfzehnte Krimi mit Maria Grappa
ISBN 978-3-89425-290-8
Grappa und ein Mörder auf den Spuren Thomas Manns

Rote Karte für Grappa
Der sechzehnte Krimi mit Maria Grappa
ISBN 978-3-89425-318-9
Wer killte den brasilianischen Stürmerstar Toninho?

Grappa und die Nackenbeißer
Der siebzehnte Krimi mit Maria Grappa
ISBN 978-3-89425-335-6
Tote Kitschromanautorin und magische Momente

Es muss nicht immer Grappa sein
Der achtzehnte Krimi mit Maria Grappa
ISBN 978-3-89425-355-4
Eine zu früh verstorbene Rentnerin und 35 kg Kaviar

Grappas Gespür für Schnee
Der neunzehnte Krimi mit Maria Grappa
ISBN 978-3-89425-359-2
Wer bezahlt die Kokspartys im Bierstädter Rathaus?

Grappa und die keusche Braut
Der zwanzigste Krimi mit Maria Grappa
ISBN 978-3-89425-372-1
Amokläufer tötet eine ganze Klasse – die Lehrerin überlebt ...

Grappa und die Seelenfänger
Der einundzwanzigste Krimi mit Maria Grappa
ISBN 978-3-89425-385-1
Der Chef einer Castingshow wird erst entführt, dann erleuchtet

Grappa lässt die Puppen tanzen
Der zweiundzwanzigste Krimi mit Maria Grappa
ISBN 978-3-89425-395-0
Ein Karussell des Elends: Von Plovdiv nach Bierstadt in den Tod